W0244159

UWE ITTENSOHN

Winzerkrieg

WENN WINZER HASSEN ... Privatschnüffler André Sartorius und seine Mitstreiterin Irina finden beim Joggen am Speyerer Rheinufer eine durch einen Kopfschuss schrecklich entstellte Leiche. Da die Tatwaffe fehlt, geht die Polizei von Mord aus. Eine mysteriöse Abschiedsbotschaft auf Facebook spricht hingegen für Selbstmord. Als Kriminalhauptkommissar Frank Achill, der in alle Richtungen ermittelt, der Ex-Frau des Toten und ihrer Lebensgefährtin – einer mit dem Toten konkurrierenden Winzerin – auf den Zahn fühlt, gestehen beide unabhängig voneinander den Mord. Während sich Achill immer tiefer im Fall verstrickt und seine Ermittlungen immer groteskere Formen annehmen, recherchiert André Sartorius wie immer auf eigene Faust. Er trifft auf ein Gespinst aus Neid und Hass in der Deidesheimer Winzerszene. Bald kommt er auf eine eigenwillige Lösung des Falls, mit der er seinen Freund, Frank Achill, vor den Kopf stößt.

© PicturePeople

Uwe Ittensohn, in Landau/Pfalz geboren, ist vielseitig engagiert: Krimischriftsteller, Autor für Weinliteratur, anerkannter Berater für deutschen Wein, Kultur- und Weinbotschafter sowie Hochschuldozent. Er lebt in Speyer, wo er ein denkmalgeschütztes Stiftsgebäude sanierte und sich um den historischen Klostergarten kümmert, in dessen schattigen Winkeln er auch die Muße zum Schreiben findet. Der vorliegende siebte Band seiner Krimireihe ist wieder eine gelungene Symbiose zwischen Pfalz, Wein und Spannung. Mit seinem schriftstellerischen Wirken will er die Kultur, Lebensart und den im Herzen der Pfälzer verankerten Hang zu Wein und Genuss über die Grenzen der Region hinaus bekannt machen. Uwe Ittensohn ist Mitglied der Schriftstellervereinigung Syndikat.

UWE ITTENSOHN

Winzerkrieg

KRIMINALROMAN

Die automatisierte Analyse des Werkes, um daraus Informationen insbesondere über Muster, Trends und Korrelationen gemäß § 44b UrhG (»Text und Data Mining«) zu gewinnen, ist untersagt.

Bei Fragen zur Produktsicherheit gemäß der Verordnung über die allgemeine Produktsicherheit (GPSR) wenden Sie sich bitte an den Verlag.

Immer informiert

Spannung pur – mit unserem Newsletter informieren wir Sie regelmäßig über Wissenswertes aus unserer Bücherwelt.

Gefällt mir!

Facebook: @Gmeiner.Verlag
Instagram: @gmeinerverlag

MIX
Papier | Fördert gute Waldnutzung
FSC® C014496

Besuchen Sie uns im Internet:
www.gmeiner-verlag.de

© 2025 – Gmeiner-Verlag GmbH
Im Ehnried 5, 88605 Meßkirch
Telefon 07575/2095-0
info@gmeiner-verlag.de
Alle Rechte vorbehalten
1. Auflage 2025

Lektorat: Claudia Senghaas, Kirchardt
Satz: Mirjam Hecht
Umschlaggestaltung: U.O.R.G. Lutz Eberle, Stuttgart
unter Verwendung eines Fotos von: © ManuelVenturini / stock.adobe.com
Druck: GGP Media GmbH, Pößneck
Printed in Germany
ISBN 978-3-8392-0834-2

Personen und Handlung sind frei erfunden.
Ähnlichkeiten mit lebenden oder toten Personen
sind rein zufällig und nicht beabsichtigt.

FIGURENÜBERSICHT

Die Ermittler und ihr Anhang:

André Sartorius	privater Schnüffler und Stadtführer in Speyer
Irina Worobjowa	BWL-Studentin und Sartorius' Mieterin
Frank Achill	Kriminalhauptkommissar bei der Mordkommission Ludwigshafen, daneben Andrés Freund
Verena Bertling	Kriminaloberkommissarin und rechte Hand Achills
Jonas	Mitglied in Achills Team
Bernd Scherer	Kollege und Freund von Achill im Kriminaldauerdienst (KDD) des Polizeipräsidiums Ludwigshafen
Professor Doktor Astrid Schmollinger-Backhaus	Direktorin des Rechtsmedizinischen Instituts der Uni-Klinik Mainz
Polizeidirektor Andreas Metzger	Polizeipräsident am Polizeipräsidium Ludwigshafen

DIE WINZERSZENE

Kuno Körber	Winzer und Vinothekenbesitzer im pfälzischen Deidesheim
Ute Wassler	Winzerin und ebenfalls Vinothekenbesitzerin in Deidesheim
Sally Wassler	Ehefrau von Ute Wassler
Doktor Ilonka Bolz-Bräsig	Rechtsanwältin von Ute und Sally Wassler
Diego Martinez-Montero	Weingutbesitzer in Haro/Rioja
Alonso Martinez-Montero	ältester Sohn von Diego
Pedro Martinez-Montero	jüngster Sohn von Diego
Marc Dechamps	Chefredakteur der Genießerzeitschrift *Weingenuss*

»Kein Wein ist so sauer wie der reine, der einem eingeschenkt wird.«

Markus M. Ronner, Theologe, Publizist und Journalist

1 MORGENRUNDE

Sonntag, 16. April 2023, 6.15 Uhr

»Wo bleibst du nur wieder, alter Mann? Läufst du rückwärts?« Irina tänzelte leichtfüßig, spöttisch grinsend in weiten Bögen um André herum.

»Ich hab halt ein Auge auf die Landschaft. Schau mal den schönen Sonnenaufgang da drüben.« André wies hinüber aufs badische Rheinufer, wo die Sonne ihre goldenen Strahlen ausschickte, um die kleinen Wellen im Fluss in warm funkelnde Diamanten zu verwandeln.

»Lenk nicht ab. Du bist kurz vorm Ersticken. Du schnaufst wie eine in die Jahre gekommene Dampflok.«

»Bin ich ja auch, und mitten in der Nacht ist es auch. Wer geht schon um 6 Uhr joggen?«

»Leute, die es sich nicht leisten können oder wollen, hier als Mumienschieberin gesehen zu werden.«

»Charming Irina mal wieder ganz in ihrem Element. Ich darf dich daran erinnern, dass das hier deine Idee war. Wie meintest du? ›Lass mich deine Personal Trainerin sein‹.«

»Da wusste ich ja noch nicht, dass Monsieur de l'Escargot so langsam läuft, dass ihm Efeu an den Beinen hochwächst.«

André schüttelte entgeistert den Kopf und brabbelte »Herr Schnecke« vor sich hin. »Ich bin ja auch doppelt so alt wie du.«

»Sehr wohlwollend formuliert. Doppelt … haha, dass ich nicht lache, hätt'ste wohl gerne.« Irina war dazu übergegangen, sich am ebenen Uferweg zwischen Strandbar und Rheinbrücke locker trabend in Serpentinen zu bewegen, um André wenigstens ansatzweise eine Chance zum Aufholen zu geben.

»Das ist das erste und letzte Mal, dass ich mit dir joggen gehe. Nächstens fahren wir wieder Fahrrad«, zischte André atemlos.

»Mit deinem Tempo musst du aber achtgeben, nicht umzukippen, schließlich funktionieren die gyroskopischen Kräfte beim Radfahren nur bei Bewegung, wie mir Herr Oberklug letztens erklärt hat – Hashtag ›unnötiges Wissen‹.«

»Na, wenigstens kannst du meinen großzügigen Wissenstransfer fehlerfrei reproduzieren.« André beobachtete, wie Irina nach links zog, von irgendwas am Wegesrand magnetisch angezogen.

Sie trabte auf ein parkendes Auto zu und blieb abrupt stehen, so als sei sie gegen eine Glasscheibe gelaufen. »Scheiße, was ist das denn?«, schrie sie. Entsetzen lag in ihrer Stimme.

André folgte ihren Blicken und sah die Ursache für ihren Schrecken. Auf der Windschutzscheibe eines ein paar Meter von der Uferpromenade entfernt vor der rheinseitigen Einfahrt zum Kanu-Club parkenden Fahrzeuges waren dicke rote Spritzer zu sehen, die teilweise in Schlieren heruntergelaufen waren und den Blick ins Innere unmöglich machten.

»Schmierfinken, nur weil der falsch parkt, die Scheibe mit Farbe zu beschmieren.« André schüttelte empört den Kopf.

»Das ist innen.« Irina näherte sich dem Auto vorsichtig. »Und die Seitenscheibe ist auch offen.«

»Nicht, bleib stehen!«

Irina stoppte.

Er überholte sie und trat auf die Bahnstrecke, die parallel zur Uferpromenade verlief, auf den Zufahrtsweg zum Kanu-Club. Hier hatte sich das parkende Auto in die schmale Lücke hinter der Bahnstrecke und vor das Gittertor des Klubanwesens gequetscht. Einige Meter vor dem Wagen auf Höhe der heruntergelassenen Fahrerscheibe stoppte er. Aus der Fensteröffnung ragte eine Hand mit seltsam abstehenden Fingern, so als wären sie im Begriff, nach etwas oder jemandem zu greifen.

»Hallo?«, rief André.

Nichts.

»Sie da im Auto«, fügte er mit mehr Nachdruck hinzu.

Es blieb still und die Hand unbewegt liegen.

André schluckte. Noch konnte er nicht in das von den hohen Kastanienbäumen verschattete Wageninnere sehen. Unsicher näherte er sich.

»Was ist? Was siehst du?«, rief Irina mit zittriger Stimme.

Jetzt sah André den Fahrer des Wagens. Sein Kopf war seitlich nach vorne weggekippt und ruhte unnatürlich verdreht auf der Schulter. Auch der Oberkörper war seltsam Richtung Fenster gewunden.

Mit wackligen Beinen näherte er sich weiter. Er bückte sich etwas, um dem Mann ins Gesicht zu sehen. Was er sah, traf ihn wie ein Faustschlag. Er schaute in ein riesiges klaffendes Loch. Die linke Kopfhälfte ab der Nasenwurzel fehlte. Blut, Gehirnmasse und Knochensplitter waren überall im Wagen verteilt.

»Scheiße, pass auf!«, rief Irina panisch und wies auf ein blutiges Etwas dicht neben Andrés Füßen.

André, der bis jetzt ganz auf den Fahrer konzentriert gewesen war, sah nach unten. Vom Boden starrte ihm ein einsames Auge entgegen.

Er musste sich abwenden, um den aufkommenden Würgereflex zu unterdrücken.

Wie versteinert, unfähig zu gehen oder etwas zu erwidern, stockte er. »Oh Gott«, entfuhr es ihm heiser.

»Was ist das?«, krächzte Irina.

»Ruf Achill an!«, schrie André und taumelte zurück auf die Promenade. Seine Beine drohten unter ihm wegzuknicken.

Offensichtlich hatte auch Irina verstanden, was ihn so fassungslos machte. Ohne weitere Rückfrage riss sie ihr Handy aus der Tasche der Laufjacke. Zittrig und nach mehreren Fehlversuchen gelang es ihr, die Nummer des mit ihr und André befreundeten Kriminalhauptkommissars der Mordkommission Ludwigshafen, Frank Achill, zu wählen.

»Du musst sofort kommen, hier ist …« Sie stockte und schaute zu André hinüber.

»Ein Mord …«, stammelte André fahrig. »Er soll die Spurensicherung und die Rechtsmedizin mitbringen.«

2 KOPFLOS

Sonntag, 16. April 2023, 7.50 Uhr

Die Beamten des Streifenwagens, der zehn Minuten nach Irinas Telefonat mit zuckendem Blaulicht und brüllendem Martinshorn hier eingetroffen war, hatten sie schon zweimal angewiesen, sich auf einer 50 Meter entfernt stehenden Bank niederzulassen und sich zur Verfügung zu halten. Doch Irina und André standen noch immer unweit des Fahrzeuges auf dem Weg.

Während Achill sich mit der mittlerweile aus Mainz angekommenen Rechtsmedizinerin und dem Leiter der Spurensicherung unterhielt, hatte sich Kriminaloberkommissarin Verena Bertling, Achills engste Mitarbeiterin, zu ihnen gesellt. »Ihr könnt nach Hause gehen, das mit den Personalien können wir uns sparen, und eure Aussage könnt ihr später machen. Ihr solltet das hier nicht mit anschauen. Die Kollegen werden nun gleich den Wagen öffnen.« Sie musterte Irina mitleidig. »Und dir würde ein starker Kaffee nichts schaden, du bist blass wie ein Leintuch.«

André, der wie immer in solchen Situationen in einer Art Autistenmodus gefangen war, sich ausschließlich auf den Fall fokussierte und sonst alles um sich herum vergaß, schaute sie nun betroffen an.

»Verena hat recht, du solltest …« Erstmals wurde ihm bewusst, dass auch er nur mit Mühe ein Zittern unterdrücken konnte. Seine schweißnasse Joggingkluft hatte sich wie eingekleisterte Tapete an seinen Körper geklebt und ließ ihn frösteln. »Und mir würde ein heißer Kaffee auch nicht schaden.«

»Na dann tschüs«, sagte Bertling und wirkte erleichtert.

»Ihr könnt ja nach dem hier gerne zu uns auf einen Cappu kommen, ich kaufe uns ein paar Cornetti«, frohlockte André, bei dem allein die Vorstellung eines Frühstücks wieder die Lebensgeister geweckt hatte.

»Und das alles ohne Hintergedanken«, entgegnete Bertling lachend. »Sollen wir die Tatortfotos gleich mitbringen? Du weißt aber, dass die Rechtsmedizin immer sehr sparsam mit Spontanaussagen ist.«

»Na ja, ich dachte nur, ihr könntet auch einen warmen Cappu vertragen.«

Irina lachte. »Gib's auf, alter Mann. Verena weiß genau, dass du vor Neugierde saugfähig wie ein trockener Schwamm bist.«

»Ich wollte doch nur …«

Irina zwinkerte Verena Bertling verschwörerisch zu. »Nein, nein, er ist nicht neugierig und bewirtet euch natürlich auch gerne, wenn ihr verschwiegen seid wie eine Karmeliterin mit Schweigegelübde.«

Sie gab André einen kameradschaftlichen Klaps auf den Oberarm. »Komm schon, alter Mann. Ich hab Hunger und hoffe für dich, du bewirtest mich genauso fürstlich wie die Polizei, auch ohne dass ich dir vertrauliche Informationen ausplaudere.«

André trottete konsterniert dreinblickend mit ihr mit, als sie ihn am Ärmel seiner Joggingjacke von der Bildfläche zog.

*

»Wenn es Sie stört, nehm ich das da schon mal weg.« Die Rechtsmedizinerin, Frau Professor Doktor Schmollinger-Backhaus, wies dabei auf den Augapfel, der noch immer ziellos vom Boden vor der Fahrertür in die Luft starrte.

»Von mir aus gerne«, erwiderte Achill, der sich nur schwer an das starr vor sich hin glotzende Auge, das auf einem Batzen aus Blut und Gewebe thronte, gewöhnen konnte.

Schmollinger-Backhaus lachte ihr typisches Raucherlachen und schüttelte den Kopf. »Solange ein Leichenteil aussieht wie ein frisches Rindersteak, seid ihr immer alle ganz tapfer, aber wehe, ein Auge wird ektomiert.«

»Ektomiert?«, fragte Achill verwirrt.

»Na ja, in diesem Fall wohl eher herausgerissen«, korrigierte Schmollinger-Backhaus grinsend.

»Herausgerissen?«, wiederholte Achill.

»Ja, etwas populärwissenschaftlicher ausgedrückt, hat offensichtlich der Überdruck des Projektils, der ihm unter anderem auch das Jochbein weggerissen hat, aus der dadurch nicht mehr intakten Augenhöhle das Auge herauskatapultiert.«

Achill schluckte. Obwohl die Kollegen von der Kriminaltechnik bereits den Boden vor dem Pkw, die Tür und den Türgriff fein säuberlich nach Spuren abgesucht hatten, hatte er noch ganz bewusst etwas Abstand gewahrt.

»Dürfen wir schon an das Fahrzeug herantreten, Herr Achill wünscht eine ästhetische Tatortbereinigung«, witzelte Schmollinger-Backhaus, die dafür bekannt war, sich an den Ekelgefühlen ihrer Mitmenschen – ganz besonders der männlichen – zu weiden.

Die Kollegen der KT lachten, traten etwas zur Seite und gaben die Tür frei.

Achill meinte, ein geflüstertes »Sensibelchen« zu hören. Er ärgerte sich, schließlich war es ihr Vorschlag gewesen.

Nachdem Schmollinger-Backhaus das Auge in einem Beutel verstaut und Achill einmal kräftig geschluckt hatte, gesellte er sich neben sie. »Und welchem Umstand haben wir es zu verdanken, dass wir heute die Chefin der Rechtsmedizin höchstpersönlich hier vor Ort haben?«

»Mir läuft eben bei den Worten ›frische Leiche‹ immer das Wasser im Mund zusammen, und bei solch einer Verlockung konnte ich nicht anders«, sagte sie, wieder begleitet von ihrem Raucherlachen.

Dabei wirkte sie – eingezwängt in einen der weißen Spusi-Overalls – wie ein Engerling vor der nächsten Häutung.

»Spaß beiseite, kein Personal, alle krank, das Übliche wie überall, da muss halt die Chefin ran.«

Achill hasste es, an Tatorten stundenlang zu warten, bis Spusi und Rechtsmedizin fertig waren. Und danach noch wie ein Bittsteller allen die Würmer aus der Nase ziehen zu müssen. Schmoba, wie Bertling die Frau Professor nannte, war diesbezüglich besonders anstrengend. Sie liebte es, das Wenige, das sie vor dem offiziellen Gutachten bekannt gab, mit professoralem Gehabe zu inszenieren. Aber selbst bis dahin galt es, sich frierend, mit rebellierendem nüchternem Magen die Beine in den Bauch zu stehen.

Aber abziehen war keine Alternative, die Kollegen von der KT würden das als Drückebergerei betrachten.

3 GRAUEN

Sonntag, 16. April 2023, 15.15 Uhr

Mittlerweile hatte man mit transportablen, mit Planen bespannten Stellwänden das Fahrzeug vor den Blicken der steigenden Zahl der Passanten, die nun zu allem Übel auch noch von einem soeben angelegten Flusskreuzfahrtschiff strömten, abgeschirmt.

So zogen sich die Spurensicherungsarbeiten an der Uferpromenade – oder, wie es nun offiziell hieß, dem Helmut-Kohl-Ufer – über die Mittagszeit hin. Durch die Enge des Pkws konnten immer nur Teile des Teams effektiv arbeiten.

Kälte, Hunger und die Ernüchterung über die spärlichen ersten Erkenntnisse, die nicht weit über das hinausgingen, was man durch bloßes Hinsehen erkannte, hatten Achills Laune nach unten gezogen. Aber eines wussten sie nun wenigstens: Der Tote hatte Papiere dabei, er hieß Kuno Körber und stammte aus Deidesheim an der Weinstraße.

»Kommissar Google meint, er hat in Deidesheim ein Weingut und eine Vinothek, die hat aber geschlossen«, zwitscherte Bertling und starrte auf ihren Tablet-PC.

»Ach, du meinst, er ist für heute arbeitsunfähig?«

»Wie meinst du das?«, fragte Bertling abwesend, aufs Tablet starrend.

»Vergiss es«, brummte Achill. »Lass uns vorne bei *Rentschlers* einen Cappu trinken und dann einen Abstecher zur Vinothek und zum Weingut dieses Körber machen.«

Er wies dabei mit dem Zeigefinger in Richtung des Café-Restaurants an der Zufahrt zur Rheinpromenade.

*

»Ich sagte doch, ›vorübergehend geschlossen‹ stand im Netz«, zischte Bertling, als Achill am Griff der Vinothekentür rüttelte. »Und laut diesem Schild hier schon seit Dezember.«

»Dabei sieht das hier nicht schlampig aus. Hat bestimmt Millionen gekostet.« Achill ließ seinen Blick über die gewagte Stahl-Glas-Konstruktion gleiten, die etwas oberhalb von Deidesheim unweit des Freibades mitten in die Rebflächen am Hang gebaut worden war.

»Das ist die Kehrseite dieser stylishen Dinger. Irgendwann schließen sie und rosten als Ruinen in den Weinbergen vor sich hin.«

»Na ja, vom Rosten ist die hier noch weit entfernt. Bestimmt ist sie nur vorübergehend geschlossen. So stand es ja auch im Netz«, erwiderte Achill.

»Voriewergehend, dass ich ned lach. Der Körber is mausedood, un des Ding ist uff Dauer zu.«

Achill fuhr herum. Hinter ihnen hatte sich ein grobschlächtiger Mann in Winzerkluft genähert.

»Wie … wie meinen Sie das: mausetot«, fragte Bertling erstaunt.

»Ah, kabutt halt. Der hod doch Influenz ohmelde misse.«

»Äh, Sie meinen, er hat Influenza?«, fragte Bertling verwirrt.

Achill kam ihr zu Hilfe. »Sie meinen sicherlich ›Insolvenz‹?«

»Ha jo, des, wu se im Fernseh immer denn Grohkopp rufen mit seuner Dafel – denn Schwegert odder wie der häßt.«

»Peter Zwegert«, verbesserte Achill.

»Ha jo, genau denn.«

»Und warum ist er insolvent? Die Vinothek sieht doch schick aus, liegt schön über dem Ort, genau das, was gerade boomt.«

»Do missense ihn selwer frooche. Der hot wohl Huddel mit de Gemäh g'habt.«

»Huddel? Gemäh?« Bertling wirkte noch verwirrter.

»Ah Ärscher halt – Krach mit de Gemoindeverwaldung.«

»Mit der Gemeinde? Aber sein Weingut ist noch geöffnet. Das ist doch auch hier im Ort?«, hakte Achill nach.

»Ha jo, des hot noch uff. Mol sehe, wie long.« Der Alte lachte hämisch.

»Und seine Familie?«

»Familie? Der hot doch niemand mehr, seit seu Aldie fort is.«

»Aldie? Sie meinen seine Ehefrau?«, fragte Achill.

»Ha jo«, grunzte der Alte. »Un warum wollen Se des alles wisse? Geht Sie des iwwerhaupt was o?«

»Nein, im Prinzip nicht, wir hatten uns nur gewundert, warum die Vinothek geschlossen ist, danke für Ihre Unterstützung.« Achill hatte keine Lust, diesem Einfaltspinsel etwas über den Grund ihres Besuches zu erzählen.

Der Alte trollte sich, und Bertling und Achill gingen zum Auto.

»Wolltest du nicht probieren, ob einer der Schlüssel passt, die wir am Fundort sichergestellt haben?«

»Nein, erstens wollte ich nicht, dass es der Alte sieht,

und zweitens ist mir sein Wohnhaus wichtiger. Das hier können wir uns noch später vornehmen.«

»Der Herr schien ja alles zu wissen, was im Ort so vor sich geht, wolltest du ihn nicht vorladen?« Bertling grinste spöttisch.

Achill zeigte ihr nur genervt den Vogel.

*

Zehn Minuten später trafen sie an der in Körbers Personalausweis genannten Wohnadresse ein.

»Ganz schön runtergekommen, krasses Gegenkonzept zur Vinothek«, kommentierte Bertling, als sie vor dem Winzeranwesen im Zentrum von Deidesheim ankamen.

»Wie heißt es so schön? Vorne hui und hinten pfui. Jedenfalls keiner dieser Schicki-Micki-Winzer«, bestätigte Achill und schaute sich kurz um. Er wollte sichergehen, dass sie nicht wieder jemand beobachtete. Dann zückte er den Asservatenbeutel, in dem Körbers Schlüsselbund steckte, beugte sich hinunter, las den im Schließzylinder eingravierten Herstellernamen in der Fußgängertür zum Winzerhof und suchte durch die Folie des Beutels nach dem passenden Schlüssel. Er bugsierte dessen Spitze so aus der Tüte, dass er damit aufschließen konnte.

Die schräg in den Angeln hängende Tür scharrte beim Aufschwingen geräuschvoll über das Kopfsteinpflaster des Hofes.

»Wow, sieht ziemlich abgewrackt aus«, sagte Bertling, als sie ihren Blick über den Hof, auf dem einige schon etwas eingerostete Winzergeräte herumstanden, schweifen ließ.

»Daraus möchte ich keinen Wein trinken«, ergänzte Achill und schaute sich fasziniert eine rostige Kelter an, in deren Wanne sich einiges an Herbstlaub angesammelt hatte. »Ich hoffe für seine Kunden, dass das nur ein nostalgisches Ausstellungsstück ist.«

Gras und vereinzelte Löwenzahnblüten hatten sich ihren Weg durch die Fugen des holprigen Kopfsteinpflasters gebahnt. »Hat was«, kommentierte Bertling.

Achill steuerte auf die Tür des Fachwerkhauses zu, das die linke Begrenzung des Hofes bildete.

»Du meinst, *das* ist das Wohnhaus?«, fragte sie entgeistert. »Da ist ja nix gerade dran.«

»Siehst du ein anderes? Alte Fachwerkhäuser sind halt nun mal krumm und schief.« Achill war wieder vorm Schloss in die Knie gegangen und wiederholte die Prozedur mit dem Schlüssel. Wieder wurde er fündig.

»Willst du nicht mal klingeln, vielleicht gibt es ja eine Mitbewohnerin?«

»Versuch dein Glück«, sagte Achill, ohne vom Schlüsselbund aufzusehen.

Bertling betätigte die Klingel. Ein mechanisch-metallisches Schellen, begleitet von einem kaum hörbaren Poltern erklang.

»Hast du das auch gehört? Da ist doch jemand.«

»Ach was, da war nichts.« Achill stand schon mit der aus dem Plastikbeutel lugenden Schlüsselspitze bereit. »Wir gehen jetzt rein.«

»Wenn du meinst, aber klingle noch mal.« Bertling drückte die Ohrmuschel an die Tür.

Achill betätigte die Klingel in einer hektischen Dreierfolge.

Nichts.

»Hallo, ist da jemand? Polizei! Wir kommen jetzt rein.« Auch dies blieb unbeantwortet.

*

André lief unruhig in seiner Wohnküche auf und ab.

»Setz dich endlich. Du kommst mir vor wie einer der Bären im Landauer Zoo, die immer am Gitter auf und ab laufen.«

»Lass mich. Ich muss nachdenken.«

»Du hättest diese Lauffreude besser vorhin beim Joggen gezeigt. Das war ja voll Panne. Ich hab gedacht, du hast Klebstoff an den Sohlen.«

»Hmm.« André winkte nur mit mürrischem Gesichtsausdruck ab, wie immer, wenn er über etwas nachdachte und nicht gestört werden wollte. Mit den Händen gestikulierte er, als würde er einem tonlosen Gespräch, das er wohl mit sich selbst führte, mehr Ausdruck verleihen wollen.

»Du ärgerst dich, dass du dich vor lauter Entkräftung vorhin einfach so von Verena hast heimschicken lassen?«

»Woher weißt du das schon wieder?«

»Ich seh's dir an. Immer wenn du dich in Gedanken mit jemandem streitest, gestikulierst du. Sieht aus wie Pantomime. Echt crazy.«

»Ach.« Wieder winkte er nur ab.

»Über was denkt denn unser Superhirn nach?«

»Es war Mord.«

»Aha, und woher diese Erkenntnis? Es könnte genauso gut Selbstmord gewesen sein. Hab gehört, wie Frank so etwas wie ›aufgesetzter Schuss‹ gesagt hat.«

»Unsinn«, erwiderte er harsch. »Wo war dann die Tatwaffe? Über die hätten sie doch sofort gesprochen. Der Täter hat sie mitgenommen, ist doch logisch.«

»Die Stelle, an der er geparkt hat, ist völlig abgelegen. Ich wüsste nicht mal, wie ich mit dem Auto dahinkomme«, erwiderte Irina etwas zickig, offensichtlich ärgerte sie sich über Andrés rüde Abfuhr.

»Was willst du damit sagen? Die Zufahrt zum Vereinsgelände des Kanu-Clubs ist zwar versteckt. Man will eben nicht, dass da direkt an der Uferpromenade wild geparkt wird. Aber ein Parkplatz, der nur wenige Meter von der Promenade entfernt ist, ist doch nicht abgelegen.«

»Vielleicht hat ihn ja ein Parkwächter vom Kanu-Club wegen Falschparkens erschossen. Immerhin blockiert er deren Gittertor zum Rheinufer, und wenn die Boote zu Wasser lassen wollen, wird das nicht klappen.«

»Sei nicht albern. Das machen sie doch nicht nachts.« André begann mit verärgerter Miene, wieder seinen Marsch durch die Küche fortzusetzen. »Und ein kleiner Verein hat weder einen Park- oder Nachtwächter noch eine Kameraüberwachung.«

»Du wirst doch wohl nicht wieder Frank und Verena ins Handwerk pfuschen wollen!«

Er blieb stehen und musterte sie entgeistert. »Was heißt hier ins Handwerk pfuschen? Wer hat denn im letzten Herbst Frank, Verena und ganz Speyer vor einer Katastrophe bewahrt? Ohne mich wäre Verena gar nicht mehr im Polizeidienst.«

Irina schluckte. Böse Erinnerungen durchzuckten sie wie ein Blitz, der unverhofft ein Gewitter ankündigt. Sie schlug mildere Töne an. »Ich gebe es ungern zu. Ohne dich wäre ich jetzt auch nicht mehr hier und würde gesiebte

Luft durch ein Gefängnisgitter atmen, oder man hätte mich längst nach Russland abgeschoben.«

Sie spielte darauf an, dass sie als ehemals russische Austauschstudentin wegen persönlicher Verstrickungen in ihrem letzten Fall kurz davorgestanden hatte, dauerhaft inhaftiert oder abgeschoben zu werden.

»Ich will aber nicht, dass du dich wieder in Gefahr bringst, du warst monatelang außer Gefecht gesetzt mit deiner Beinverletzung.«

»Deine Erinnerung an meine Beinverletzung hätte ich mir vorhin beim Joggen gewünscht«, sagte er vorwurfsvoll.

*

Achill drehte geräuschvoll den Schlüssel im Schloss. Eine letzte Chance für einen Bewohner, sich bemerkbar zu machen.

Langsam schob er das Türblatt nach innen und lugte durch den Spalt. »Nichts«, flüsterte er und drückte die Tür ganz auf.

Ihnen schlug ein muffiger Geruch nach altem Essen, Räucherwurst und getragenen Schuhen entgegen. Im Haus war es kühl, alles wirkte feucht und klamm.

Sie passierten eine unaufgeräumte Wohnküche, in der sich schmutziges Geschirr türmte. Dann ein altbacken eingerichtetes Wohnzimmer mit einer überdimensionierten, großen altmodischen Schrankwand, die den niedrigen Raum bis zur Decke ausfüllte.

Die Enge des übermöblierten Zimmers wirkte erdrückend.

»Wenn das keine gute Vorbereitung auf einen Sarg ist«, flüsterte Bertling.

Sie gingen den kurzen gefliesten Korridor entlang. Es gab noch einen weiteren Raum, dessen Tür halb zugezogen war. Achill schob sie auf und winkte Bertling herbei. »Hier war schon jemand vor uns.«

In dem als Büro genutzten Raum sah es chaotisch aus. Aus den Schränken herausgezerrte Aktenordner, aus denen zum Teil die Blätter herausgerissen und auf dem Boden verstreut lagen.

Achill zog sich Latexhandschuhe über und hob nacheinander zwei fast komplett entleerte Ordner vom Tisch auf und las den Text auf dem Ordnerrücken vor: »Ehevertrag, Lebensversicherung, Grundbuchauszüge«, und auf dem zweiten »Konzession«.

Er bückte sich, um einen weiteren leeren Ordner aufzuheben. Über ihren Köpfen hörten sie eine Art Stampfen.

»Was war das?«, zischte Bertling.

Achill legte seinen Zeigefinger auf die Lippen und flüsterte ihr ins Ohr: »Der, der das angerichtet hat, scheint noch hier zu sein.«

Bertling fasste reflexartig an die Seite ihres Blazers, unter dem das Holster ihrer *P99* hing.

Achill zog ebenfalls seine Dienstwaffe und bewegte sich langsam Richtung Tür. Mit einer Geste signalisierte er ihr, sich hinter ihm zu halten und ihm den Rücken zu decken.

Als sie das verwüstete Büro verließen, verfielen sie, ohne dass es einer Absprache bedurfte, in die typische SEK-Choreografie. Bertling in Achills Rücken, lugten sie in die kleine Abstellkammer, die sie bisher übersehen hatten, und schlichen zur Treppe.

Langsam setzten sie Fuß um Fuß auf die Holzstufen, die jedes Mal ein verräterisches Ächzen von sich gaben.

Egal wer da oben war, er wäre vorbereitet. Ihre Schritte konnte er nicht überhören. Auch Bertling zog nun die Waffe.

»Pass auf!«, flüsterte er ihr zu.

Oben gingen drei Türen vom Flur ab, bis auf die letzte waren alle geschlossen.

Ohne dass es eines Wortes bedurfte, arbeiteten sie sich als gut eingespieltes Team voran. Sie positionierten sich rechts und links der Tür. Achill hielt die *Walther* mit beiden Händen fest umschlossen und stand an der Seite, an der sich die Tür öffnete. Bertling griff quer und drückte die Klinke hinunter. Achill ließ die Tür mit einem Fußtritt aufspringen und stürmte hinein.

Nichts.

Es war eine Art Gästezimmer, alles wirkte unberührt.

Er prüfte noch den Kleiderschrank, sah unters Bett und hinter die Gardinen.

Nichts.

Beim nächsten Raum wiederholten sie die Prozedur. Die Tür donnerte an einen Schrank dahinter. Ein lautes Scharren auf dem Fußboden vom Zimmer daneben. Bertling wandte sich um, die Pistole im Anschlag, um Achill den Rücken zu decken.

Auch hier sah sich Achill kurz um. »Alles sauber«, zischte er tonlos in Bertlings Richtung und baute sich vor der nur angelehnten Tür des Raumes auf, aus dem das Geräusch gekommen war.

Bertling prüfte noch einmal, ob ihre Waffe durchgeladen war. Ihr Hände krampften sich um das Griffstück, sodass die Fingergelenke weiß hervortraten.

Achill versicherte sich mit einer Geste, ob sie bereit war.

Er trat gegen die Tür.

Sie sprang laut auf. Er preschte zwei Schritte hinein. Ein lautes, ohrenbetäubendes heiseres Schreien. Etwas streifte sein Bein.

»Scheiße!«, schrie Bertling. Ihr Herz überschlug sich.

4 HILFE

Sonntag, 16. April 2023, 17.35 Uhr

»Wir brauchen euch, ihr müsst uns helfen«, schnarrte es aus Irinas Smartphone knapp.

Irina war verwirrt. »Verena, bist du's?«

»Wer sonst?«

»Was ist denn um Himmels willen los?«

»Wir haben hier einen medizinischen Notfall, der keinen Aufschub duldet. Seid ihr zu Hause?«

»Ja doch. Und warum fahrt ihr nicht ins Krankenhaus?«

»Geht in diesem Fall nicht.«

Irina spürte, wie ihr die Knie weich wurden. »Hat es mit dem Rheinufer-Fall zu tun?«

»Ja.«

»Geht es euch gut?«

»Den Umständen entsprechend. Wir müssen jetzt aber wirklich sofort kommen. Sind in 20 Minuten da.«

*

»Haben sie endlich gelernt, dass es besser ist, uns von Anfang an einzubeziehen«, feixte André. »Hätten wir in den anderen Fällen immer gleich zusammengearbeitet, wäre uns so manches Unheil erspart geblieben.«

»Oh Mann. André-Sensibel mal wieder in Hochform. Da ist einer unserer Freunde verletzt und braucht Hilfe, und du hast nur deine Ermittlungen im Kopf. Du nervst echt.«

»Ach was, wäre es schlimm, wären sie direkt ins Krankenhaus gefahren oder hätten einen Notarzt gerufen.«

»Trotzdem sitzen sie irgendwie in der Patsche. Ich mach mir Sorgen. Mir ist speiübel. Erst das heute Morgen und nun das schon wieder. Da treibt ein bösartiger Mörder sein Unwesen, und du bist einfach nur neugierig.«

In diesem Augenblick drehten sich beide wie auf Kommando zum Fenster. Draußen warf ein Blaulicht seine Reflexe auf die Hauswände der Nachbarhäuser. »Siehst du, es geht um Leben und Tod.«

*

Schmollinger-Backhaus fühlte ein inneres Vibrieren. Nicht, dass es ihr als altem Hasen noch etwas ausmachte, wenn ein neuer Leichnam auf ihrem Seziertisch landete. Es war vielmehr ein Ausdruck der Neugierde, die von ihr Besitz ergriff. Bei Fällen wie diesem führte das regelmäßig dazu, dass sie ihnen Vorrang vor all jenem gewährte, was sich sonst auf ihrem Schreibtisch türmte oder im Sezierraum auf sie wartete.

Gemeinsam mit einem Kollegen der Rechtsmedizin und dem Mitarbeiter des Bestattungsunternehmens, der gerade den Leichnam angeliefert hatte, bugsierte sie Körbers sterbliche Überreste auf den Edelstahltisch.

Sie konnte es kaum abwarten, mit aller Sensibilität und Wachsamkeit all das in sich aufzunehmen, was der tote Körper ihr »erzählen« würde.

*

Irina rannte zur Tür und riss sie auf. Draußen wartete schon Bertling. Sie schien eine Wolldecke um ihren Oberkörper gewickelt zu haben. Achill trottete mit betretenem Gesicht hinterher.

»Was ist mit euch los?«, fragte André, der hinzugetreten war. Auch ihm war bei dem Anblick seiner Freunde bange geworden.

Achill trat mit Grabesblick auf ihn zu und legte seine Hand auf Andrés Oberarm. »Du musst jetzt ganz stark sein.«

André schluckte. »Was … was ist passiert?«

»Mach erst mal die Tür zu«, sagte Bertling an Irina gerichtet.

Irina gehorchte, sie war kreidebleich.

Warum nur dieses eigenartige Lächeln, das Bertlings Gesicht nun überzog? War es Galgenhumor?

»Soll ich Verbandszeug …«, setzte André an.

Ein Wimmern. War es Verena, doch sie lächelte nur.

Sie öffnete langsam die Wolldecke, die sie wie einen Poncho über ihren Oberkörper gelegt hatte.

Darunter kam ein zierlicher, bang dreinblickender schwarz-weiß gefleckter Katzenkopf hervor.

»Er heißt wohl Charly«, kommentierte Bertling und lachte.

»Wie und was ist mit ihm?«, fragte André, nach wie vor etwas verunsichert.

»Er ist sozusagen der Kollateralschaden eines Polizeieinsatzes.«

»Kollateralschaden?« André war nun völlig verwirrt.

Bertling schob die Wolldecke zur Seite, sodass der Blick auf den mit einer Binde umwickelten Schwanz des Tieres frei wurde.

Achill rieb sich mit betretener Miene das Kinn. »Ich hab ihn … also ich bin beim Sichern eines Raumes draufgetreten.«

»Ist nur angebrochen, wird wieder, er braucht ein paar Tage Ruhe und eine sichere Unterkunft – sagt jedenfalls die Tierärztin, bei der wir mit ihm waren«, fügte Bertling hinzu.

Irinas Gesicht hatte wieder Farbe angenommen. »Gott, ist der süß«, flötete sie hochfrequent.

»Ist ein zierliches Katerchen. Er ist zu goldig«, stimmte Bertling ebenso euphorisiert mit ein.

»Darf ich ihn mal?«

Bertling übergab das Tier in Irinas Arme.

Sie lächelte selig.

»Sieht so aus, als hättest du ein neues Haustier«, sagte Achill an André gerichtet.

»Das, das … kommt überhaupt nicht infrage. Ich mag keine Tiere. Der haart bestimmt … und unhygienisch ist so was auch, der schleppt nur Ungeziefer wie Flöhe und so an«, stammelte André.

Irina schüttelte entgeistert den Kopf.

»Könnt ihr ihn nicht in ein Tierheim, also bis er gesund ist, und dann …« André war völlig überfordert. Dass ihn nun alle anblickten wie einen Tierschänder, regte ihn auf. »Er kann doch zu dir, Frank, schließlich hast du ihn ja … also ich meine …«

»Das sind wir alles schon durchgegangen. Tierheim würde ihm schaden. Die Ärztin meinte, so ein angeknackster Schwanz ist sehr gefährlich. Katzen sterben häufig an Schwanzbruch. Und im Tierheim, wo ihn die anderen Katzen jagen … Frank und ich würden ihn gerne aufnehmen, aber unsere Vermieter haben das ausdrücklich im Mietvertrag ausgeschlossen und …«, erklärte Bertling.

»Kein Problem, ich nehme ihn«, unterbrach sie Irina.

»In deinem Mietvertrag ist das auch ausgeschlossen, dein Vermieter mag keine Tiere im Haus«, erwiderte André schroff.

»Wäre doch nur für ein paar Tage, alter Mann.« Irina dehnte das »alter Mann« und zog eine Schnute.

André hatte keine Lust auf solche Diskussionen, wo man ihn in eine Ecke drängte, indem man seine vermeintliche moralische Überlegenheit ausspielte.

»Und welche Erkenntnisse gibt es im Fall?«, wechselte er, an Achill gerichtet, abrupt das Thema.

»Dass wir das Katerchen des Toten aus seiner leeren Wohnung mitgenommen haben, dass es keine Angehörigen gibt und wir ein echtes Problem haben. Mann, André, meinst du, es tut mir nicht leid, dass ich ihn getreten habe.«

André schluckte.

Irina ließ das verängstigte Tier nun auf den Boden und setzte es direkt vor Andrés Füße. Der zierliche, etwas magere Kater schaute jämmerlich zu ihm hoch, als wollte er Achills Appell unterstreichen.

André räusperte sich. Er wusste, er hatte verloren. Aus dieser Situation würde er nicht mehr gesichtswahrend rauskommen.

»Aber nur unter einer Bedingung«, sagte er zu Achill. »Du sagst mir alles, was du über den Fall weißt. Quid pro quo – Leistung und Gegenleistung.«

Achill schüttelte den Kopf. »Du bist unverbesserlich.« Er schien mit sich zu ringen. Dann hob er drei Finger. »Du hast drei Fragen, mein Freund, nicht mehr.«

»Okay«, erwiderte André. »Erstens: Habt ihr eine Tatwaffe gefunden?«

»Nein, keine Spur davon.«

»Mmh. Gibt es Abwehrspuren?«

»Möglicherweise unter den Nägeln des Opfers. Hier meinte die Rechtsmedizinerin, typische Hautreste zu erkennen, wie sie bei Gegenwehr manchmal vorkommen.«

»Kann das Auge vor der Fahrertür auf einen Ritualtäter hinweisen?«

»Nein, Schmoba, also die Rechtsmedizinerin, hat gemeint, dass durch den Schuss ein Überdruck im Schädel des Opfers aufgetreten ist, der das Auge aus der Höhle gerissen hat.«

Irina schluckte. »Lecker – aber zurück zum Thema, bedeutet das, dass ich nun einen Gast habe?«

»Okay, wenn's nun mal sein muss, aber es ist *dein* Gast, und wehe, ich finde ihn auf meiner Couch oder in meinem Schlafzimmer. Und wenn du Flöhe hast, komm nicht zu mir damit.«

Bertling atmete beruhigt auf.

Das Katerchen schien verstanden zu haben und schmiegte sich an Andrés Bein, das er erschreckt zurückzog.

»Charly, der Herr wünscht keine übergriffigen Körperkontakte«, sagte Irina spöttisch grinsend.

»Ganz recht. Und wieso Charly?«

»Er ist gechippt, und die Tierärztin hat das bei dieser Registrierungsstelle herausgefunden.«

»Er ist also aktenkundig und hoffentlich nicht vorbestraft«, sagte André – erfreut, dass sich die kleine Anspannung zwischen ihm und den anderen etwas gelöst hatte.

5 UNRUHE

Montag, 17. April 2023, 6.35 Uhr

Sally lag noch im Bett. Sie hatte die ganze Nacht wach gelegen. In ihrem Kopf drehte sich unentwegt das Gedankenkarussell. Seit gestern der Leiter der für Deidesheim zuständigen Polizeiinspektion in Hassloch bei ihr gewesen war, hatten sich ihre Schuldgefühle von Stunde zu Stunde gesteigert. Sie trug für diese Grausamkeit die Verantwortung. Sie und keine andere. Auch wenn man Ute die Schuld zuschieben würde, letztlich war sie selbst für alles, was geschehen war, verantwortlich. Und dies war nur der grausame Schlusspunkt unter einer Geschichte, die sie selbst geschrieben hatte. Und schon war die Polizei an ihr und Ute dicht dran.

Dieser Polizist war nicht das Problem. Sie kannte ihn. Er war Kunde des Weingutes. Er wollte sie nur vom Tod Kunos informieren. Bezweckte er etwas, wenn er von »Ihrem Mann« sprach? Er wusste doch, was geschehen war.

»Er ist eines unnatürlichen Todes gestorben«, hatte er sich ausgedrückt. »Die Kollegen von der Kripo werden Sie dazu noch befragen.« Ernst hatte er dreingeschaut.

Was wusste er? »Reine Routine«, sie hasste diese Floskeln, die nur ablenken sollten und eigentlich das Gegenteil aussagten.

Ob sie von seinem seltsamen Auftritt am Sonntagabend hier wussten? Aber woher sollten sie?

Sie würden es herauskriegen. Irgendein schwatzhafter Nachbar würde es ausplaudern. Und dann würden sie sich wie ein Rudel hungriger Jagdhunde auf sie stürzen.

Sie waren geliefert.

Dabei wollte sie doch um alles in der Welt nur dieses grässliche Kapitel abhaken.

Nicht mehr kämpfen müssen. Sich nicht mehr ducken. Endlich unbeschwert in die Zukunft schauen, wieder sie selbst sein. Wieder lernen, Freude und Glück zu empfinden. Auch wenn das alles nur außerhalb von Deutschland wäre.

Aber wie das anstellen? Ob er daran gedacht hatte, die Lebensversicherung umzuschreiben? Oder hatten sich schon die Banken drüber hergemacht?

*

André hatte es nicht im Bett gehalten. Er war schon um 7 Uhr auf den Beinen. Dabei hätte er sich Zeit lassen können. Er hatte heute nur eine Stadtführung, und die war für 11 Uhr angesetzt.

Nach dem Ausstieg aus seinem Job bei einem Frankfurter Bankhaus, wo er als Risikoanalyst tätig gewesen war, hatte er sich für eine – wie er es nannte – alternative Berufstätigkeit als Gästeführer entschieden. Er wollte nur noch das tun, was ihm Freude bereitete. Und da er seine Heimatstadt Speyer liebte, empfand er es nicht als Arbeit, ihre Sehenswürdigkeiten und ihre Schönheit Besuchern aus dem In- und Ausland nahezubringen. Im Gegenteil, es war geradezu eine Mission für ihn.

Er hatte sich gerade die zweite Tasse Cappuccino mit seiner original italienischen Siebträgermaschine – einer echten *Bezzera* –, die er mit Hingabe hegte und pflegte, zubereitet, als er das Geräusch von Irinas laut knackenden Gelenken auf der Treppe vernahm.

Sie war als russische Austauschstudentin nach Speyer gekommen, und man hatte ihn damals vonseiten der Stadtspitze genötigt, sie doch in seinem für eine Person reichlich großen Haus zur Miete aufzunehmen.

Aus einem anfänglich als kurzfristige Notlösung gedachten Arrangement, das ihn damals schwer belastet hatte, war ein Dauerzustand geworden.

Er, der Eremit, der zeitlebens alleine hier gewohnt hatte, sollte nun einen fremden Menschen – und dazu noch eine junge Frau – so nah an sich heranlassen. Undenkbar und anfänglich für beide nervenaufreibend. Doch sie hatte all seine Schrullen, ohne zu klagen, ertragen.

Irinas Familie lebte noch immer im russischen Kursk, der Partnerstadt Speyers. Ihr fehlten ihre Angehörigen. Die Kommunikation war durch die aktuelle politische Situation nahezu zum Erliegen gekommen. Sie wollte ihre Leute nicht in Gefahr bringen.

Mittlerweile war er zu ihrem Anker geworden. Und er hatte nach und nach verstanden, dass sie in ihm so etwas wie eine Vaterfigur sah, auch wenn sie das nie zugeben würde.

»Morgen«, brummte sie, schlurfte an ihm vorbei und setzte sich an ihren angestammten Platz am Küchentisch.

»Guten Morgen, und wo ist dein haariger Freund?«

»In Sicherheit in meinem Bettchen. Nach deinem Auftritt gestern ist es wohl besser, dir keinen Anlass zur Klage zu geben, sonst kündigst du mir noch das Mietverhältnis.«

»Du tust ja so, als wäre ich ein Unmensch.«

»Aha, was sonst? Und dein seltsamer Deal ›Nothilfe gegen Informationen‹ war voll Cringe. Einfach nur zum Fremdschämen.«

André schluckte.

»Ich will doch nur helfen. Schließlich ist mir das schon einige Male ganz gut gelungen.«

»Wenn du das ›mir‹ durch ›uns‹ ersetzt, stimmt es sogar.«

»Bin extra früh aufgestanden, damit wir vor meiner Führung noch ein Katzenklo und etwas Futter kaufen können, eines der zwei Päckchen, die Verena mitgebracht hat, ist schon leer.«

Irina schüttelte den Kopf. »Schlechtes Gewissen oder Angst, dass er deine Fliesen verunreinigt?«

»Reine Fürsorge«, sagte André und wies auf eine alte schwarze Mörtelwanne im Flur.

»Was ist das denn? Willst du umbauen?«

»Das ist ein Behelfskatzenklo. Hab es mit Sand gefüllt.«

Irina schüttelte den Kopf. »Was du alles aus Angst um deine ollen Teppiche so tust.«

»Willst du ihn nicht herunterholen? Dann können wir mal schauen, wie es seinem Schwänzchen geht.«

Irina lachte. »Wow, die reinste Tierschutzinitiative.«

Sie erhob sich und trottete hoch, um den Kater zu holen.

Unten angekommen, setzte sie ihn behutsam vor André auf den Boden. »Aber ich warne dich, er ist noch nicht vernehmungsfähig.«

Ängstlich schaute sich der zierliche Kater um und machte mit wackeligen Beinen ein paar vorsichtige Schritte. Die Spitze seines verbundenen Schwänzchens schleifte dabei auf dem Boden.

»Der Arme, das sieht gar nicht gut aus. Sollten wir nicht noch mal zum Tierarzt mit ihm?«, fragte André besorgt.

»Wie? Hör ich da richtig? Bist du das? Hat dir Frank bei guter Führung noch mal drei Fragen angeboten?«

»Reine Tierliebe«, erwiderte er gönnerhaft.

Irina schüttelte ungläubig den Kopf. »Du führst doch was im Schilde, alter Mann?«

6 ANKUNFT

Bilbao, rund 23 Jahre vorher, Montag, 8. Mai 2000

Ihr Stiefvater hatte Araceli nach Bilbao zum Flughafen geschickt, um den jungen Praktikanten aus Deutschland abzuholen. Typisch, immer, wenn es etwas gab, das ihm unwichtig oder gar lästig erschien, war es ihre Aufgabe.

Hätte er den Eindruck gehabt, aus dieser Sache würde sich irgendetwas gewinnen lassen, wäre einer ihrer Halbbrüder am Zug gewesen. Sie, seine leiblichen Söhne, galten etwas in der *Bodega*, sie selbst war nur da, um sich um die Brosamen des Weingutes zu kümmern. Alonso, der Erstgeborene, war für den Vertrieb und das Marketing in Spanien zuständig, ein stolzer, arroganter Pfauenhahn. Der Aufgabenbereich seines Bruders Pedro waren der Keller und der Außenbetrieb. Pedro war ein klassischer Mitläufer und Ja-Sager. Gleich, was sein Vater bestimmte, er erledigte es stets widerspruchslos.

Ihr hatte man, weil sie schnell lernte und neben Spanisch Baskisch, Englisch, Französisch und sogar Deutsch sprach, die Aufgabe zugewiesen, sich um die Auslandsmärkte zu kümmern.

Das klang weitaus besser, als es war. Denn streng genommen bestand der Auslandsvertrieb in Deutschland aus kaum mehr als einer kleinen Feinkostkette in München und einigen auf spanische Weine spezialisierten Fachhändlern. In Frankreich sah es ähnlich aus, und damit hatte es sich auch schon.

Sie wusste, dass ihr Bruder Alonso sie deshalb gerne mit Spott überzog und sie hinter ihrem Rücken »la homeópata – die Homöopathin« nannte, weil sie aus seiner Sicht ihre Weine nur in kleinsten Dosen verkaufte.

Ihr Stiefvater belächelte sie auch nur. Eine Frau, die Önologie studierte, war zu jener Zeit in Spanien in dieser Branche eine Exotin.

Als sie mit dem Wunsch angekommen war, einen Auslandsstudenten aus der Pfalz aufzunehmen, war er alles andere als begeistert. »Würde deutscher Wein etwas taugen, würde man ihn auch hier im Supermarkt kaufen können. Kannst mir ja mal das Regal mit den Pfälzer Weinen zeigen«, ätzte er. »Saurer Riesling und Rotweine, die so dünn sind wie Wasser, das ist die Pfalz. Und für Entwicklungshilfe sind wir nicht zuständig. Dafür gibt es Beamte in Madrid.«

Nur mit größter Anstrengung war es ihr gelungen, sich trotzdem durchzusetzen. Sie stand im Wort gegenüber ihrem Professor an der Uni, einen Hospitanten aus der Hochschulkooperation mit Deutschland aufzunehmen. Schließlich gab es nicht viele Weingüter hier, die eine deutschsprachige Betreuung stellen konnten. Im Übrigen empfand sie es als horizonterweiternd, etwas über die Weinproduktionen in anderen Regionen der Welt zu lernen.

So stand sie nun in der Ankunftshalle des Flughafens und hielt das alberne Schild mit Logo und Namen ihres Weingutes »Bodega Martinez-Montero« hoch.

Der junge Mann, der linkisch auf sie zusteuerte, schien das Schild nicht zu brauchen, so intensiv schaute er ihr mit seinen leuchtenden hellblauen Augen ins Gesicht.

Sie schluckte. Schlank, mit einer üppigen blonden Tolle, war er so anders als die Jungs hier. »Ich denke, ich bin bei

Ihnen richtig.« Unbeholfen streckte er ihr die Hand zur Begrüßung entgegen.

Sie konnte sich ein Lächeln über diesen ernsten Deutschen nicht verkneifen, umarmte ihn und hauchte ihm je ein Küsschen rechts und links auf die Wange. »Hola, so begrüßt man sich hier bei uns.«

»Si, si, Señora.«

Sie kicherte. »Heb dir das für meine Großmutter auf. Vamos, Señor! – Gehen wir, mein Herr!« Dabei packte sie seine Laptoptasche und ging Richtung Ausgang voraus.

7 EINGRIFF

Montag, 17. April 2023, 9.35 Uhr

»Wie Sie bestimmt von Ihrem Studium wissen, setzt jeder Schuss eine Wolke unsichtbarer mikroskopisch kleiner Partikel frei, die sich auf Schusshand und bei Nahschüssen auch auf dem Opfer niederschlagen. Wir haben das vorab in einem Reinraum unter dem Rasterelektronenmikroskop untersucht. Die Art und Weise der Anordnung lässt zwei Schlüsse zu. Erstens, es war ein aufgesetzter Schuss. Das heißt, die Pistolenmündung dürfte teilweise Berührung mit der Schläfe des Opfers gehabt haben. Zweitens, auch die rechte Hand des Toten weist Schmauchspuren auf. Das gibt uns nicht unbedingt einen Hinweis darauf, dass er selbst geschossen hat. Es könnte genauso gut von einer versuchten Gegenwehr, bei der er an oder neben der Pistole herumgefuchtelt hat, stammen.«

Bertling spürte Ärger in sich hochsteigen. Die naive Art, wie ihr Schmollinger-Backhaus erklärte, dass es Schmauchspuren gab, reizte sie. Sie hatte sich in ihrem Studium ausgiebig damit beschäftigt, und der Umgang mit dieser Thematik gehörte zum Tagesgeschäft des Kommissariats für Tötungsdelikte, dem sie seit mehr als fünf Jahren angehörte.

Trotzdem blieb sie beherrscht und lauschte konzentriert den Ausführungen der Leiterin des Rechtsmedizinischen Instituts der Johannes-Gutenberg-Universität in Mainz.

Da Achill einen unaufschiebbaren Termin beim Oberstaatsanwalt hatte, war ihr nichts anderes übrig geblieben, als heute bei der Obduktion, die stets unter vier Augen zu erfolgen hatte, anwesend zu sein.

Ein mulmiges Gefühl pflügte ihr durch die Eingeweide. Die olfaktorische Melange aus dem scharfen Geruch nach Desinfektionsmitteln und dem süßlichen nach Tod und Verwesung setzte ihr zu. Zudem war die Aussicht, noch einmal den zerschmetterten Kopf des Opfers sehen zu müssen, auch nicht verlockend.

»So, gehen wir rein und hören uns an, was uns unser Patient zu sagen hat«, sagte Schmollinger-Backhaus und erhob sich vom Schreibtisch.

Waren bisher hier im Nebenraum und dem Flur die Gerüche schon unangenehm gewesen, potenzierte sich das Ausmaß, als sie den Sektionsraum betraten.

Bertling konnte nur mit Mühe ein Würgen unterdrücken. An Tatorten war das meist weniger ausgeprägt, die Toten waren eher frisch dahingeschieden oder man war im Freien, aber hier …

Den Leichnam hatte man bereits auf den Obduktionstisch verbracht und mit einem grünen Tuch abgedeckt. An der linken Hand, die seitlich etwas herausragte, erkannte Bertling eine Plastiktüte.

»Wir haben ihn gestern Abend schon entkleidet und vorbereitet. Moment noch, ich hole noch das Auge unseres Patienten.« Schmoba marschierte in den Nebenraum, öffnete einen kleineren Kühlschrank und entnahm eine abgedeckte Nierenschale.

Bertling schluckte. Es wäre ihr lieber, Achill wäre an ihrer Stelle hier. Aber zugegeben hätte sie das nie.

Schmoba stellte die Nierenschale auf einem Beistelltisch ab und entfernte das Tuch. Das Auge starrte blicklos an die Decke.

»Es macht Ihnen doch nichts aus?«, erkundigte sie sich.

Bertling meinte, bei ihr ein leichtes Grinsen zu erkennen, schüttelte aber tapfer den Kopf. Sie hatte Angst, ihre Stimme würde sich beim Sprechen belegt oder zittrig anhören.

Schmoba schlug das Tuch über der Leiche zur Seite. Bertling würgte. Der Anblick des Toten, dem man, um einen Austritt von Blut oder Gehirnmasse zu verhindern, eine Plastiktüte über den Kopf gestülpt hatte, war bizarr. Jetzt fiel ihr auf, dass man ähnlich mit den Händen verfahren war.

»Ich will Sie nicht länger auf die Folter spannen, wir fangen mit dem an, was Sie am meisten interessieren dürfte«, eröffnete Schmoba die Leichenschau.

Sie zog sich Gummihandschuhe über und bot Bertling ebenfalls ein Paar an.

»Danke, ich werde nichts anfassen«, sagte sie und steckte demonstrativ die Handschuhe in ihren Blazer.

»Aber das sollten Sie anziehen. Ich will keine Fremdspuren.« Schmoba reichte ihr einen Einmalkittel und einen Mundschutz.

Als Bertling alles angezogen hatte – sie entschied sich schließlich doch für die Handschuhe –, schnitt Schmoba die Plastiktüte zunächst an der linken Hand des Opfers auf.

Mit einer Lupe betrachtete sie den Nagel des Zeigefingers und reichte sie Bertling weiter. »Wie ich schon am Tatort gesagt habe, da sind eindeutig Hautpartikel drunter. Sehen Sie selbst.«

Tatsächlich konnte Bertling helle Ablagerungen unter dem Nagel erkennen. Dass es Haut war, konnte man wohl nur mit entsprechender Erfahrung wissen.

Mit einer Sprühflasche, auf der Bertling den Begriff »DNA-frei« lesen konnte, besprühte die Medizinerin nun eine Nagelschere und begann dann sorgfältig, die Nägel des Opfers zu schneiden und die Abschnitte in einem Papierumschlag zu asservieren. Danach wischte sie Finger für Finger mit Abstrichtupfern ab und asservierte diese in einem atmungsaktiven Beutel. »Die gehen in unser molekulargenetisches Labor. Wenn Sie Glück haben, finden wir da Spuren, die auf den Täter hindeuten.«

Sie beschriftete alles fein säuberlich und verfuhr mit der anderen Hand genauso.

»Wenn Sie möchten, können wir uns jetzt der Schusswunde – also dem Kopf unseres Patienten zuwenden.«

Bertling nickte und atmete scharf aus. Es gab für sie keine Chance, dem nun Anstehenden gesichtswahrend zu entkommen. Sie wusste, wie schnell es sich bis nach Ludwigshafen ins Präsidium rumsprach, wenn man bei der Obduktion kniff, davonlief oder sich erbrach.

Mit einer Schere schnitt Schmoba ihrem Patienten die Plastiktüte vom Kopf oder besser von dem, was davon noch übrig war.

Sofort mischte sich ein weiterer unangenehmer Odem des Todes, diesmal mit metallischer Ausprägung, unter die übel riechende Raumluft.

Bertling war, als schnürte ihr irgendetwas die Kehle zu.

»Etwas Menthol für unter die Nase?« Schmoba deutete auf ein Metalldöschen auf dem Instrumententisch.

»Danke, geht schon.« Bertling hatte das Gefühl, jede Bewegung würde nur dem Drang, sich zu übergeben, Bahn brechen.

Der Anblick raubte ihr den Atem. Sie musste alle Selbstbeherrschung aufbieten, nicht einfach wegzulaufen.

»Geht's noch?«, fragte Schmoba mütterlich.

Bertling nickte.

Der Kopf war bizarr entstellt. Die rechte Gesichtshälfte war mit Ausnahme des Einschussloches völlig intakt, die linke hingegen war ab dem Rand der leeren Augenhöhle vom ausgerissenen Jochbein aufwärts von der Wucht des Schusses weggesprengt.

Bertling schluckte mehrere Male heftig.

Schmoba schaute sie fragend an. »Alles gut?«

Bertling nickte abermals.

»Bevor ich ihn aufmache, möchte ich mir den Schusskanal anschauen.« Sie nahm eine Sonde vom Instrumententisch und schob sie widerstandsfrei in die Einschussstelle, bis sie in der fehlenden Kopfregion mit Hirn und Blutpartikeln an der abgerundeten Spitze wieder zum Vorschein kam. In ein in Kopfhöhe montiertes Mikrofon sprach sie: »Einschusskanal frei von Projektilteilen. Schusskanal verläuft leicht abwärts, schräg nach hinten. Austrittspunkt wohl in Höhe des Auris, also des Ohrs.«

An Bertling gerichtet, fragte sie: »Haben Ihre Kollegen das Projektil gefunden?«

»Ja, es steckte in der Verkleidung der Fahrertür.«

»Durch die Penetrationsenergie des Projektils wurden auf der linken Schädelseite Teile des Os parietale – also des Scheitelbeins, die vorderen Regionen des Os frontale – also des Stirnbeins, und des Os sphenoidale – das Keilbein in toto, also komplett weggesprengt. Vom Os zygomaticum, also dem Jochbein, ist die Innenseite zur Augenhöhle hin ebenfalls ausgebrochen. Zu einer starken Blutung kam es durch eine Ruptur der Arteria temporalis superficialis, also einem Riss der Schläfenarterie. Aufgrund des cranialen Überdruckes wurde der rechte Bulbus oculi – der

Augapfel – exenteriert. Man fand ihn außerhalb des Fahrzeuges auf dem Boden vor der Fahrertür.«

Bertling hatte schon lange die Schwelle der Belastbarkeit überschritten und sich in eine Art Trance versetzt. Sie hörte zwar die Ausführung der Rechtsmedizinerin, schaute aber konsequent an dem schwer zugerichteten Kopf des Mannes vorbei.

»Wollen mal sehen, woran unser Patient genau gestorben ist«, fuhr Schmoba, offenbar in gelöster Stimmung, fort. Sie griff nach einer Pinzette und begann, die Reste des völlig ausgefransten Gehirns zu untersuchen. »Ah, da hammer 's ja, das Zwischenhirn.« Mit diesen Worten fischte sie einen schleimigen Fetzen weißlich grauer Masse zutage. »Die Komplettdestruktion des Diencephalons – also des Zwischenhirns – war höchstwahrscheinlich todesursächlich und führte ad hoc zum Exitus.«

Bertling nickte mechanisch.

»Das heißt, unser Patient war nach dem Schuss sofort tot. Je nachdem, wie man das sieht, hat er entweder Glück oder Pech gehabt. Die Wenigsten sterben nach einem typischen, meist waagrecht praktizierten Schläfenschuss, sozusagen nach Selbstmörderart, da er nur das Großhirn verletzt. Mit etwas Pech vegetieren sie dann noch ein paar Jahre als intellektueller Brei vor sich hin. Der Schütze hier hat aber schräg nach unten geschossen und das Zwischenhirn getroffen, ohne das es kein Weiterleben gibt. Wenn Sie mich fragen, war es entweder ein Profi oder Zufall.«

»Und Selbstmord?«, fragte Bertling.

»Sie sagten doch, man hätte keine Waffe gefunden. Also erübrigt sich die Frage. Und da er ad hoc tot war, kann er sie auch nicht versteckt haben. In so einem Fall wie hier erschlaffen die Muskeln schnell. Eine zielgerichtete Bewegung ist da nicht mehr möglich, wenn man mal von Zittern oder Zucken absieht. Im Übrigen glaube ich, dass er andere Probleme gehabt hätte, als eine Pistole zu entsorgen.« Schmoba lachte. Offensichtlich amüsierte sie der Gedanke, wie jemand, dem der halbe Schädel fehlte, eine Waffe verstecken sollte.

»Mmh«, erwiderte Bertling kraftlos.

»Natürlich sind wir mit der Behandlung unseres Patienten noch lange nicht fertig. Wir müssen auf jeden Fall noch den Rumpf öffnen und uns den Magen- und Darminhalt anschauen et cetera, et cetera. Danach werde ich ihn wieder etwas zurechtmachen und das Auge einsetzen. Schließlich wollen wir dem Bestatter eine komplette Leiche übergeben.«

Bertling nickte, sie wollte sich das alles nicht ausmalen.

»Das heißt, Sie können jetzt gerne gehen, mein Kollege wird mich beim Rest unterstützen.«

»Vielen Dank«, krächzte Bertling, der gerade nichts Passenderes einfiel, und erhob sich, um auf zittrigen Beinen diesem Ort möglichst schnell zu entkommen.

»Sie sehen blass aus. 200 Meter von hier Richtung Innenstadt gibt es ein nettes Café, heißt *Dicke Lilli, gutes Kind*. Ein starker Kaffee würde Ihnen, bevor Sie fahren, bestimmt guttun.«

»Ich weiß«, sagte Bertling mechanisch. Es gehörte zu Achills und ihren Gewohnheiten, sich stets dort mit einem Cappuccino den üblen Geschmack, den man nach einem Besuch der Rechtsmedizin immer hatte, hinunterzuspülen.

8 WILLKOMMEN

Haro, rund 23 Jahre vorher, Donnerstag, 8. Mai 2000

»Buenas«, brummte Diego, der Seniorchef und Aracelis Stiefvater, als sie ihm ihren Gast vorstellte, ohne von den Unterlagen vor sich auf dem Schreibtisch aufzublicken.

»Vater, das ist unser Gast aus Deutschland«, unterstrich sie ihren ersten erfolglosen Versuch, ihn bei ihm einzuführen.

»Me ocuparé de ello mañana – ich kümmere mich morgen darum«, war die knappe Antwort.

Araceli hatte verstanden. Es war wie üblich. Sie und ihre Gäste waren ihm immer schon egal gewesen – allenfalls störende »Angelegenheiten«, die es schnell abzuwickeln oder gar nur zu verschieben galt.

Sie machte auf dem Absatz kehrt und flüchtete auf den Gang. Nur schnell weg, nur nicht dem Stiefvater gegenüber aussprechen, was sie dachte, nur keine Szene vor dem Fremden.

Auf dem Flur begegneten sie noch dem stolzen Pfau der Familie, ihrem Halbbruder Alonso.

Er blieb wortlos vor ihrem Gast stehen und musterte ihn. Dann tat er das, was er am besten konnte. Er überschüttete ihn mit Hohn und Spott.

»Buenas tardes, señor vino agrio« – was so viel hieß wie »Herr Sauerwein«. Dabei lachte er und genoss es, dass der deutsche Quadratschädel es nicht verstand und sich offensichtlich noch geehrt fühlte und mit einem unsicheren »Muchas gracias, señor Martinez-Montero« quittierte.

Araceli ging schnell weiter und ließ den Deutschen im Glauben, dass man ihn gerade freundlich empfangen hatte.

9 TIERLIEBE

Montag, 17. April 2023, 9.55 Uhr

André hatte es übernommen, einen Termin beim Tierarzt zu vereinbaren.

Irina hörte, wie er wortreich die Dame an der Rezeption davon überzeugte, dass sie sofort kommen müssten. Mehrfach schnappte sie den Begriff »Notfall« auf.

»Wow, du hast dich ja mächtig ins Zeug gelegt für unseren kleinen Freund Charly«, sagte Irina, als sie hektisch aufbrachen, um noch schnell vorher eine Transportbox in einer Tierbedarfshandlung zu besorgen.

André gab sich tierlieb und half ihr, Charly, dessen Widerstand sich glücklicherweise aufgrund seines Handicaps in Grenzen hielt, in die Transportbox zu verfrachten. Auch in der Tierarztpraxis ließ er es sich nicht nehmen, sich als Herrchen von Charly zu bezeichnen. Irina war verblüfft, wollte aber auf keinen Fall seinen Elan bremsen.

Im Behandlungsraum war er der Wortführer. Die Tierärztin lauschte seinen Ausführungen. Er schilderte wahrheitsgemäß, dass das Tier bei einem Polizeieinsatz verletzt worden war und dass er und Irina aufgrund persönlicher Kontakte zur Polizei und ihrer sozialen Ader in Bezug auf Tierschutz gebeten wurden, dem Tier eine vorübergehende Bleibe zu geben. Wenigstens bis die Verhältnisse abschließend geklärt waren. Die Helferin tippte im Hintergrund alles in den PC.

Irina musste beim Ausdruck »soziale Ader« unwillkürlich grinsen.

»So, nun schauen wir uns mal vorsichtig den kleinen Patienten an. Ist es Ihnen recht, wenn ich ihn auch allgemein mal untersuche?«

André nickte.

Die Ärztin tastete den zierlichen schwarz-weiß gescheckten Kater ab und säuselte beruhigend vor sich hin. »Du bist aber ein feiner Kater, du bist aber brav« und ähnliche gebetsmühlenartig vorgetragene Beschwörungsformeln. »So, und nun schauen wir dir in die Öhrchen.«

Mit einer kleinen Metalllampe leuchtete sie ihm in die Ohren und zum Abschluss öffnete sie ihm das Maul und inspizierte das Gebiss. »Alles bestens«, war ihr zusammenfassendes Urteil.

»Und nun schauen wir uns das Schwänzchen an.« Sie winkte die Helferin herbei, die vorsichtig den Verband aufschnitt. Behutsam tastete sie den Schwanz ab.

Charly maunzte herzerweichend.

»Wenn es Ihnen recht ist, röntge ich ihn noch.«

André nickte, und die beiden verschwanden im Nebenraum.

»Du legst dich aber mächtig ins Zeug. Bist du über Nacht zum Katzenfreund geworden oder hast du was genommen?«

»Ich sehe das als meine moralische Pflicht an. Schließlich hat ihm ein Freund von mir das zugefügt.«

»Wow. Gandhi lebt«, erwiderte Irina pathetisch.

In diesem Augenblick kamen die Tierärztin und ihre Helferin mit dem in ein Handtuch gehüllten Kater zurück. »Sie taten gut daran, hier vorbeizukommen. Das

Schwänzchen ist leider angebrochen. Wenn ihm nichts weiter zustößt und wir das mit einem schienenden Verband behandeln, wird es höchstwahrscheinlich wieder heilen. Wichtig ist aber, dass Sie besonders auf unseren kleinen Freund aufpassen. Er sollte sich schonen und darf auf keinen Fall ins Freie rausgelassen werden.«

André nickte. »Klar, selbstverständlich, wir werden uns um ihn kümmern.«

Die Tierärztin wandte sich schon zum Gehen, da ergriff er nochmals das Wort. »Ich hätte da noch eine Frage. Wir möchten natürlich, dass das Tier ordnungsgemäß geimpft ist. Könnten Sie mal nachschauen …«

Die Ärztin sah André irritiert an. »Wo bitte soll ich das nachschauen, oder haben Sie die Papiere – also den Impfpass – dabei?«

»Nein, wie schon geschildert, waren die Umstände des Einsatzes chaotisch, und natürlich haben wir weder Impfpass noch sonstige Papiere.«

»Aha, und wie soll ich dann … War das Tier bei uns in der Praxis in Behandlung?«

»Nein, bestimmt nicht, aber es hat einen Chip.«

Die Ärztin lächelte nachsichtig. »Ja, möglicherweise schon, aber auf dem Chip ist nicht die Krankenakte, sondern lediglich eine Identifikationsnummer gespeichert. Mit ihr kann man ihn dem Halter zuordnen.«

»Schaust du mal?«, wies sie die Helferin an.

Die junge Frau tastete den Hals des Katers ab und nickte. »Ja, da ist er.«

Sie fischte ein Lesegerät aus der Schublade, hielt es an die linke Halsseite des Katers, und schon erschien mit einem Piepen ein 15-stelliger Zifferncode auf dem Display des Gerätes.

»Wir können nun beim Heimtierregister online nachschauen, wenn das Tier da auch registriert ist, bekommen wir die Halterdaten und können diesen bezüglich der Impfung fragen.« Die Ärztin nickte der Helferin zu, und diese tippte etwas am PC ein. »Wir haben Glück, der Kleine ist registriert. Heißt tatsächlich Charly.«

»Wenn Sie uns die Halterinformationen geben, setzen wir uns gerne mit ihm in Verbindung. Vielleicht kriegen wir ja noch Fütterungstipps und Ähnliches. Wir wollen ja, dass sich der Kleine bei uns wie zu Hause fühlt.«

Irinas Stirn legte sich kraus. Wollte André etwa mit dem Toten telefonieren?

»Das geht leider nicht. Aus Datenschutzgründen dürfen wir die Halterdaten nicht weitergeben. Wir werden den Halter anrufen und fragen, ob er mit der Weitergabe einverstanden ist. Wenn Sie uns Ihre Kontaktdaten hierlassen, können wir Sie gerne zurückrufen.«

André schluckte. »Könnten Sie nicht eine Ausnahme machen, keine Sorge, wir sind ja quasi als verlängerter Arm der Polizei hier.«

»Gegenüber der Polizei würden wir das natürlich tun. Vielleicht kann ja der zuständige Beamte vorbeikommen oder schriftlich anfragen.«

»Ja, danke, ich werde mich morgen mit der schriftlichen Anfrage bei Ihnen melden.«

*

»Na, das ist ja mal gründlich schiefgegangen«, stellte Irina fest, als sie wieder im Wagen saßen. »Jetzt weiß ich auch, wo die plötzliche Tierliebe herkam, du wolltest nur rauskriegen, wie der Tote heißt. Schäm dich, alter

Mann. Und mich ziehst du in diese blamable Nummer mit rein.«

»Na ja, außergewöhnliche Situationen verlangen außergewöhnliche Maßnahmen.«

Irina schüttelte nur den Kopf. »Das war keine Maßnahme, sondern ein Flop.«

*

Nachdem sein Vormittagstermin beim Oberstaatsanwalt beendet war, fuhr Achill noch mal zu Körbers Weingut. Durch den etwas hektischen Aufbruch gestern und nach der Sache mit dem Kater hatte er keine Gelegenheit mehr gehabt, sich ordentlich umzuschauen. Was aber sowieso nur noch beschränkt möglich gewesen wäre. Durch das durchwühlte Büro war das Haus quasi zum Tatort geworden und zunächst Spielwiese für die Kriminaltechnik, die direkt heute angerückt war, um sich alles ganz genau anzuschauen.

Als er um die Mittagszeit ankam, waren die Kollegen von der Spusi dabei, ein paar Kartons und offensichtlich einen sichergestellten PC in ihren Transporter zu laden.

»Hallo zusammen, und was gibt's für Erkenntnisse?«, fragte er den Leiter der Gruppe.

»Nichts Besonderes. Ein durchwühltes Büro ohne sonstige Spuren. Es gibt zwar ein paar Fingerabdrücke, die stammen aber überwiegend vom Opfer, sonst ist es eher mager. Der, der das durchgewühlt hat, trug mit Sicherheit Handschuhe. Den PC untersuchen wir noch genauer, aber auf den ersten Blick sind da fast nur geschäftliche Daten drauf. Der Rest, ein paar private Fotos und Mails, wirken auf den ersten Blick nicht besonders aufregend. Das Einzige, was überhaupt erwähnenswert ist, ist der Waffentresor. Wir mussten ihn aufbrechen. Darin lag eine auf Körber registrierte *Neun Millimeter Glock 17*. Auf den ersten Blick ist damit aber schon länger nicht mehr geschossen worden. Also kommt sie als Tatwaffe nicht in Betracht.«

»Danke«, entgegnete Achill trocken.

»Tut mir leid. Wir fahren jetzt gleich, wenn uns bei dem sichergestellten Material was auffällt, melde ich mich sofort bei dir. Ansonsten kommt dann in ein paar Tagen der offizielle Bericht. Sorry, hätte dir gerne 'ne heiße Spur überlassen. Kannst jetzt rein, wir sind fertig.«

Achill nickte. Er war sich bewusst, dass er auch nichts Besonderes finden würde, ging aber trotzdem ins Haus.

10 STRAND

Haro, rund 23 Jahre vorher, Montag, 8. Mai 2000

Araceli hatte vorgegeben, mit dem jungen Deutschen an die Universität nach Logroño zu müssen. Schließlich war er ja im Rahmen eines Austauschprogramms hier, und ihr eigenes Studium dauerte noch an.

Ihr Vater kommentierte das nicht. So als sei es unter seiner Würde. Er warf allerdings Alonso einen vielsagenden Blick zu.

»Er schläft aber nicht bei dir in deiner Bude«, kommentierte Alonso kurz und trocken in einem Ton, der keinen Widerspruch zuließ. Sein Vater nickte zustimmend und verschwand ohne Verabschiedung aus dem Raum.

»Er hat sich selbst was gemietet«, antwortete Araceli, bemüht, es möglichst selbstverständlich klingen zu lassen, obwohl es ganz und gar nicht stimmte. Der Deutsche hatte darauf vertraut, auf dem Weingut wohnen zu können, und sich bisher nicht um eine Bleibe gekümmert.

Dieses Mal war es sie, die grußlos den Raum verließ. Sie hasste es, wie sich Alonso zum Regenten über sie aufschwang und dafür noch Lob von seinem Vater erntete. Sie hasste dieses Patriarchat und die Enge hier. Mit einem Schlag wurde ihr bewusst, dass sie einfach nur wegwollte.

Als sie in dem Auto saßen, das man ihr zugedacht hatte, ein klappriger Seat des Weingutes, den meist die Angestellten nutzten, atmete sie hörbar aus.

»Was ist?«, fragte der Deutsche, dem ihre Aufwallung aufgefallen war.

»Jetzt fahren wir erst mal an den Strand. Du sollst ja die schönen Seiten dieser Gegend kennenlernen.«

»Aber die Uni …«, protestierte er.

»… ist morgen auch noch da. Wir sind nur einmal jung.«

Als sie den Motor startete, um die gut 100 Kilometer weite Fahrt zur Küste anzutreten, fühlte sie sich wunderbar befreit.

11 ENTWARNUNG

Montag, 10. April 2023, 12.55 Uhr

André kam gerade von seiner Gästeführung zurück, als Irina am Herd stand, um sich eine Kleinigkeit zuzubereiten. Der Kater wich nicht von ihrer Seite und schien alles, was sie tat, mit wachsamen Augen zu verfolgen.

»Nachdem er uns nicht sagen will, wer sein Herrchen ist, werden wir bei dem Fall so lange, bis die Zeitungen was drüber schreiben, wohl außen vor bleiben.«

»Du meinst den Fall, der keiner ist?«, fragte Irina spöttisch grinsend.

»Lass das, ich bin nicht in Stimmung für deine Frotzeleien. Ich hab Hunger, und diese Sache mit der Tierärztin ärgert mich.«

»Ist doch egal, in zwei Wochen spricht eh niemand mehr von dem toten Herrn Körber am Rheinufer.«

»Wie? Was? Welcher Herr Körber?«

»Na, Herr Körber, der einäugige Selbstmörder.«

»Selbstmörder? Was faselst du da?« André wurde ungehalten. Er mochte es nicht, wenn andere vorgaben, mehr zu wissen als er, oder gar einen Wissensvorsprung vor ihm hatten.

»Während Villariba mit der Ärztin gestritten hat, hat Villabajo gehandelt und einen Blick auf den Bildschirm der Helferin geworfen.«

»Wie denn? Wo denn?« Er bewegte seine Hand kreisförmig, um ihr zu bedeuten, endlich zur Sache zu kommen. Die Ungeduld fachte seinen Ärger noch an.

»Kannst du hier mal weiterrühren, ich hol was. Aber tritt nicht aus Ungeduld auf den Kleinen.«

André schnaubte zornig und nahm ihr missmutig den Kochlöffel aus der Hand, mit dem sie offensichtlich in einem Nudelfertiggericht rührte. »Auch das noch, Malerleim mit Brokkoli und Nudeln, lecker, brrrr.«

Nach wenigen Sekunden kam sie mit ihrem Smartphone zurück, wischte und tippte darauf herum und reichte es ihm dann. »Hier, das Ergebnis meiner Webrecherche in den sozialen Medien.«

Er las, und ein taubes Gefühl zog von unten in seinen Beinen hinauf. »Aber das kann doch nicht, wieso …?«

*

»Das wird nicht gut gehen. Ich spüre das«, klagte Sally gegenüber ihrer Ehefrau Ute. »Ich hätte mir nie vorstellen können, dass das so endet.«

»Wie sollen sie auf uns kommen? Klar, man wird dir einige Routinefragen stellen, aber was soll's. Du weißt von nichts, du hattest lange keinen Kontakt mit ihm, und zur Not geb ich dir ein Alibi.«

»Aber wenn sie mich in die Mangel nehmen …?« Sally war den Tränen nahe. »Und übrigens hab ich ein scheiß schlechtes Gewissen.«

»Musst du nicht, nach allem, was er dir angetan hat. Er war ein Arsch«, erwiderte Ute und schloss sie in die Arme.

*

Fast zeitgleich spielte sich bei Bertling und Achill im Büro nahezu die gleiche Szene ab. Auch sie hielt ihrem Kollegen ihr Smartphone mit dem Abschiedspost vor die Nase. Bei Achill schlug wie ein Blitz aus heiterem Himmel die Erkenntnis ein, dass das alles nicht so einfach werden würde.

»Aber das … das kann doch nicht sein. Wo ist dann die Tatwaffe?«, empörte er sich.

»Keine Ahnung, vielleicht geklaut«, erwiderte Bertling.

»Geklaut, geklaut … Wer soll denn so abgebrüht sein, einem so schrecklich zugerichteten Typen, dessen rechtes Auge einen vom Boden vor der Fahrertür anstarrt, die Pistole aus dem Auto zu klauen. Das nehm ich dir nicht ab.«

Bertling lachte. »Ich hab ja gar nicht behauptet, dass es so war. Und was, wenn sie doch aus dem Fenster gefallen ist?«

»Wie das denn? Wenn er geschossen hat, dann schoss er mit der rechten Hand. Da waren die Schmauchspuren dran, und er war, wie Schmoba bestätigt hat, Rechtshänder. Die Kollegen von der KT haben das mehrmals rekonstruiert. Er saß zurückgelehnt auf dem Fahrersitz, als der Schuss fiel. War er es selbst, war seine rechte Hand auf Höhe der Handbremse in der Fahrzeugmitte. Hätte er geschossen, wäre die Schusshand durch den Rückschlag weiter ins Wageninnere gedrückt worden, und da müsste auch die Waffe liegen.«

»Klingt plausibel, nur dass wir dort keine Pistole gefunden haben. Die Beifahrertür war übrigens verschlossen, und er parkte so nahe am Zaun dieses Kanuklubs, dass man sie eh nicht hätte öffnen können. Also hätte der, der die Waffe entwendet haben soll, über das Auge steigen, die Fahrertür öffnen und sich über den Leichnam beugen müssen. Selbst dann hätte er nur mit Glück die Pistole im besten Fall vom Beifahrersitz nehmen können. Sie aus dem Spalt zwischen Sitz und Mittelkonsole zu klauben, wäre ganz unmöglich. Das hätte nur ein Schlangenmensch geschafft. Und selbst dann hätte er Faserspuren auf der Leiche hinterlassen«, fasste Bertling zusammen.

»War es hingegen Mord, könnte ihm der Täter bei aus dem Fenster herausgerecktem Kopf von einem Standort in Höhe der Motorhaube einfach in die rechte Schläfe geschossen haben.«

Bertling schüttelte ungläubig den Kopf. »Da die meisten Handfeuerwaffen aber das Auswurffenster rechts haben, müsste die Hülse auf den Weg vor dem Wagen und nicht ins Auto hineingeflogen sein. Wir haben sie aber innen gefunden.«

Achill hielt sich grüblerisch die Hand vors Kinn. »Hat wirklich jemand von außen geschossen, dann muss es so eine neumodische Pistole für Linkshänder mit Auswurffenster auf der linken Seite gewesen sein. Also müsste, wenn es wirklich eine zweite Person gab, diese ein Linkshänder sein.«

»Oder die Waffe war doch rechts auswerfend, und der Schütze hat die Hülse vom Boden aufgeklaubt und in den Wagen geworfen.«

»Du machst mir aber auch jede Theorie kaputt. Wir müssen unbedingt beides in unsere Überlegungen mit einbeziehen«, sagte Achill und griff nach Bertlings Smartphone. »Gib her, ich möchte mir diesen Abschiedspost noch mal genau anschauen.«

Bertling reichte ihm ihr Smartphone mit der geöffneten Facebook-Seite vom toten Kuno Körber.

Achill las den Text dessen letzten Posts laut vor:

»Liebe Freunde, ich habe mich entschieden, endgültig hinzuschmeißen. Nachdem sich nun alles und jeder gegen mich verschworen hat, ist der Bankrott unabwendbar. Ich hab keine Kraft mehr, dem allem nur zuzusehen. Ich war zu lange das Opfer. Ich hab einfach keinen Bock und keine Kraft mehr. Und *jage mir heute Nacht eine Kugel durch den Kopf. Euer Kuno*«

»Mmmh, hast du mal seine anderen Accounts wie zum Beispiel *Twitter* und *Instagram* gecheckt? Oder hat er vielleicht auch über *WhatsApp* jemanden über seinen Plan informiert?«, fragte Achill.

»Ja, aber da ist nichts dergleichen zu lesen. Er hat ohnehin in den sozialen Medien schon lange nichts mehr gepostet. In 2021 war da noch einiges los. Er hat für Veranstaltungen in seiner Vinothek, seinen Wein und so weiter geworben. Wöchentlich meist so zwei Posts. Dann kam ein sehr verbitterter Post so etwa zum Jahresende 2021 zur Schließung der Vinothek, wo er mit den Banken heftig ins Gericht gegangen ist. Dann war Funkstille, und nun dies.«

»Und davor?«

»Die hab ich mir auch angeschaut. Ich würde es ein Wechselbad der Gefühle nennen. Erst sehr euphorisch zur Eröffnung, dann äußerst verbittert, weil man ihm den Laden kurz nach Eröffnung wegen einer fehlenden Ausschankkonzession wieder schloss. Hierzu gab er eine Reihe sehr wüster Beschimpfungen gegenüber den Behörden von sich. Dann wurde es wieder etwas konstruktiver, bis zu den Corona-Lockdowns, mit denen er ganz und gar nicht einverstanden war. Er war wohl so was wie ein Corona-Leugner.«

»Hmm, ob wir bei ihm zu Hause oder in der Vinothek noch mal nach einem Abschiedsbrief suchen sollten?«

»Na ja, dass jemand, der – wie er selbst schreibt – keine Kraft mehr hat, dann gleich zwei Abschiedsbotschaften hinterlässt, halte ich für unwahrscheinlich. Und mittlerweile ist es ja fast üblich geworden, so was auf digitalem Wege zu tun«, erwiderte Bertling.

»Weißt du von der KT schon was zum gefundenen Projektil?«

»Nur das, was sie vor Ort gesagt haben: eine neun Millimeter Kurzwaffe.«

»Findest du es nicht komisch, dass er sich dafür dann wohl eine andere Pistole beschafft haben soll und seine eigene *Glock 17* zu Hause im Tresor lässt? Würdest du nicht lieber eine Waffe nehmen, mit der du vertraut bist?«

»Schon«, antwortete Bertling. »Aber viele haben sich irgendwann eine Zweitwaffe zugelegt und sie nicht ordnungsgemäß registriert.«

»Irgendwas sagt mir, dass da was faul ist. Wir werden uns zunächst mal nicht von dieser Abschiedsnachricht beeindrucken lassen.«

*

Zeitgleich runzelte auch André die Stirn. »Komisch, und warum haben wir dann keine Tatwaffe gefunden?«

Irina lachte. »Da findet der alte Mann schon mal höchstpersönlich eine Leiche, und dann war es nur ein popliger Selbstmord. So was aber auch. Du kannst einem richtig leidtun. Und findest du nicht, dass das ›wir‹ etwas anmaßend ist? Schließlich ermitteln Frank und Verena und nicht du.«

»Stand das Auto eigentlich schon da, bevor wir umgekehrt und in der Gegenrichtung vorbeigejoggt sind?«

»Keine Ahnung, erstens bist du da noch gelaufen und nicht geschlichen und ich musste keine Warteschleifen laufen, um dich aufholen zu lassen, und zweitens war's da noch 'ne ganze Spur dunkler. Und wer schaut schon in diesen Weg zwischen den Büschen, wenn er die Promenade entlangläuft und sich nicht gerade zu Tode langweilt, weil er auf dich warten muss.«

André atmete hörbar aus. »Zugegeben, ich hätte noch nicht mal gewusst, dass es da so was wie eine Einfahrt gibt.«

»Und warum fragst du, der Tatzeitpunkt wird kaum während unseres Laufes gewesen sein, sonst hätten wir den Schuss gehört.«

»Ja, klar. Ich hab mich gefragt, ob jemand, der vorbeigekommen ist, die Tatwaffe mitgenommen haben könnte.«

»Kann ich mir nicht vorstellen, uns ist beim Laufen niemand begegnet, und vorher dürfte es zu dunkel gewesen sein, um was zu erkennen.«

»Das sehe ich auch so. Fakt ist: keine Tatwaffe, kein Selbstmord. Abschiedsbotschaft hin oder her.«

12 GEMEINSAMKEITEN

Logroño, rund 23 Jahre vorher, Montag, 8. Mai 2000, 19.55 Uhr

Sie hätte sich besser um das Wohnungsproblem des Deutschen kümmern sollen, als sich am Strand von Gorliz unweit von Bilbao im Sand zu räkeln. Dessen war sich Araceli noch am Abend klar geworden.

Wie in allen Universitätsstädten waren auch in Logroño erschwingliche Zimmer rar. Und dieser Deutsche – na ja, er war schon mutig gewesen, mit so einem schmalen Budget hier aufzuschlagen.

Also war ihr nichts anderes übrig geblieben, als ihm die Couch in ihrem Zimmer zu überlassen.

Und dieser Zustand hatte sich auch die nächsten Tage nicht geändert.

Sein Vater war wohl ein Winzer der knorrigen Sorte, rechthaberisch, geizig und alles andere als fürsorglich. Der Deutsche hatte gemeint, seine Krankheit, die ihn mehr und mehr beeinträchtigte, hätte ihn dazu gemacht.

Irgendwie ging es dem jungen Mann ähnlich wie ihr. Auch er hatte viel zu früh seine Mutter verloren und musste mit einem Vater leben, der wohl eher an seiner Arbeitskraft interessiert war, als ihm Zuneigung zu schenken. In seiner treuherzigen, hilflosen Art, die noch dadurch verstärkt wurde, dass er zum ersten Mal aus der Pfalz herausgekommen war, gefiel er ihr. Jedes Mal, wenn er sie mit seinen blauen Augen ansah, spürte sie, wie ihr Herz wummerte.

13 UNTERSUCHUNGSROUTINE

Montag, 10. April 2023, 14.15 Uhr

Zuerst schauten sie sich die Vinothek Körbers genauer an. Auch hier hatten schon die Kollegen der Kriminaltechnik erfolglos nach Verwertbarem gesucht.

Fehlanzeige. Die Räumlichkeiten waren zwar gastronomisch voll ausgestattet, irgendwelche persönlichen Gegenstände suchte man aber vergebens. Selbst die Kühl- und Vorratsschränke inklusive des Weinlagers waren leer. »Sieht so aus, als hätte man das hier schon auf einen möglichen Verkauf vorbereitet.«

Bertling nickte. »Passend zum *Facebook*-Text: Stichwort ›alles hinschmeißen‹.«

Danach versuchten sie ihr Glück noch mal in Körbers Wohn- und Winzeranwesen.

Alles vermittelte einen renovierungsbedürftigen Eindruck und stand im scharfen Kontrast zur stylischen nagelneuen Vinothek, die verschwenderisch ausgestattet war.

Putz bröckelte, Farbe blätterte ab, Metall rostete vor sich hin. Die Möbel wirkten, als hätte man eine Einrichtungsgeneration übersprungen. »Die haben noch seine Eltern angeschafft. Und dass eine Frau fehlt, sieht man auch. Die reinste Junggesellenbude. Alles schmuddelig, und Geschmack hatte der auch nicht. Sieht aus wie ein 80er-Jahre-Museum.«

»Ist dir schon aufgefallen, dass hier keinerlei Fotos hängen oder herumstehen? Das muss ein völliger Eigenbrötler gewesen sein.«

»Geschieden, keine Geschwister und die Eltern verstorben, hat mir einer der Haßlocher Kollegen, der ihn wohl flüchtig kannte, gesagt.«

Bertling wandte sich der altmodischen Schrankwand im Wohnzimmer zu. Sie ließ ihre behandschuhten Fingerkuppen entlang einem Regalbrett über die Buchrücken streichen. »Bewahrst du deine Bücher vom Studium auch im Wohnzimmerschrank auf?«

»Sabine würde mich umbringen, vor allem bei den Bänden über Bioforensik mit den hübschen Leichenfotos«, witzelte Achill.

»Körber tut das, und darunter sammelt er Weinzeitschriften. Kein Wunder, dass sie abgehauen ist. Entweder war die genauso retro drauf, oder der hat sie unterdrückt.«

»Weißt du, dass sie es war, die davongelaufen ist, oder nimmst du das nur an?«

»So, wie es hier aussieht, spürt frau das.«

Am Ende des Regalbretts fand sie ein Fotoalbum und schlug es auf. »Wow, fesch. Wie kam er denn an die? Das ist ja der totale Gegenentwurf.« Bertling wies auf ein Foto, das Körber und seine Ex-Frau bei der standesamtlichen Trauung zeigte.

»Er hat damals aber auch nicht übel ausgesehen«, kommentierte Achill, der neben sie getreten war und mit ihr durchs Album blätterte.

»Na ja, besser als mit halb weggeflogenem Kopf und herausgerissenem Auge geht immer.«

»Ja, schon, aber ich wette, auch mit Auge hättest du ihm, so wie er jetzt aussieht, auf der Straße nicht hinterhergeschaut.«

Als sie mit dem Haus fertig waren, wandten sie sich dem Kelterhaus zu. »Passt übergangslos zum Rest«, sagte Achill, und ließ seine Hand über den leicht angerosteten Kotflügel eines Weinbergtreckers gleiten. »Hier gibt es einen gewaltigen Investitionsstau. Und Ordnung sieht anders aus.«

Im Keller bot sich ihnen dasselbe Bild, vom Alter schwarzbraun gewordene Holzfässer und Spinnweben, die wie Girlanden die Gewölbedecke zierten. »Ich kann mir nicht vorstellen, dass die Weine, die hier drin sind, eine Katze hinterm Ofen vorlocken.«

Bertling lachte. »Das hoffe ich doch sehr. Nicht dass wir Irina und André eine alkoholsüchtige Katze aufgeschwatzt haben.«

»Na ja, wenn ich wüsste, dass André sich nicht wieder in alles hineinbohrt, würde ich ihn gerne mal hier durchführen. Er hat Ahnung von Wein und ist mit den Winzern hier in der Region gut vernetzt. Manchmal weiß man im Umfeld einer Person viel mehr, als man weitererzählt, und wir sind die Einzigen, die im Dunkeln tappen.«

Bertling nickte. »Du meinst die Sache mit dem weißen Elefanten im Raum. Jeder weiß davon, aber keiner spricht es an.«

»Ja, ganz recht. Also auf zur Elefantenjagd.«

14 HONEYMOON

Logroño, rund 23 Jahre vorher, Montag, 31. Mai 2000

Die Tage flogen dahin. Die Uni war aus dem Gesichtskreis der beiden verschwunden. Sonnige Badetage am Atlantik, Ausfahrten zu einsamen alten Städtchen, gesellige Abende mit anderen Studenten in Logroños Calle del Laurel bei Pinchos – der baskischen Variante von Tapas – und blutrotem Rioja-Wein.

Danach die schwülen Nächte in der engen Dachwohnung. Aus schüchterner Annäherung war Leidenschaft geworden, längst war er vom ungemütlichen Sofa in Aracelis oder – wie er sie mittlerweile nannte – Celis Bett umgezogen.

Ach, könnte es nur so bleiben. Aber die Unizeit würde enden, und die Zeit des Praktikums bei Celis Stiefvater nahte. Und im Herbst war es eh vorbei, dann musste er zurück, seinem Vater bei der Lese helfen. So war das nun mal in Winzerkreisen.

15 FRAGEN

Dienstag, 18. April 2023, 9.55 Uhr

»Ich hab ein paar Neuigkeiten, die dich interessieren könnten«, flötete Bertling, als sie von einer kurzen Stippvisite bei der Kriminaltechnik in ihr gemeinsames Büro zu Achill zurückkam.

»Soso, lass hören, bin ganz Ohr.«

»Beginnen wir mit der Tatwaffe: Die Kollegen sind fertig mit der Untersuchung des Projektils. Man fand es, wie du weißt, in der Verkleidung der Fahrertür. Es handelt sich tatsächlich um ein 9-mal-19-Millimeter-*Luger*-Vollmantelgeschoss.«

»Allerweltsmunition, die aber nicht für einen Jäger spricht«, brummte Achill. »Das nutzen eher Sportschützen oder Soldaten.«

»Genau. Etwas interessanter ist das, was uns die Hülse verrät, die man, wie gesagt, im Beifahrerfußraum des Fahrzeuges fand.«

»Und wie ist dazu die Meinung der Kollegen? Spricht das nun für einen Schützen innerhalb oder außerhalb des Wagens?«

»Sie legen sich mal wieder nicht fest. Sie meinen, das kann man zweifelsfrei nicht sagen. Die Hülse könnte, wie wir gestern schon gemutmaßt haben, sowohl von einer Waffe innerhalb als auch außerhalb des Wagens stammen. Selbst der genaue Standort eines möglichen Schützen außerhalb ist schwer zu bestimmen. Diese Hülsen haben oft eine seltsame Flugbahn und könnten sonst wo – zum Beispiel am Körper des Schützen – abgeprallt sein.«

»Konnte man sie einer spezifischen registrierten Waffe zuordnen?«

»Nein. Leider nicht, aber einem speziellen Waffenfabrikat. Sie wurde mit höchster Wahrscheinlichkeit aus einer Pistole der Marke *Kel-Tec P-11* abgeschossen.«

»Ist das nicht eine dieser Handtaschenpistolen?«

»Ja, ganz genau, es handelt sich um eine Kompaktpistole im Kaliber 9-mal-19-Millimeter. Galt eine Zeit lang als kleinste und leichteste Neun-Millimeter-Pistole der Welt. Offizielle Zielgruppe für die Waffe sind Polizisten in Zivil und Soldaten. Sie ist für das verdeckte Tragen zum Beispiel im Unterschenkelholster beziehungsweise als Zweitwaffe gedacht. Sie wiegt nur 400 Gramm und besteht aus Aluminium und einem Kunststoff-Polymer.«

»Hast du die Kollegen auf unsere Theorie zum Hülsenauswurf links für Linkshänder angesprochen?«

»Ja, sie haben natürlich gemeint, dass sie das längst geprüft hätten. Und dass es diese Pistole auch als Spezialanfertigung mit Linksauswurf gibt.«

»Mhm. Das heißt also, dass wir bei unseren Ermittlungen ein Auge auf Linkshänder haben sollten.«

Bertling nickte. »In Deidesheim und Umgebung sind 13 solcher Waffen registriert. Leider ist auf den Besitzunterlagen dieses Detail nicht vermerkt. Wir müssen sie also alle checken. Ich hab Jonas rumgeschickt, sie zum Beschießen einzusammeln.«

»Das nenn ich auf Zack«, brummte Achill anerkennend. »Mal sehen, wie viele dieser Waffennarren sich nun wieder beschweren. Aber was sein muss, muss halt sein.«

»Hab aber keine Hoffnung, dass das was bringt«, schwächte Bertling ab.

»Seh ich auch so.«

»Dann gibt es noch Erkenntnisse zum Ehevertrag zwischen Körber und seiner Ex. Du erinnerst dich an den leeren Ordner. Sie haben ihn in dem Papierwust auf dem Boden gefunden.«

»Und?«

»Ist wohl sehr zu ihren Ungunsten. Ihr hat bei der Scheidung rein gar nichts zugestanden. Keine Anteile am Hof oder den Weinbergen . Nichts, niente, nada.

Eine etwas spannendere Information habe ich von unserer Abteilung Cybercrime. Toll, was die mittlerweile so rauskriegen. Ich hab sie gebeten, sich das Smartphone von Körber und diesen Online-Abschiedsbrief anzuschauen.«

»Und?« Achill schaute erwartungsvoll auf.

»Mit seinem Smartphone wurde das definitiv nicht in *Facebook* eingegeben.«

»Na ja, das sagt aber auch nicht viel aus. Mittlerweile hat jeder, der was auf sich hält, diverse Endgeräte.«

»Aber *Facebook* hat den Kollegen, da es sich um Mordermittlungen und einen toten User handelt, sogar Auskunft über das genutzte Endgerät gegeben. Es ist ein sehr altes Gerät – quasi ein Smartphone der ersten Generation.«

Achill grinste. »Passt irgendwie zu Körbers Wohnungseinrichtung.«

»Die Kollegen haben weitergeforscht. Als die Nachricht am Samstag an *Facebook* übermittelt wurde, war das Gerät um 22.05 Uhr ins Gäste-WLAN einer Deidesheimer Vinothek eingeloggt.«

»Ich wette, in Körbers Vinothek.«

»Schade, dass ich nicht erst über den Wetteinsatz mit dir

verhandelt habe«, erwiderte Bertling lächelnd. »Denn diese Wette hast du verloren. Es war in der *Vinothek Wassler.*«

»Hmm, das bedeutet, er war am Samstag dort in der Vinothek.«

»Genau. Oder es war jemand anderes, der die Zugangsdaten zu Körbers *Facebook*-Account hat, und hat es dort eingegeben.«

»Wenn das Smartphone Körber gehört, hat er es möglicherweise online mit Guthaben aufgeladen, dann müsste man Abbuchungen auf seinem Girokonto, Kreditkarte oder einem *Paypal*-Account finden.«

Bertling lächelte. »Wenn du den richterlichen Beschluss dazu besorgst, geht die Anfrage an diese Stellen schnellstmöglich raus. Die Herrschaften von den Banken sind da immer etwas schweigsam.«

»Mach ich gleich. Und dann sollten wir uns mal diese *Vinothek Wassler* anschauen.«

»Hab schon nachgeschaut. Öffnet um 11 Uhr. Das bedeutet, wenn du das beim Untersuchungsrichter angefragt hast, können wir direkt los.«

*

»Hab ich dich ertappt? Was wird denn das? Ist das Futter vergiftet oder hast du Angst, dass er so hungrig wird, dass er dich angreift?«, flötete Irina.

»Du und ertappen. Wenn du mit knackenden Gelenken die Treppe runterkommst, funktioniert Ertappen nicht. Als Privatdetektivin bist du jedenfalls untauglich. Klarer Fall von Anschleich-Insuffizienz, würde ich da sagen.«

»Haha, bei dir hört man beim Treppensteigen nur deinen schweren Atem, alter Mann.«

»Einer muss sich ja um deinen Patienten kümmern. Gestern Abend, als die Dame bei einem feuchtfröhlichen Abend in irgendeiner Mannheimer Studentenkneipe weilte, hat dein kleiner Freund hier ein Drama abgezogen. Er stand wie angewurzelt vor der Haustür und miaute und wollte ins Freie. Und eben, als du dich bis in die Mittagszeit von deinen abendlichen Eskapaden erholt hast, das Gleiche vorm Fressnapf. Er weiß, wie man seine Interessen durchsetzt, der haarige Gauner.«

»Und der alte Mann mit seinem weichen Herzen war zur Stelle, wie rührend.«

André grinste. »Na ja, bin's schon gewohnt, irgendwelche hungrigen Lebensformen rechtzeitig vorm Hungerkoma zu bewahren.«

»Wie witzig, alter Mann. Selbst ist die Frau, für meine Verpflegung und die für meinen kleinen Freund kann ich schon selbst sorgen.«

»By the way, bist du heute Nachmittag bei ihm? Ich muss noch mal los.«

Irina lachte. »Ich wette, ich weiß, wohin. Könnte es sein, dass dich einige Besorgungen nach Deidesheim führen?«

»Ganz recht. Kenn dort einen guten Winzer, brauch noch ein paar Flaschen Riesling.«

»So ein Zufall aber auch.«

*

Bertling und Achill waren kurz nach dem Öffnen in Ute Wasslers Vinothek, von der aus der *Facebook*-Abschiedsbrief gepostet worden war, angekommen.

Sie hatten beschlossen, sich zunächst unter die Gäste zu mischen und sich umzuschauen. Die Vinothek war zu dieser Zeit nur spärlich besetzt. Einige Touristen – Achill meinte, niederländische Sprachfetzen zu erkennen – und ein paar Tagesausflügler, deren Hessisch kaum zu überhören war.

Alles hier war elegant und reduziert, keine unnötige Deko, außer Stühlen und Tischen kaum Möbel, sodass die Bausubstanz – Sichtbeton, Holz, Stahl und Glas – gut zur Geltung kam.

»Für mich ist diese moderne Bauweise einfach zu steril«, klagte Achill.

Bertling lächelte nachsichtig. »Vielleicht eine Generationenfrage, ich find's stylish.«

Sie erntete dafür nur ein mürrisches »Hmm«.

Hinter der Theke stand eine Frau mit blond gelocktem Haar, etwa Ende 40, und eine andere, deutlich jüngere Frau, möglicherweise eine Studentin, kümmerte sich um den Service.

Achill orderte für sie je ein Zehntel Roséwein, Mineralwasser und einen Flammkuchen. Als die Bedienung den Wein brachte, fragte Bertling: »Haben Sie ein Gäste-WLAN?«

»Klar, es heißt ›Vinothek_Wassler‹, und das Passwort lautet ›Deidesheim1234‹.«

»Hmm, zwar nicht besonders originell, aber ohne nachzufragen kommt man da nicht sofort drauf«, kommentierte Achill.

»Stimmt, aber man könnte es vom Nachbartisch aufschnappen.« Bertling ließ kurz ihren Blick zum nicht weit entfernten Tisch mit der Gruppe aus Hessen schweifen.

Als sie den Flammkuchen aufgegessen und die Gläser geleert hatten, kam die Bedienung und fragte, ob es noch etwas sein dürfte. Achill erkundigte sich, ob Frau Wassler zu sprechen sei.

»Ja klar, waren Sie mit etwas nicht zufrieden?«

»Nein, alles bestens, wir möchten sie nur was fragen.«

»Es ist die Dame hinter der Ausschanktheke. Soll ich sie herbitten?«

»Nein, nicht nötig, wir gehen zu ihr hin.« Achill zahlte noch, und sie erhoben sich.

Ute Wassler stand noch immer alleine hinter der Theke und war gerade dabei, die Gläserspülmaschine auszuräumen.

»Kriminaloberkommissarin Bertling und Kriminalhauptkommissar Achill vom Polizeipräsidium Rheinpfalz. Sie sind Ute Wassler?«

Sie zuckte erschreckt herum. »Ja, aber ...«

Achill legte den Dienstausweis auf die Theke vor ihr.

»Keine Sorge, es geht nur um einen Ihrer Gäste.«

Sie nickte und wirkte noch immer etwas verdattert.

»Können wir uns hier irgendwo zehn Minuten ungestört unterhalten?«, fragte Achill und blickte auf die Bedienung, die gerade einen Zettel mit einer Bestellung auf die Theke schob.

»Ja, schon, aber bitte nur kurz. Wie Sie sehen, sind wir nur zu zweit.«

Die Bedienung nickte ihr als Zeichen, dass sie verstanden hatte, zu.

»Lassen Sie uns in den Probierraum gehen, da sind wir ungestört.« Wassler ging ihnen voraus in einen Nebenraum, in dessen Mitte ein langer, aus Fassdauben gefertigter Holztisch mit zwölf Stühlen darum stand.

»Darf ich Ihnen etwas zu trinken bringen?«

»Kennen Sie Herrn Kuno Körber?«, fiel ihr Achill ins Wort.

Er bemerkte ein Flackern in ihren Augen. »Ja klar, ein Kollege hier vom Ort.«

»War er die letzten Tage hier in der Vinothek?«

»Nein, wieso?«, antwortete sie eine Spur zu schnell.

»Vielleicht am Samstagabend? Bitte überlegen Sie genau«, mischte sich Bertling ein.

Die Nervosität, die von Wassler Besitz ergriff, war unübersehbar, hektisch kratzte sie sich am Unterarm. Dabei schob sich ihr Ärmel etwas hoch, und ein kleiner, noch unverheilter Kratzer kam auf dem Handgelenk zum Vorschein.

»Wer hatte denn am Samstagabend Dienst in der Vinothek?«

»Meine Ehefrau, eine Aushilfe und ich.«

»Und wann schließen Sie samstags gewöhnlich?«

»Um 22 Uhr.«

»Punkt 22 Uhr?«, bohrte Achill weiter.

»Na ja, nein, wie das eben so ist. Manchmal kommen die Gäste nicht so zu Potte, haben dies oder jenes noch zu fragen, nehmen eine Kiste Wein mit oder müssen noch mal auf die Toilette.«

»Und am letzten Samstag? Wie war es da?«

»Ja, wie immer. Kann sein, dass es ein paar Minuten später geworden ist.«

»Und kurz bevor Sie zusperrten, war da Kuno Körber in der Vinothek, oder vielleicht haben Sie ihn ja auf dem Parkplatz oder hier in der Nähe beobachtet?«

Das »Nein« von Ute Wassler kam wieder schnell und entschieden.

»Und Ihre Frau oder Ihre Angestellte, haben die ihn am Samstagabend gesehen?«

»Kann ich mir nicht vorstellen. Wenn wir zusammen

Dienst haben, da sieht jede alle Gäste. So groß ist die Vinothek nun auch nicht.«

»Was für ein Smartphone nutzen Sie?«

Wassler schaute Bertling, von der diese Frage kam, verwirrt an.

»Na das hier.« Sie zog ein relativ neues *iPhone* aus ihren Jeans und legte es vor ihnen auf der Theke ab.

»Danke.« Bertling hatte wohl auf einen Blick erkannt, dass es sich dabei unmöglich um jenes vorsintflutliche Gerät gehandelt haben konnte, mit dem der *Facebook*-Post verschickt worden war.

»Wann haben Sie Kuno Körber das letzte Mal gesehen?«

Wasslers Blicke flogen wild durch den Raum, so als könnte sie die Antwort hier irgendwo finden. »Na ja, weiß nicht recht. So vor einem Vierteljahr. Deidesheim ist zwar nicht sonderlich groß, aber auch nicht so klein, dass man sich hier ständig begegnet.«

Achill ließ nicht locker. Die Aufregung, die seine Fragen bei Wassler auslösten, verriet ihm, dass da mehr war als nur ein flüchtiges Kennen unter Winzerkollegen. »Wie war denn Ihr Verhältnis zu ihm?«

»War?«, fragte Wassler überrascht.

»Herr Körber ist am Sonntag verstorben.«

»Verstorben? Wieso?«

»Das tut nichts zur Sache. Wie war Ihr Verhältnis zu ihm?«

»Wir waren halt Kollegen.«

»Mehr nicht?«

»Na ja. Er war … er war der Ex-Mann meiner Frau.«

Achill schluckte. Er warf Bertling einen ärgerlichen Blick zu. Wieso hatte sie das nicht recherchiert?

»Bis wann? Also wann wurden sie geschieden?«

»Anfang Januar dieses Jahres, unmittelbar danach haben wir geheiratet.«

»Also vor rund vier Monaten«, fasste Achill zusammen, um Zeit zu gewinnen, sich die nächste Frage zu überlegen.

Wassler nickte.

»Aha, und nach so einer Sache bleibt das Verhältnis einfach nur kollegial?« Achills Gesicht hatte eine leichte Rotfärbung angenommen.

»Ja … das heißt nein. Er war schon nicht so begeistert davon, dass sie von ihm wegwollte und vor anderthalb Jahren zu mir gezogen ist.«

Achill schnaubte. »Und wann wollten Sie mir das sagen, dass zwischen ihnen eine gewisse Rivalität oder Eifersucht herrschte?«

»Na ja, Sie wissen es ja jetzt.« Wassler kratzte sich am Unterarm, wieder kam der Kratzer am linken Handgelenk zum Vorschein.

»Haben Sie sich verletzt, kann ich das mal sehen?«, schaltete sich Bertling wieder ein.

»Das ist nichts. Ich hab nur am Wochenende meine Rosen geschnitten.«

»Macht man das nicht im Februar oder März?«, fragte Achill nach.

»Ja, schon, aber die Arbeiten in den Weinbergen gehen eben vor, da bleibt so was schon mal liegen.« Wassler legte ihre rechte Hand um den Ärmel ihres linken Armes, als wolle sie vermeiden, dass er sich wieder hochschob und noch mehr preisgab.

»Darf ich trotzdem mal sehen?«

»Dürfen Sie das überhaupt? Ich zieh mich nicht gerne vor Fremden aus.« Sie lächelte gequält, offensichtlich wollte sie so tun, als scherzte sie.

Bertling atmete scharf aus. »Mit Ihrem Einverständnis, ja.«

»Ich möchte das aber nicht.«

»Und einen Abstrich von Ihrer Mundschleimhaut zum DNA-Abgleich?«, bohrte Bertling weiter.

Wieder flackerten Wasslers Augen. »Aber wieso? Steh ich etwa unter Verdacht? Was soll ich denn getan haben?«

»Noch nicht«, antwortete Achill und gab seiner Stimme etwas Bedrohliches. »Aber wenn Sie nichts zu verbergen haben, könnte man das hier abkürzen.«

»Ich hab nichts zu verbergen, aber trotzdem: nein.«

Achill hob genervt die Augenbrauen. »Eine letzte Frage noch: Wo können wir Ihre Ehefrau aktuell finden?«

»Wahrscheinlich im Keller, sie füllt heute den 22er Weißburgunder ab.«

»Und wo?«

»Na ja, bei mir auf dem Weingut, sie ist Önologin und arbeitet als Kellermeisterin bei mir.«

»Danke, könnten Sie uns noch Ihre Handynummer aufschreiben, falls wir eine Rückfrage haben?«

»Gerne.« Wassler ergriff mit der Linken einen auf der Theke herumliegenden Kugelschreiber und schrieb die Nummer auf eines der Gastroblöckchen.

16 AUSSÄTZIG

Haro, rund 23 Jahre vorher, Mittwoch, 23. Juni 2000

Seit ein paar Tagen hatte der Deutsche sein Praktikum im traditionsreichen Weingut Martinez-Montero angetreten, das die Familie – wie man nicht leid wurde zu betonen – seit 1697 betrieb.

Das Verhalten des Patrons, Aracelis Stiefvater Diego, und ihres Stiefbruders Alonso hatte sich nicht geändert. Sie begegneten dem Deutschen mit offen zur Schau gestelltem Desinteresse.

Lediglich den Versuch Aracelis, ihn in ihrer Nähe im Büro einzusetzen, hatte Alonso mit einem zynischen Lächeln vereitelt. »Er soll lernen, wie man Wein macht, und keine Briefe tippen – damit die Deutschen endlich begreifen, wie's geht.«

So arbeitete er an der Seite Pedros, der ihn wenigstens einigermaßen ernst nahm. Araceli mutmaßte, dass das nur deshalb der Fall war, weil er mit ihm eine Hilfskraft für alles Mögliche, was er nicht gern selbst tat, gewonnen hatte. So beschränkte sich die Arbeit des Deutschen im Wesentlichen auf das Reinigen von Tanks und Fässern und ähnliche wenig attraktive Hilfsarbeiten.

Die Abende hingegen gehörten ihnen. Sie gingen getrennt aus dem Haus, aber nur, bis sie außer Sicht waren. Dann sammelte ihn Araceli am Straßenrand ein und sie fuhren nach Logroño oder Vitoria-Gasteiz – einer weiteren Großstadt im Umfeld des Weingutes –, um sich für ein paar Stunden in Aracelis Studentenbude oder einem Hotelzimmer zu lieben. Spät nachts kehrten sie wieder getrennt zurück.

Nach ein paar Wochen gingen beide auf dem Zahnfleisch. Ihm fiel die anstrengende Arbeit im Keller immer schwerer und einmal nickte er gar, an einen Tank gelehnt, ein.

Entgegen allen Befürchtungen maßregelte ihn Pedro deswegen nicht. Im Gegenteil – wahrscheinlich sah er darin so etwas wie eine geglückte Integration in die spanische Gepflogenheit, die Nacht zum Tag zu machen.

So kam es, dass er ihm hin und wieder etwas zeigte und erklärte. Obwohl er nicht über besonderes sprachliches Geschick verfügte, gab er sich Mühe und sprach phasenweise sogar Englisch mit ihm.

Eines Tages teilte er ihn zum Aufschlagen und Trennen von Hühnereiern mittels einer an eine Kugelbahn für Kinder erinnernden einfachen Metall-Apparatur ein. Der Deutsche dachte zuerst, es sei ein übler Scherz, wie er bei Weinbaubetrieben nicht selten vorkam, um Azubis und Neulinge vorzuführen.

»Hast du noch nie etwas von Eiweißklärung gehört?«, herrschte ihn Pedro an, der sich über seinen anfänglichen Widerstand mokierte.

Der Deutsche lachte, so wie es junge Leute tun, naiv und ungehemmt. »Ja, schon, aber das macht man doch nicht so altertümlich – Hühnereiweiß zur Klärung.« Er schüttelte den Kopf.

»Es esa tradiciòn – es ist Tradition«, platzte es empört und entgeistert aus Pedro heraus.

»Warum nehmt ihr nicht gleich Rinderblut zur Klärung?« Wieder lachte er, dieses Mal lagen Hohn und Geringschätzigkeit darin.

Erneut stieß er bei Pedro auf Unverständnis. »Das haben wir lange Zeit. Weißt du nicht, dass das in der EU seit 1997 verboten ist? Aber es hat gut funktioniert, hat mein Vater erzählt.«

»In Deutschland nimmt man da Gelatine, und moderne Weingüter nehmen Erbsenproteine oder Betonit. Dann ist der Wein sogar vegan.«

Dieses Mal lag der Hohn auf Pedros Seite. »Er weiß alles besser, unser Señor concreto.« Was so viel wie »Herr Beton« hieß. Dann setzte er noch ein »cabeza cuadrata« hinzu – was wörtlich Quadratschädel oder, etwas freier übersetzt, Betonkopf bedeutete und eine in Spanien geläufige abfällige Titulierung von Deutschen war.

Damit war alles gesagt, und fortan behandelten ihn nun alle männlichen Mitglieder der Familie Martinez-Montero wie einen Aussätzigen.

17 VERDACHTSMOMENTE

Dienstag, 18. April 2023, 12.15 Uhr

Mit dem lauten Ausruf: »Wenn das nicht der Herr Sartorius ist?«, kam der Seniorchef des Weingutes Hanselmann auf ihn zu. »Was kann ich für dich tun, lieber André?«

Sie reichten sich die Hände, und Hanselmann schüttelte sie ausladend mit dem festen Druck seiner von der Arbeit im Weinberg grobschlächtigen Hände.

André mochte den Alten. Er war kernig, eine ehrliche Haut und wusste über alles Bescheid, was gerade in der Weinwelt gespielt wurde. Was nicht zuletzt daher rührte, dass er der Weinbruderschaft und verschiedenen anderen mit dem Weinbau verbundenen Gremien, Gruppierungen und Ausschüssen angehörte.

»Ich wollte mal schauen, ob ihr den 22er Riesling schon abgefüllt habt.«

Hanselmann lachte gönnerhaft. »Schon, der iss fast schon wieder ausgetrunken«, antwortete er mit der typischen Tonfarbe der Pfälzer.

Ohne viele Worte zu machen, stellte er drei Probiergläser vor André auf die Theke und schenkte aus drei Flaschen jeweils ein gutes Quantum ein.

»Und du?«, fragte André mit Blick auf die Gläser.

Worauf der Alte nicht zögerte und die Prozedur für sich wiederholte.

Er hob das erste Glas, roch tief hinein. »Ist zwar nur ein Ortwein, aber trotzdem von unseren Lagen am Deidesheimer Kieselberg und vom Hergottsacker. Riechst du die Weinbergpfirsiche?«

André tat es ihm gleich, und tatsächlich füllte ein Pfirsichduft seine Nase. »Wow, schönes Aroma.«

Nun nippten beide am Glas, ließen den Wein über die Zunge rollen und schlossen fast wie abgesprochen genießerisch die Augen.

»Ahh, herrlich, diese feinen Zitrus- und Pfirsichnoten«, bekannte André.

So ging es weiter, bis alle drei Proben verkostet waren. Hanselmann – motiviert durch Andrés ehrliche Bewunderung für seine Weine – setzte gerade an, noch ein paar Weine einzuschenken, als ihn André unterbrach. »Ich bin vorhin bei meinem kleinen Weinbergspaziergang an der Vinothek von Kuno Körber vorbeigekommen. Wieso macht er sie nicht auf? Sieht doch sehr ansprechend aus.«

Hanselmann lachte bitter auf. »Das ist ein einziges schwarzes Loch, in das er sein gesamtes Vermögen reingepulvert hat. Der hätt besser den Hof und den Keller auf Vordermann gebracht, als dafür sein Geld rauszuschmeißen.«

»Hmm, aber ist so eine Vinothek nicht auch vorteilhaft, um die eigenen Weine an die Frau oder den Mann zu bringen?«

Hanselmann lachte nun laut auf. »Ja, wenn man sie öffnen darf, schon.«

»Wie meinst du das? War sie nicht schon offen?«

»Doch, aber schneller wieder zu, als der geschaut hat. Der Körber, dieser Sonderling, meinte, das wär egal, wenn man keine Konzession hat. Er hat das Ding trotz Verbot einfach aufgemacht und munter ohne Erlaubnis Wein ausgeschenkt und Essen verkauft. So was mag die Gemeindeverwaltung überhaupt nicht. Angeblich hat er sich da über die Jahre eh nur Feinde gemacht.«

»Klingt nicht gut.«

»Ja, vor allem hat er dann die Gemeinde mit Klagen überzogen, statt auf sie zuzugehen. Und das geht seit vier Jahren so. Die Mühlen des Gesetzes mahlen eben langsam. Sehr langsam. Und dazwischen sind dann noch diese Corona-Lockdowns gekommen. Sodass ihm letztes Jahr angeblich das Geld ausgegangen ist. Mein Korkenhändler hat mir im Vertrauen erzählt, dass er schon ein Jahr auf sein Geld von Körber wartet.«

»Und was will er jetzt tun?«

»Keine Ahnung, angeblich aufstecken und die Glaskiste da oben verkaufen. Aber wer will schon eine Vinothek ohne Konzession. Der ist geliefert, am besten, der hängt sich auf.«

André schluckte.

»Hat er Feinde im Ort?«

Hanselmann lachte erneut. »Du solltest umgekehrt fragen. Ich kenne niemanden, mit dem er sich nicht schon verkracht hat. Mit mir hat er auch schon angefangen, hat mir ein paar Wingertpfähle abgefahren und wollte sie nicht ersetzen. Aber mit der Wassler trieb er es wohl am buntesten. Angeblich hat er da irgendwas mit ihren Weinen rummanipuliert. Hat sie jedenfalls behauptet. Vor ungefähr zwei Jahren war das. In dieser Zeit war die Vinothek auch wieder geöffnet, aber nur zum Probieren und zum Außerhausverkauf, aber keine Gastro mehr.«

»Was meinst du mit ›herummanipuliert‹?«

»Keine Ahnung, was er getan haben soll, hab's nur brockenweise mit angehört. Sie hatten einen sehr lautstarken Auftritt bei ihm im Wingert. Die war völlig außer sich.«

»Hmm.« André konnte diese Sache nicht recht einordnen.

»Wenn du mich fragst, reiner Neid und Eifersucht. Sie hat eine Vinothek, die super läuft – wenigstens bis diese Sache mit der Manipulation war. Und seine Alte ist wohl auch zu der Wassler durchgebrannt.«

»Du meinst seine Ehefrau.«

»Ja, ist jetzt die Frau von der Wassler. Lesbisch oder wie das moderne Zeug heißt.«

*

Achill und Bertling machten sich direkt nach dem Besuch bei Ute Wassler auf den Weg zu ihrem von der Vinothek rund einen Kilometer entfernten Weingut.

»Die hat mit unserem Besuch gerechnet, und ein schlechtes Gewissen hat sie auch. Und hast du gesehen, dass sie uns mit der linken Hand ihre Telefonnummer aufgeschrieben hat? Ich wette, die ruft gerade ihre Frau, Sally, an«, sagte Bertling, als sie im Wagen saßen.

»Davon gehe ich auch aus. Und diese zur Schau gestellte Ahnungslosigkeit. Diese Sally war doch von unseren Kollegen über das Ableben von Körber informiert worden. Und die tut so, als hätte sie davon bis jetzt nichts gehört. Sally hat 100-prozentig direkt mit ihr drüber gesprochen. Und die Sache mit dem Kratzer auf dem Handgelenk, den sie sich angeblich beim Rosenschneiden zugefügt hat, nehm ich ihr auch nicht ab. Ich wette, das sind

Abwehrverletzungen, und sie ist Linkshänderin. Ich hätte sie am liebsten gleich mitgenommen. Hast du gesehen, wie aufgeregt die war?«

»Ich gebe dir recht, der müssen wir noch mal intensiver auf den Zahn fühlen. Bin schon sehr gespannt, was ihre Frau dazu zu sagen hat.«

In diesem Augenblick rollten sie in den Hof des Weingutes Wassler.

Sie waren kaum ausgestiegen, als ihnen schon eine Mittvierzigerin mit langen dunklen, von grauen Strähnen durchzogenen Haaren und auffallend tiefbraunen Augen entgegenkam.

»Frau Körber?«, fragte Achill, ehe er sich ihr vorstellte.

»Sally Wassler«, berichtigte sie. »Ich bin mit Ute verheiratet und habe ihren Namen angenommen.«

»Entschuldigung, da sind wohl unsere Unterlagen nicht auf dem neuesten Stand«, gab er vor.

»Und Sie sind die Herrschaften von der Polizei. Ute hat mich schon informiert, dass Sie kommen.«

Wenigstens darin ist sie ehrlich, dachte Achill und reichte ihr die Hand.

Als er und Bertling ihre Dienstausweise zeigen wollten, wehrte sie ab. »Schon gut, ich glaube Ihnen.«

Sie führte sie in die Wohnküche des Winzeranwesens, bot ihnen Platz und etwas zu trinken an, was sie ablehnten.

»Sie sind also die Ex-Frau des verstorbenen Herrn Körber?«, begann Achill die Befragung.

»Ja.«

In ihrer knappen Antwort lag weder Verwunderung noch sonst eine Gefühlsregung. Jetzt war klar, dass sie wie vereinbart schon durch die Kollegen informiert worden war.

»Wann haben Sie Herrn Körber zum letzten Mal vor seinem Tod gesehen oder gesprochen?«

»Ich habe mich mit ihm nach der Verhandlung zur Scheidung im Januar noch zweimal im Februar getroffen, um die Banksachen zu regeln, Konten zu schließen und Vollmachten zu streichen und um von ihm erzählt zu bekommen, dass eine Auszahlung meiner Versorgungsansprüche zurzeit aufgrund seiner finanziellen Enge nicht möglich sei. Das war's.«

»Und am Samstagabend?«

»Nein, wieso? Ich habe ihn nicht gesehen.« Auch diese Antwort kam wie schon bei ihrer Frau sehr schnell und entschieden.

»Na ja, wir haben Hinweise, dass er in der Vinothek war«, versuchte er es weiter.

Sie schüttelte den Kopf. »Nicht, als ich da war.«

»Wann waren Sie denn da?«

»Ich bin mit Ute gegen 11 Uhr morgens gekommen, und wir sind bis etwa eine halbe Stunde nach Schließung um 22 Uhr geblieben.«

»Das heißt bis 22.30 Uhr«, präzisierte Achill.

Sie nickte.

»Und danach?«

»Na ja, wir wohnen zusammen hier im Haus. Wir sind hierhergefahren, haben noch etwas ferngesehen und sind dann so um 24 Uhr ins Bett.«

»Ah, schön, was lief denn?«, unterbrach sie Achill.

»Wenn ich ehrlich bin, keine Ahnung. Es war ein langer Tag, wir haben noch einen Rotwein getrunken. Ich war schläfrig und hab das nicht mehr so mitgekriegt.« Sie sagte das völlig unbefangen und ohne zu zögern.

»Und dann?«

»Wir sind dann, wie gesagt, ins Bett gegangen und dort waren wir, bis wir am Sonntag gegen 8 Uhr aufgestanden sind.« Auch diese Antwort kam überraschend flüssig.

Die weiß genau, was wir fragen, und es geht doch nichts über ein sauberes Alibi, dachte Achill.

»Und wann erhielten Sie von unseren Kollegen die Nachricht über seinen Tod?«

»Am Sonntag, so gegen 14 Uhr, Ute war in der Vinothek und ich hier.«

»Und Sie haben ihr nichts davon erzählt?«

»Doch, natürlich, am Abend, als sie nach Hause gekommen ist.«

»Hat Sie die Nachricht bewegt?«

»Ja, klar. Wir waren schließlich über 21 Jahre verheiratet. Und ich hab mir gedacht, ob er noch leben würde, wenn …« Sie brach ab, ihre Augen wurden glasig. »Weiß man mittlerweile, was genau passiert ist? Ich meine … Ich will nicht verschweigen, dass ich diesen *Facebook*-Post gelesen habe.«

»Na ja, dieser elektronische Abschiedsbrief spricht für einen Suizid, trotzdem ermitteln wir – so wie es unsere Pflicht ist – in alle Richtungen.«

Achill nahm ein leichtes Zucken in Sallys Augenwinkel wahr.

»Aber wieso? Glauben Sie …«

»Wir glauben gar nichts, wir schließen nur aus. Wie war Ihr Verhältnis zu ihm?«

Sally atmete hörbar aus. »Was für eine Frage. Denken Sie, ich habe mich aus Langeweile von ihm scheiden lassen? Wir haben uns auseinandergelebt, und so eine Scheidung geht nie ohne gegenseitige Verletzungen ab. Und dass ich ausgerechnet Ute … hat ihn …« Sie brach ab. Wieder stand sie knapp davor zu weinen.

»Aber nein, ich habe kein Motiv gehabt, ihn umzubringen. Es ist alles vorbei. Ich wollte nur noch mit Ute ein neues Leben anfangen und das alles hinter mir lassen, mehr nicht. Verstehen Sie das?«

»Ja, schon, aber dass Sie nun mit leeren Händen dastehen, vielleicht sogar für seine Schulden aufkommen müssen, ist das nicht doch sehr ärgerlich?«

»Ich bin mit nichts in diese Ehe gekommen, habe nie etwas Eigenes gehabt, außer dem, was ich auf der Haut getragen habe, und bin ohne etwas gegangen. Zum Glück war ich für die Banken nie als Mit-Kreditnehmerin interessant. Ich habe einfach 22 Jahre meines Lebens verschenkt, mehr nicht, aber das ist mir schon seit ein paar Jahren bewusst. Und mit Utes Hilfe bin ich fast schon drüber weggekommen.« Aus Sallys letzten Sätzen sprachen Schmerz und Enttäuschung, aber keine Aggression.

»Und nun?«, fragte Bertling.

»Ich werde nicht auf die Beerdigung gehen – falls Sie das meinen – und ausrichten werde ich sie ebenfalls nicht. Aber nicht aus Groll. Erstens, weil ich mich von den Leuten hier nicht anstarren lassen will, und zweitens, weil ich nichts habe, womit ich eine Beerdigung bezahlen könnte – ganz einfach.«

»Nein, ich dachte eher an Ihre Zukunft?«, korrigierte sich Bertling.

Sally lächelte schief. »Erstmals in meinem Leben habe ich eine. Ich liebe Ute, sie ist gut zu mir. Sie zahlt mir sogar ein Gehalt als Kellermeisterin. Sie sagt, es soll mir nicht wieder so ergehen wie bei Kuno. Wir wollen ein Kind adoptieren. Kuno hatte damit immer gewartet, bis es zu spät war.«

»Wie lange dauert Ihre Beziehung zu Frau Wassler schon an?«, fragte nun wieder Achill.

»Sorry, könnte ich mal auf Ihre Toilette?«, unterbrach ihn Bertling.

Achill strafte sie mit einem strengen Blick. Er mochte es nicht, wenn die bei einer Befragung mühsam hergestellte Atmosphäre gestört wurde.

Sally stand mit ihr auf, führte sie in einen Flur, der von der Küche abging, und wies auf eine Tür.

Als sie zurückkam, wiederholte Achill seine Frage. »Also, wie lange dauert Ihre Beziehung zu Frau Wassler schon an?«

Sally überlegte. »Zwei Jahre.«

Achill räusperte sich.

»Nein, nicht wie Sie als Mann denken. Es war keine Affäre, nichts sexuell Motiviertes. Es war so etwas wie eine Leidensgemeinschaft. Ihr ging es zu der Zeit auch nicht gut. Und wir haben uns gegenseitig getröstet.«

»Und wie denkt sie über ihn?«

Sally lachte bitter. »Na ja, sie sieht das eher etwas kritischer als ich, sie kennt ja die kurze Zeit, in der es gut mit ihm lief, nicht. Aber auch sie ist ein Mensch, der eher nach vorne schaut. Wir gingen davon aus, dass es nun vorbei ist, und haben uns auf unsere gemeinsame Zukunft gefreut.«

»Konnten Sie sich vorstellen, dass er sich etwas antun würde? Gab es Anzeichen dafür?«

Sally atmete schwer aus. »Wenn er sich jedes Mal, wenn er es angekündigt hat, erschossen hätte, wäre er schon 1.000 Tode gestorben.«

»Wieso erschossen?«, fragte Achill erstaunt.

»Na ja, ich ging davon aus. Er sprach, wenn er mal wieder seinen Moralischen hatte, immer von ›erschießen‹.«

Achill schluckte.

In diesem Augenblick kam Bertling zurück und setzte sich stumm an ihren Platz.

»Hat er denn eine oder mehrere Waffen?«, fragte Achill naiv.

»Ja, im Haus hat er so ein Metallschränkchen, dort liegt schon, seit ich ihn kenne, eine Pistole. Er hat sie von seinem Vater geerbt.«

Bertling hob interessiert den Blick. »Ist Ihnen das Fabrikat der Waffe bekannt?«

»Ja, ich meine mich zu erinnern, dass er mal sagte, dass es eine *Glock* sei.«

»Ich hätte noch eine Frage«, begann Bertling gedankenverloren. »Hatte Herr Körber eine Lebensversicherung?«

Auf Sallys Wangen legte sich nun eine zarte Rosafärbung. Erstmals in ihrem Gespräch zögerte sie mit der Antwort.

»Ich … ich denke, ja.«

»Wieso denken Sie nur und wissen es nicht?«

»Na ja, ich weiß, dass er vor ein paar Jahren, bevor wir die Vinothek gebaut haben, eine abgeschlossen hat. Aber ich habe keine Ahnung, ob er die nicht irgendwann zur Finanzierung seiner zahllosen Prozesse verpulvert hat.«

»Waren Sie die Begünstigte?«

Sally Wassler nickte.

»Sind Sie es immer noch?«

Sie lachte erneut laut auf. »Für den unwahrscheinlichen Fall, dass er oder irgendeine Bank sie nicht schon abgeräumt hat oder er mich nicht vor Zorn gestrichen hat, ja. Aber mal ehrlich, das ist so unwahrscheinlich, dass ich bisher noch nicht mal dran gedacht habe.«

»Wen könnte er dann statt Ihrer als begünstigte Person eingesetzt haben?«

Sie lachte erneut. »Ja, das ist eine gute Frage. Er hat keine lebenden Verwandten mehr.«

»Und Freunde?«

»Freunde hatte er zuletzt auch keine mehr. Sie haben ihn längst gemieden. Jemanden, der wirtschaftlich am Ende ist, den will niemand mehr kennen. Und dem Roten Kreuz oder der Kirche würde er keinen Cent vererben.«

»Und wo bewahrt er seine Versicherungsunterlagen auf?«

»Na, in seinem Büro.«

»Waren Sie dort in den letzten Tagen? Haben Sie noch einen Schlüssel zu seinem Haus?«

»Nein, natürlich nicht, was sollte ich da?«

»Zum Beispiel nach der Police suchen«, antwortete Achill trocken.

Sally schüttelte empört den Kopf und presste die Lippen zusammen. »Was denken Sie nur über mich? Meinen Sie, ich breche in fremde Häuser ein …?«

»Nein, das denken wir nicht«, beruhigte Bertling. »Wir lassen Sie nun gleich in Ruhe. Ich habe da nur noch eine ganz praktische Frage. Wir haben im Haus einen Kater gefunden. Wissen Sie, dass Herr Körber einen Kater gehabt hat?«

»Ja, sollte wohl so was wie ein Ersatz für mich sein. Er hat ihn sich zugelegt, als ich ihm verkündet habe, dass ich plane, bei ihm auszuziehen.«

»Möchten Sie ihn übernehmen?«

»Nein, natürlich nicht. Ich will nichts, was mich täglich an ihn erinnert. Und im Übrigen bin ich gegen Katzenhaare allergisch.«

»Danke für Ihre Offenheit«, sagte Achill, erhob sich und reichte ihr die Hand. »Ich denke, wir sind für heute fertig.«

Sie schluckte und schüttelte stumm die Hand.

Draußen, als sich Sally schon wieder Richtung Haus wendete, ergriff Achill noch einmal das Wort. »Ich hab da noch eine private Frage. Ich plane, mir ein paar Rosenstöcke für meinen Garten anzuschaffen. Frau Wassler hat mir vorhin von Ihren Rosen vorgeschwärmt, darf ich die mal sehen?«

Sally wandte sich erschreckt mit verwirrtem Gesichtsausdruck zu ihm um. »Rosen? Ich weiß nicht, wovon Sie sprechen. Wir haben keine Rosen im Garten.«

Achill schlug sich theatralisch vor die Stirn. »Mein Fehler, da muss ich was verwechselt haben. Entschuldigen Sie.«

18 KÄLTE

Haro, rund 23 Jahre vorher, Donnerstag, 10. Juli 2000

Der junge Deutsche schien es überhaupt nicht zu bemerken, dass er geschnitten wurde.

Selbst Pedro, der bisher noch mit ihm geredet hatte, stellte jeglichen Kontakt ein. Er teilte die Arbeiten so ein, dass er nun nicht mehr im Keller zu arbeiten hatte, sondern ausschließlich im Außenbetrieb auf den Weinbergen, wo er einem Team von einheimischen Landarbeitern zugeteilt worden war.

Araceli hatte dafür nur ein besorgtes Stirnrunzeln übrig. Aber was sollte sie auch tun. Sie hatte nicht den Einfluss, um das Verhalten ihrer Stiefbrüder oder ihres Stiefvaters zu ändern. Das Einzige, was ihr blieb, war – dann, wenn es niemand sah –, ihm nahe zu sein. Insofern intensivierten sich ihre abendlichen Ausflüge und die nächtlichen Eskapaden.

Nach zehn Tagen unternahm der Deutsche noch mal einen Versuch, um »deinen Vater aus der Vergangenheit zu reißen«, wie er sagte.

Er lauerte dazu dem Seniorchef förmlich auf und ließ ein Bombardement notdürftig ins Spanische übersetzter Belehrungen auf ihn niederprasseln: »Sie spritzen gegen Unkraut, das tut man nicht mehr, man legt Zwischenbegrünungen an, das ist besser für den Feuchtigkeitshaushalt des Bodens und die Artenvielfalt. Stellen Sie doch auf Bio-Anbau um. Diese Pflanzenschutzmittel sind schlecht für Ihren Boden und die Natur. Bei uns in der Pfalz …« Weiter kam er nicht.

Diego hatte wortlos zugehört, wie eine Zündschnur, die still vor sich hin brennt. Dann explodierte er, baute sich vor ihm auf und verschränkte die Arme vor der Brust. »Dann geh doch in deine Pfalz, mach sauren Wein und lass uns große Weine nach unseren jahrhundertealten Traditionen machen. Und Araceli, diese Hure, kannst du gleich mitnehmen. Meinst du, wir wissen nicht, dass du sie jede Nacht vögelst, als wäre sie eine läufige Hündin?«

19 WUNDMALE

Dienstag, 18. April 2023, 15.15 Uhr

»Kannst du das mit André übernehmen?«, fragte Achill kleinlaut, als sie im Auto saßen.

»Wow, dein schlechtes Gewissen scheint größer als dein Interesse am Fall zu sein«, sagte Bertling grinsend.

»Na ja, er hat sich drauf verlassen, dass wir eine Bleibe für den Kater finden, die letzte realistische Chance ist ja jetzt wohl auch dahin. Bleibt nur das Tierheim, und dem wird Irina nie zustimmen.«

»Aber so leicht machst du dich da nicht davon. Erstens hast *du* das Katerchen so zugerichtet, und zweitens ist da ein Gespräch unter Männern fällig.«

»Haha, und wie soll das ablaufen, dieses Gespräch unter Männern?«

Bertling lachte. »Bin ich etwa ein Mann? Keine Ahnung, viel Alkohol, kameradschaftliches Schulterklopfen, Verbrüderung, was weiß ich?«

»Bei André?«

Bertling lachte erneut. »Zugegeben, er ist halt ein bisschen anders.«

»Ein bisschen?« Achill schüttelte matt den Kopf. »Er wird mich ausfragen wie einen Gefangenen bei den Taliban.«

Bertling prustete los. »Na, besser als die Fingernägel rausreißen ist das schon.«

»Du hast Nerven.«

»Wir werden das so machen: Du kümmerst dich um André und klärst das mit dem Kater, und ich befasse mich derweil gemeinsam mit Irina mit unserem herzigen kleinen Freund.«

Achill schnaubte missgelaunt.

»Sei doch zufrieden, die beiden Gespräche waren ja ganz ergiebig. Und Kompliment, deine Befragung war echt gelungen.«

»Du schmierst mir nur Honig ums Maul, damit ich das mit André regle.«

»Nein, im Ernst. Die Nummer mit den Rosen hatte was von *Colombo*. Ich wette, unter Körbers Nägeln war ihre Haut.«

»Ja, das denke ich auch, aber wie willst du das beweisen?«

Bertling grinste. »Gerichtsfest ist das zwar nicht, aber es gibt einen Anhaltspunkt.« Sie griff in die Tasche ihres Blazers und hielt ihm einen Beweissicherungsbeutel vors Gesicht.

»Was ist das?«

»Haare aus der Haarbürste, die in der Toilette unterm Spiegel lag. Blonde und dunkle Haare, von beiden Frauen also was dabei, und ich wette, die blonden Haare matchen mit den Hautpartikeln.«

»Wow, du wirst immer abgebrühter. Deshalb also dieser deplatzierte Toilettenbesuch?«

»Ganz genau. Aber das ›deplatziert‹ lasse ich nicht auf mir sitzen. Hab bewusst einen Moment ausgewählt, in dem du sie mit deinen Fragen herausgefordert und abgelenkt hast. Da fiel es am wenigsten auf.«

Achill schüttelte den Kopf. »Von wem hast du dir nur diese illegalen Tricks abgeschaut?«

»Aber trotzdem, diese Ute Wassler hat nur ein schwaches Motiv. Einfach aus Mitleid mit ihrer Frau deren Ex zu töten? Ich weiß nicht. Diese Sally hat sehr abgeklärt gewirkt, und im Grunde hat sie recht, die Sache ist seit vier Monaten vorbei. Warum sollte sie ausgerechnet jetzt Körber umbringen. Da muss noch irgendwas Aktuelles im Raum stehen. Kein Richter würde ohne diesen Puzzlestein einen Gentest anordnen, und diesen offiziellen Test brauchen wir, damit die Sache gerichtsfest wird«, gab Bertling zu bedenken.

»Ja, ich denke, es wird einfacher sein, wenn wir uns zunächst einen Durchsuchungsbeschluss besorgen und die Vinothek und das Weingut auf links drehen, dann finden wir alles, was wir brauchen.«

»So einfach ist das nicht. Was haben wir schon in der Hand? Einen *Facebook*-Post in deren WLAN, der von jedem Gast hätte abgesetzt werden können. Die Geschichte mit den Rosen werden sie weichspülen. Irgendwo wird sich ein Rosenstock finden, den sie angeblich beschnitten hat. Ich wette, die sucht jetzt schon danach. Und nicht zu vergessen, sie haben ein Alibi.«

»Na ja, ein Alibi von Ehepartnern ist nicht viel wert«, widersprach Achill. »Wenn wir in der Sache mit der Lebensversicherung weiterkommen würden … Vielleicht ist das ja das Motiv? Sie bringen ihn gemeinschaftlich um, damit er nicht mehr dazu kommt, die Begünstigte zu ändern, und lassen es durch den *Facebook*-Post aussehen wie den Suizid eines unglücklichen, einsamen Mannes.«

Bertling wiegte fragend den Kopf. »Aber zahlt denn eine Lebensversicherung überhaupt bei Selbstmord?«

»Klar, wenn der Abschluss mindestens drei Jahre vor dem Suizid gelegen hat. Und das scheint ja der Fall zu sein, wenn uns Sally die Wahrheit gesagt hat. Sie hat davon gesprochen, dass er sie vor dem Bau der Vinothek abgeschlossen hat, und die wurde 2019 eröffnet.«

»Okay, ich werde mich morgen gleich darum kümmern, irgendwo müssen ja Unterlagen zu dieser Versicherung sein. Vielleicht liegen sie ja in einem der Kartons mit Aktenordnern aus seinem Arbeitszimmer, wenn nicht, frage ich bei seiner Bank an. Von wo sonst außer seinem Konto sollte er die Versicherungsprämie überwiesen haben?«

»Und das mit dem Kater?«, kam Achill, aus dem Zusammenhang gerissen, wieder auf das vorhergehende Thema zu sprechen.

Bertling lachte. »Wow, der harte Bulle ist hilflos. Okay, ich mach's, aber du gehst mit und kaufst für den Abend ein.«

*

»Nicht euer Ernst«, empörte sich André am gleichen Abend.

»Doch schon, alles andere wäre … na ja, dem Kleinen gegenüber nicht fair. Jetzt hat er schon vor ein paar Tagen sein Herrchen verloren und nun soll er wieder in irgendein überfülltes Tierheim umsiedeln«, legte sich Bertling mit all ihrer weiblichen Überzeugungskraft und Leidensmiene ins Zeug. Irina hockte derweil auf dem Boden und kraulte Charly, der immer wieder wie ein Bittsteller zu André hochschaute, den Kopf.

»Das hier habt ihr garantiert mit diesem Kater einstudiert«, empörte sich André gespielt. »Mit der Nummer könntet ihr euch vor den *Kaufhof* setzen und betteln.«

»Oh, alter Mann, gib dir einen Ruck«, stimmte nun auch Irina mit jämmerlichem Ton ein.

Achill beobachtete das Schauspiel aus einer gewissen Distanz. Er wollte sich bewusst aus der Sache raushalten, war er doch die Ursache des Problems.

»Dann lass ihn halt hier«, beugte sich André der weiblichen Übermacht.

Irina sprang auf, gab ihm einen dicken Schmatz auf die Wange und strich ihm übers Haar. »Fein gemacht, alter Mann, bin stolz auf dich«, fügte sie in einer Stimmlage, als spräche sie mit Charly, hinzu.

»Danke, André«, mischte sich Achill sichtlich erleichtert ein. »Du hast mir mal wieder aus der Patsche geholfen.«

André nickte. Das Aufheben, das man gerade um ihn machte, war ihm peinlich. Er brauchte eben etwas länger, um sich mit Veränderungen – wie der Aufnahme eines Haustiers – abzufinden.

»Wenn es dir recht ist, würde ich euch gerne zum Essen einladen«, sagte Achill.

»Und das Katerchen? Wir sollten ihn abends nicht alleine lassen. Da ist er immer so unruhig.«

Alle lachten über Andrés plötzliche Tierliebe.

»Keine Sorge, die Einladung hat sich nur auf das, was wir an Wein und Käse im Auto haben, bezogen. Wir dachten, wir könnten es hier bei euch zu uns nehmen.«

»Kein Problem, holt es rein. Irina und ich werden den Tisch schon mal decken.«

Kaum saßen sie und hatten Wein in den Gläsern und duftenden Käse mit einigen frischen Baguettes vor sich, schwand die verkrampfte Stimmung.

»Wie findest du den Rotwein?«, fragte Achill unvermittelt, an André gewandt.

»Der ist sehr lecker, eine schöne Cuvée. Ich tippe auf Cabernet-Sauvignon, Merlot und …« André nippte ein weiteres Mal am Glas. »Wahrscheinlich ein Cabernet Franc – ein typischer Bordeaux Blend.«

»So ähnlich sagte es auch der Verkäufer. Ich habe Respekt vor deinen Geschmacksknospen.« Achill reichte André die Flasche.

»Und von so einem besonderen Weingut«, kommentierte André mit lauerndem Blick.

Achill stockte. »Woher weißt du das schon wieder?«

André hatte keine Lust, ihn darüber aufzuklären, und ließ ihn zappeln. »Na ja, ich lese eben die *Die Weinwelt*. Da steht hin und wieder was zum Weingut Wassler in Deidesheim drin«, antwortete André gespielt naiv.

Auch Bertling horchte nun auf.

»Na ja, du weißt es ja sicherlich eh schon …«, begann Achill. »Frau Wassler und die Ex-Frau des Toten sind ein Paar.«

»Soso«, antwortete André schauspielernd. »Und du weißt bestimmt auch, dass es vor etwa zwei Jahren einen Absatzeinbruch beim Weingut Wassler gab. Seitdem sind die Weine kaum noch in den Empfehlungslisten der Weinpresse enthalten. Ein paar Wochen später gab es wohl auch Streit zwischen Ute Wassler und Kuno Körber, und seine Frau wechselte wahrscheinlich in diesem Zusammenhang die Seiten.«

Achill schluckte. »Warum kann ich mich nicht des Eindrucks erwehren, dass du mir mal wieder einen Schritt voraus bist?«

»Möglicherweise, weil es so ist«, sagte André und lachte.

»Ich denke, je früher du dich entschließt, mit mir zusammenzuarbeiten, desto schneller verringert sich dieser Vorsprung.«

Achill schüttelte den Kopf. »Und warum hatten sie Streit?«

»Ein Grund könnte sein, dass Wassler ausgerechnet für die Partei im Gemeinderat von Deidesheim sitzt, die sich am vehementesten dagegengestellt hat, dass eine Vinothek, die offiziell außerhalb des Ortes liegt, durch Änderung des Bebauungsplans in den Genuss einer Ausschankkonzession kommt. Körber hatte sich ursprünglich die Baugenehmigung für einen Erweiterungsbau seines Weingutes geholt, und nun sollte das Ganze nichts anderes als eine Weinbar mit Flaschenverkauf nebenbei werden, was nicht alle gut fanden. Möglicherweise auch nicht Frau Wassler, da er damit in direkter Konkurrenz zu ihrer eigenen Vinothek stehen würde.«

»Und woher weißt du das alles schon wieder?«

»Ich habe den Vormittag einfach genutzt, um bei einem Winzer in der Gegend, den ich kenne, meine Weinvorräte aufzustocken.«

Achill schüttelte erneut den Kopf. »Keine Sorge, auch wir haben ein Auge auf Frau Wassler und ihre Ehefrau geworfen. Wir ermitteln trotz des Abschieds-Posts bei *Facebook* – den du wahrscheinlich auch kennst – wie es so schön heißt in alle Richtungen und haben den Fall im Griff.« Der Ärger über Andrés Einmischung war Achill anzumerken. Er hatte in solchen Situationen immer das Gefühl, dass man seine Kompetenz infrage stellte. Und das konnte er verständlicherweise nicht ertragen.

»Das weiß ich doch«, ruderte André zurück. »Ich dachte nur, ich kann dir mit meinen Kontakten in die Weinbranche helfen.«

»Seid mal ruhig. Hört ihr das auch?«, unterbrach sie Bertling.

Alle schwiegen und horchten nach dem scharrenden Geräusch, das aus dem Flur kam.

»Das ist Charly, er scharrt wieder an der Tür. Das hat er gestern und vorgestern auch so um 20.15 Uhr getan«, antwortete Irina.

So als hätte er gehört, dass man von ihm sprach, kam der Kater um die Ecke, miaute herzerweichend und rieb sich abwechselnd an Irinas und Andrés Beinen.

»Er will raus. Und wenn wir ihn nicht bald lassen, wird er sich durch den Lack meiner Haustür bohren«, brummte André ungehalten.

20 ERKENNTNISSE

Mittwoch, 19. April 2023, 7.15 Uhr

»Wie kannst du nur so ruhig dasitzen und frühstücken?«, empörte sich Sally.

Ute bedeutete ihr mit einer Geste, noch zu Ende kauen zu wollen und dann zu antworten.

Sally redete einfach weiter, ohne eine Antwort abzuwarten. »Die haben uns, die werden uns grillen. Wie konntest du nur diesen Unsinn mit den Rosen erzählen? Warum hast du nicht die Wahrheit gesagt, das wäre auch nicht schlimmer gewesen? Die werden das eh rausfinden. Nur, dass sie uns dann schon für schuldig halten.«

»Wir haben uns nichts vorzuwerfen. Er war ein Idiot, und das weißt du auch.«

»Ich hab mir schon was vorzuwerfen. Wegen mir ist er jetzt tot.« Sally schlug sich die Hände vors Gesicht und weinte bitterlich. »Ich halt das nicht aus. Ich geh vor die Hunde. Die werden nicht lockerlassen, bis sie uns haben.«

*

»Hast du die DNA-Probe zu Schmollinger-Backhaus geschickt?«, fragte Achill an Bertling gewandt, die ihm am Schreibtisch gegenübersaß, als er gegen 11 Uhr von einer Besprechung mit dem Richter zurückkam.

»Ja, hab ich. Sie war not amused. Sie hat gesagt, sie würde nicht wollen, dass wir sie in solche illegalen Methoden reinziehen. Aber sie hat es schließlich eingesehen und wird uns bis morgen Bescheid geben.«

»Na also, geht doch.«

»Und wie lief's bei dir? Hast du den Durchsuchungsbeschluss?«

»Der Richter meinte, es sei eine Frage der Verhältnismäßigkeit. Einen Durchsuchungsbeschluss, und den gleich von zwei Objekten, die Vinothek und das Winzeranwesen, sei schon ein harter Eingriff in das Leben und die Intimsphäre der beiden Frauen. Er meinte, es sei fürs Erste ausreichend, wenn wir von ihm grünes Licht für die Herausgabe der Daten vom Lebensversicherungsunternehmen hätten. Sollte Sally noch die Begünstigte sein, was ihr ein glaubwürdiges Motiv gäbe, würde er entscheiden, ob er uns einen Durchsuchungsbeschluss ausstellt.«

»Ist zu verstehen, aber trotzdem lästig. Das verlangsamt alles.«

»Ist aber nicht zu ändern. Sei froh, dass du in den Kontoauszügen, die wir mit dem anderen Bürokram von Körber sichergestellt haben, die monatlichen Abbuchungen für die Lebensversicherung gefunden hast. Hier die Unterschrift für die Versicherung. Die sollen uns ein Duplikat der aktuell gültigen Police mit Angabe der begünstigten Person schicken. Wenn Sally das nicht mehr ist, will ich wissen, wann er das geändert hat.«

»Aye, aye, Sir«, antwortete Bertling und schlug die Hacken zusammen.

»Schon gut, du hast ja recht, sorry. Ich werde jetzt nach Deidesheim fahren und mir die Gemeinderatsprotokolle ansehen. Ich will wissen, ob Ute Wassler wirklich die treibende Kraft hinter der Ablehnung der Gastro-Konzession war. Und wenn wir alles mundgerecht auf dem Tisch haben, greifen wir generalstabsmäßig an.«

21 MUT

Haro, rund 23 Jahre vorher, Dienstag, 11. Juli 2000

Schon am nächsten Morgen hatte sie ihre Sachen gepackt und war mit Kuno nach Deutschland aufgebrochen.

Damals hatte ihr seine eigenständige Art, nicht zu kuschen und keine Kompromisse einzugehen, noch gefallen.

Er hatte ihrem Stiefvater die Wahrheit gesagt, ohne Rücksicht auf dessen Reaktionen.

Und dann war er für sie eingestanden. Hatte ihrem Stiefvater all das gesagt, was sie hätte seit Jahren sagen sollen.

Sie liebte ihn für diesen Mut und ging mit dem, was sie auf dem Leib hatte, ein paar eilig zusammengerafften Kleidungsstücken und dem Foto ihrer Mutter.

22 KASSENSTURZ

Freitag, 21. April 2023, 7.15 Uhr

»Sehr geehrte Herren, aus unserer Sicht stehen wir kurz vor der Lösung des Falles Körber«, verkündete Achill im großen Sitzungsraum des Polizeipräsidiums.

Bertling war es etwas flau zumute. Wenn er sich da nur nicht zu weit aus dem Fenster lehnte. Sie hatten die letzten Tage mehrfach über die Vorgehensweise kontrovers diskutiert. Aber Achill hatte sich nicht davon abbringen lassen, dass nur ein – wie er es nannte – generalstabsmäßig geplanter Großangriff den Fall zur Auflösung bringen würde. »Wir müssen sie aus allen Rohren sturmreif schießen«, hatte er gegenüber Polizeipräsident Metzger vollmundig verkündet. Er meinte, erkannt zu haben, dass speziell Sally schnell umkippen würde, wenn der Druck nur groß genug würde.

Bertling selbst hätte eine etwas softere, subtilere Vorgehensweise bevorzugt, aber Achill war nun mal der Chef des Dezernats für Tötungsdelikte.

»Aha, bin ganz Ohr«, entgegnete Metzger, den er in Vertretung des Kripochefs eingeladen hatte.

Auch das war eine Nummer zu groß, wie Bertling fand. Aber Achill vertrat die Meinung, dass man kriposeitig den beiden weiteren Gästen, dem für diesen Fall zuständigen Oberstaatsanwalt vom Landgericht Frankenthal und einem Richter des Amtsgerichts Ludwigshafen, zeigen müsse, dass das ganze Präsidium hinter der Sache stand.

Achill hatte den großen Aufzug mit den schlechten Erfahrungen in ihrem letzten Fall begründet, bei dem ihnen Kompetenzgerangel und Nickeligkeiten mit dem damals zuständigen Oberstaatsanwalt vom Landgericht Landau beinahe das Genick gebrochen hatten.

»Wir haben mehrere beweisbare Fakten, die für die Täterschaft von Frau Ute Wassler – möglicherweise unter Beihilfe durch Frau Sally Wassler, ihrer Ehefrau und Ex-Frau des Opfers – sprechen.« Achill pausierte, offensichtlich wollte er erst die Unruhe im Raum verebben lassen, bevor er fortfuhr.

»Aber waren Sie nicht zuerst von einem Suizid ausgegangen?«, fragte der Oberstaatsanwalt.

»Sagen wir so, ein erster Eindruck, entstanden durch eine Abschiedsnachricht auf *Facebook*, sprach dafür. Wir konnten aber durch Unterstützung der Kollegen von der KT schnell herausfinden, dass die Nachricht innerhalb des WLANs der *Vinothek Wassler* von einem nicht zuordenbaren Prepaid-Handy abgeschickt wurde. Dazu hätte Körber zur fraglichen Zeit – Samstagabend um 22.05 Uhr – in der Vinothek sein müssen, was die Betreiberinnen bestreiten. Zur Absicherung haben wir einen Kollegen der KT überprüfen lassen, ob die Reichweite des WLAN-Netzes groß genug ist, um die Nachricht auch außerhalb des Gebäudes über jenes Netz weiterzugeben. Dies ist aufgrund der Erkenntnisse des Kollegen sicher auszuschließen. Dass die beiden Frauen und ihre Servicemitarbeiterin eine Anwesenheit Körbers bestreiten, erscheint uns insofern glaubwürdig, da sie sich dadurch selbst belasten würden.«

»Klingt schlüssig«, bestätigte Metzger kopfnickend. »Also kein Suizid. Aber was spricht für die Tötung durch eine der Frauen?«

»Beginnen wir mit dem Motiv: Zum einen ist da das Motiv der Ex-Frau. Die Ehe ist zerrüttet, sie hat unter ihrem Ehemann gelitten, der aufgrund seiner immer dramatischer werdenden wirtschaftlichen Situation zunehmend die Nerven verlor, aggressiv wurde und dies auch an ihr ausließ. Weiter gab sie an, dass er sie unterrichtet habe, keine finanziellen Mittel mehr zu haben, um seinen Unterhaltsverpflichtungen nachzukommen. Da sie für den Winzerbetrieb ohne ordentliches Angestelltenverhältnis gearbeitet hat, ist sie selbst vermögenslos. Die einzige Chance, doch noch zu ihrem finanziellen Recht zu kommen, bestand darin, dass eine noch immer auf sie als Begünstigte lautende Lebensversicherung über 100.000 Euro ausgezahlt werden würde, bevor ihr Ex-Mann sie als Begünstigte streicht.«

»Hat er das etwa trotz Scheidung verpasst?«, fragte der Oberstaatsanwalt.

»Verpasst oder in Ermanglung einer Alternative beibehalten«, erläuterte Achill. »Aber auch Ute Wassler hat ein stichhaltiges Motiv. Körber hat sie beschuldigt, die Erteilung der Schankkonzession durch die Gemeinde aus Konkurrenzgründen torpediert zu haben.«

»Stimmt das?«, fragte der Oberstaatsanwalt.

»Ja und nein. Frau Wassler ist selbst Mitglied des Gemeinderates. Ihre Fraktion lehnte geschlossen die Erteilung der Konzession ab. Man hat wohl Gründe des Umweltschutzes vorgetragen, die gegen das Betreiben einer gastronomischen Einrichtung auf einer Fläche, für die der Bebauungsplan nur die Errichtung landwirtschaftlicher Gebäude vorsieht, sprechen. Somit ist eine Änderung des Bebauungsplans gescheitert. Frau Wassler hat wohl im Rahmen des Fraktionszwangs stets mit ihrer Wählergruppe dagegengestimmt.«

»Hmm, das kann so oder so ausgelegt werden«, brummte Metzger.

»Körber hat es eindeutig als Affront gegen sich aus Konkurrenzgründen gewertet. Es gibt mehrere Zeugen, die von verbalen Attacken von ihm ihr gegenüber berichten. Ferner wird gemunkelt, sie hätte den Verdacht, er habe ihre Weine in ein schlechtes Licht gerückt. Hierzu haben wir allerdings keine genaueren Erkenntnisse. Dennoch ging der Konflikt so weit, dass man von einem ›Winzerkrieg‹ sprechen könnte.«

»Ich denke, hinreichende Motive haben Sie uns dargelegt, aber woran machen Sie eine Täterschaft fest?«

Bertling kroch ein flaues Gefühl in den Magen. Das war in der Tat die Schwachstelle des Falles. Auch wenn der rechtlich nicht ganz legale Gen-Abgleich zwischen den Hautpartikeln unter Körbers Fingernägeln und den aus der Haarbürste der beiden entnommenen Haaren eindeutig dafür sprach, dass Haar und Haut von der gleichen Person stammten, konnte er dies unmöglich verwenden. Er würde sich damit selbst der Nutzung unlauterer Methoden bezichtigen.

»Beginnen wir mit unserer Sicht auf den Tathergang: Wir gehen davon aus, dass sich die beiden Frauen aufgeteilt haben. Während Sally Wassler in Körbers Haus das Arbeitszimmer durchsuchte, um die Versicherungspolice zu sichern – ein entsprechender Ordner lag aufgeschlagen da und war leer –, lockte Ute Wassler Körber wahrscheinlich unter Vortäuschung falscher Tatsachen zu dem unmittelbar hinter der Rheinpromenade gelegenen kleinen Parkplatz des Kanu-Clubs. Der Parkplatz liegt sehr versteckt und ist nur durch einen nicht besonders gut einsehbaren Weg zu erreichen. Nachts ist man da ungestört.«

»Na ja, aber wie soll eine Winzerfrau aus dem 30 Kilometer entfernten Deidesheim ausgerechnet diesen – wie Sie selbst einräumen – versteckt gelegenen Parkplatz kennen, das erscheint mir weit hergeholt«, widersprach der Oberstaatsanwalt.

Bertling brach der Schweiß aus. Das war Achills einzige Trumpfkarte. Würde er damit punkten?

»Ganz einfach. Weil Frau Ute Wassler in ihrer Jugend Kanutin und einige Jahre in jenem Kanu-Club Mitglied war.«

Ein Raunen ging durch den Raum.

»Saubere Recherchearbeit, Achill«, lobte Metzger.

Wie ein guter Pokerspieler fuhr Achill fort, ohne diesen ersten Punktsieg über Gebühr auszukosten. »Ein weiteres – wenn auch schwaches – Indiz ist, dass Körber selbst eine *Glock 17* besitzt, mit deren Umgang er, unseren Kenntnissen nach, durch sporadische Anwesenheit im örtlichen Schützenverein geübt sein dürfte. Warum um alles in der Welt hätte er sich ausgerechnet für den Suizid eine neue Waffe beschaffen sollen? Mit dieser wäre er zwangsläufig weniger vertraut, die Tatwaffe war aber, wie unsere Kollegen von der Ballistik ermittelt haben, eine *Neun Millimeter Kel-Tec P-11*.«

»Na ja, aber zwingend ist das nicht«, wandte der Oberstaatsanwalt ein.

Auch diesen Einwand hatte Achill wohl bewusst provoziert. »Das stimmt, aber wenn es ein Selbstmord war, müsste die Tatwaffe im Auto auffindbar gewesen sein. Die KT hat auf Basis des Schusskanals, des Einschlags der Patrone in der Türverkleidung der Fahrertür und der Position von Körbers Kopf rekonstruiert, dass die Pistole auf dem Beifahrersitz oder im Zwischenraum zwischen den vorderen Sitzen hätte liegen müssen.«

»Und wenn sie jemand danach entwendet hat?«, warf der Richter ein.

»Die Beifahrertür war sowohl verschlossen als auch durch zu enges Parken am Zaun des Klubareals blockiert. Auf der Fahrerseite hätte sich der Dieb über Körbers schrecklich entstellte Leiche beugen müssen. Selbst dann wäre es nahezu unmöglich, ohne den Leichnam zu berühren und Spuren zu hinterlassen, die Waffe zu erreichen.«

»In der Tat, ohne Waffe kein Selbstmord«, pflichtete Metzger bei.

Bertling war Achills Auftreten zu offensiv.

»Aber das spricht nicht unbedingt für die Täterschaft einer der Frauen«, warf der Oberstaatsanwalt ein und wiegte den Kopf zweifelnd hin und her. »Wenn's wie ein Selbstmord aussehen sollte, hätten sie die Waffe doch auch in den Wagen werfen können.«

Bertling wurde es flau im Magen. Der Einwand des Staatsanwaltes war durchaus berechtigt.

»Das stimmt, aber es gibt zwei Indizien, die dafür sprechen und die es nun mit Ihrer Unterstützung zu unterfüttern gilt.« Achill warf einen Blick auf den anwesenden Richter, von seiner Überzeugung würde es abhängen, ob er ihnen die nötigen Untersuchungsbeschlüsse und die Vornahme eines Gen-Abgleichs geben würde.

»Bei unserer Befragung von Ute Wassler sind uns tiefe Kratzspuren am Handgelenk und Unterarm des linken

Armes, also der Schusshand – sie ist Linkshänderin – aufgefallen. Sie verweigerte uns eine Inaugenscheinnahme.«

»Was ihr gutes Recht ist«, schnarrte der Richter.

»Sie gab an, sich diese Verletzungen beim Rosenschneiden zugezogen zu haben.«

»Rosenschneiden? Rosenschneiden im April? Ich bin selbst stolzer Eigentümer einiger historischer englischer Rosenstöcke und weiß, dass man deutlich früher schneidet. Eine alte Gärtnerregel besagt, dass man sie zu der Zeit beschneidet, in der die Forsythien blühen«, ereiferte sich der Richter.

Bertling fiel ein Stein vom Herzen. Sie war sich nun sicher, dass der Richter den geforderten Maßnahmen zustimmen würde.

Wahrscheinlich hatte Achill dies gewusst und sich dies als letzte Trumpfkarte aufgespart – dieser alte Fuchs.

23 ANKUNFTSSCHRECK

Deidesheim, rund 23 Jahre vorher, Dienstag, 11. Juli 2000

Obwohl Araceli den Vater des jungen Deutschen – Anton Körber – vorher nie gesehen hatte, konnte sie an Kunos Gesicht ablesen, wie entsetzt er war, als er ihn nach zwei Monaten wiedersah.

Totenbleich, mit einem nässenden Ausschlag am Hals, abgemagert, mit tiefen Furchen im ernsten Gesicht.

»Darf ich dir Araceli vorstellen, meine Gastgeberin bei meinem Praktikum. Wir gehen miteinander.« Den letzten Satz hatte er fast verlegen deutlich leiser als den Anfang ausgesprochen.

»Ausgerechend ä Ausländerin. In moi Haus kummt die nidd.«

»Aber sie ist Winzerin. Sie hat Weinbau studiert und wird uns hier auf dem Hof helfen.«

»Ä Ausländerin und ähn Ofänger un Spinner wollen de Hof fiehere, wonn ich unner de Erd bin.« Er schüttelte den Kopf und rieb sich mit den knorrigen Händen übers Gesicht. »Ich mach's nimmi long. De Dokter gibt ma noch zwä Monat.«

Kuno war außerstande, etwas zu erwidern. Gespürt hatte er es schon lange, aber es ausgesprochen zu hören?

»Wie häßt die noch mol?«

»Alle nennen mich Celi«, versuchte sich nun Araceli mit verbindlichem Ton einzubringen.

»Das geht hier sowieso nidd. Was sollen die Leit sache? Wenn du bleiwe willscht, häscht vunn jet oh Sally.«

»So machen wir's«, sagte Kuno schnell, ohne eine Antwort oder ein Zeichen des Einverständnisses abzuwarten.

Das, was die nächsten Stunden und Tage folgte, passte dazu. Der Alte wies Araceli ein Zimmer unterm Dach zu, in dem gelegentlich die osteuropäischen Erntehelfer hausten. An Kuno schien das alles abzuperlen. Ja, er wirkte gar erleichtert, dass der Alte ihr überhaupt das Bleiben gestattete.

Ihren leisen Protest wies Kuno mit den Worten »Spätestens in einem Vierteljahr wird alles anders« zurück.

24 FÜRSORGE

Freitag, 21. April 2023, 11.25 Uhr

»Ich bin mir sicher, dass das nicht gut enden wird. Am liebsten würde ich packen und mit dir zusammen nach Kuba auswandern. Ich hab gegoogelt, Kuba liefert nicht nach Deutschland aus. Nur wir zwei, bei ganzjährig schönem Wetter, ohne Angst unbeschwert glücklich sein. Ich kann das hier nicht mehr ertragen. Erst die Geldsorgen, dann Kuno, der immer schlimmer wurde, seine Launen, seine Boshaftigkeit, und nun das. Die kriegen dich wegen dieser dummen Kratzer, und ich hab's vermasselt. Ich hätte ihm irgendwas von Rosen im Weinberg erzählen sollen«, klagte Sally.

»Ach was. Wir haben richtig gehandelt, irgendwann werden sie sich wieder beruhigen, und alles wird gut.« Ute nahm sie beschützend in den Arm.

Sally strich ihr gedankenverloren über die verschorften Kratzer, die sich bis an den Ellbogen hochzogen. »Dieser Arsch hat dir das angetan. Ich hasse ihn, auch wenn er jetzt tot ist.«

»Er ist weg, du musst dich nicht mehr vor ihm fürchten, und die Bullen geben schon irgendwann Ruhe. Ihr Besuch ist drei Tage her. Wenn sie was hätten, wären sie längst wieder hier aufgetaucht.«

»Und was meinst du, was die beiden Typen gestern hier wollten? Das waren Bullen. Die sahen doch genauso aus, wie die alle aussehen. Ein Meter 85 groß, Schnurrbart, trainiert, das hat man denen auf 50 Meter angesehen. Und das Auto mit getönten Scheiben und wie sie mit diesem Ding, das ausgesehen hat wie ein Smartphone, rumliefen und so getan haben, als hätten sie keine Verbindung. Die hören uns ab, ganz sicher.«

»Ach was. Das waren zwei Typen, die kein Netz hatten.«

»Ich kann das nicht mehr, ich dreh durch.« Sally weinte bitterlich.

*

Irina saß auf dem Fußboden und kraulte dem Kater den Bauch. Er hatte sich etwas eingelebt, und sein Schwanz schien schon kaum mehr auf dem Boden zu schleifen.

André, der gleich nach dem Frühstück aufgebrochen war, fuhr gerade mit dem Auto auf den Hof. Irina beobachtete ihn, während sie fortfuhr, den Kater zu kraulen.

Er parkte, öffnete den Kofferraum und entlud mehrere große Pakete. Zuletzt zog er einen langen Karton von der Rückbank und stellte ihn zu den anderen.

Irina erhob sich, um ihm die Tür zu öffnen. »Was wird das denn? Hat dich der Konsumrausch gepackt? Oder war es ein Frustkauf, weil Frank den Fall vor deiner Nase weggelöst hat?«

»Das glaub ich erst, wenn's in der *Rheinpost* steht. Ich hab da einige Zweifel.«

»Und was hat der alte Mann da gekauft? Nach Weinkisten sieht das ja mal ausnahmsweise nicht aus.«

André lachte. »Auf was man sich bei dir zu 100 Prozent verlassen kann, ist deine Neugier.«

»Haha, sag schon.«

»Möbel. Wird Zeit, dass wir mal wieder was Neues in unseren Haushalt integrieren.«

»Aha. Übertriebenes Innovationsverhalten, um den Eindruck des Alterns zu zerstreuen.«

»Ist das eine wissenschaftliche Erkenntnis oder einfach nur Irina?«

»Bisher noch nicht, aber ich werde es gelegentlich zum Inhalt meiner wissenschaftlichen Überlegungen machen.«

André schlug sich vor die Stirn. »Ich hätte dich davon abhalten sollen zu promovieren. Jetzt kann ich mir die nächsten Jahre diese arroganten Sprüche anhören.«

»Stört es den alten Mann etwa, mit einer jungen Dame das Dach zu teilen, deren Ausbildungsabschluss über dem seinen steht? Mach dir nichts draus, Bildungsferne muss kein Makel sein, du bemühst dich ja wenigstens, an meinen großen Geist heranzureichen.«

André schüttelte den Kopf. »Oder ich promovier mal, um Zeit zu gewinnen und mich nicht von den Rückkehrgedanken nach Russland endgültig verabschieden zu müssen.«

»Das war fies.« Irinas Augen wurden feucht. Es war für sie stets belastend, daran erinnert zu werden, dass die aktuelle politische Situation – beurteilte man sie realistisch – eine Rückkehr nach Russland faktisch unmöglich machte.

Er legte väterlich die Hand auf ihren Oberarm. »Sorry, das war unpassend. Ich bin froh, mit dir eine Leih-Tochter zu haben, die mir leider biologisch nie vergönnt war«, sagte er mit belegter Stimme.

»Dazu hättest du eine Frau gebraucht, und wer außer mir hält es mit dir schon aus? Selbst ich bin ja nur hier, weil es die bessere Alternative ist als ein russisches Gefängnis –

aber nur ganz knapp.« Irina grinste spöttisch, froh, die Tränen niedergekämpft zu haben. »Und jetzt pack schon aus. Was für Möbel sind das?«

André lachte. »Komm, lass uns erst mal alles reintragen. Du kannst mir beim Aufbau helfen.«

»Aha, dem alten Herrn ist es nach Billigarbeitskräften aus Osteuropa zumute.«

André hatte den letzten Karton in die Küche geschleppt, da rückte Irina schon dem längsten der Pakete mit einem Küchenmesser zu Leibe. »Was ist denn das? Kunststoffrohre?«

»Wart's ab«, antwortete er grinsend und machte sich seinerseits am nächsten Karton zu schaffen, aus dem ein mit Sisal umwickelter Kasten zum Vorschein kam.

»Ey, ich glaub's nicht, ein Kratzbaum«, platzte es förmlich aus ihr heraus.

»Nein, kein popliger Kratzbaum, sondern die multifunktionale *Cat-Adventure-Lodge-Mega-XXXL.* So steht's jedenfalls da drauf.« Er hielt ihr eine Beschreibung mit dem Foto eines sich über mehrere Wandmeter erstreckenden labyrinthartigen Gebildes aus Rohren, Plattformen und Kästen vor die Nase.

Irina lachte laut. »Der kleine Mann wird sich darin ja verirren, du bist völlig verrückt.«

25 ANGRIFF

Samstag, 22. April 2023, 8.00 Uhr

Achill und Bertling hatten alles sorgfältig vorbereitet. In zwei Gruppen würden sie in wenigen Minuten »angreifen«, wie er es nannte.

Er mit weiteren sechs Kollegen, darunter zwei Kriminaltechniker, würden die *Vinothek Wassler* übernehmen, wo man davon ausging, Ute Wassler anzutreffen. Ein Kollege hatte, als Weinkunde getarnt, einen fingierten Termin mit ihr vereinbart. Begleitet wurde er durch Frau Professor Doktor Schmollinger-Backhaus von der Rechtsmedizin, die sich höchstpersönlich die Kratzwunden bei Ute Wassler anschauen und eine DNA-Probe bei ihr und Sally nehmen wollte.

Parallel würde Bertling mit einer ähnlichen Truppe Weingut und Wohnhaus durchsuchen. Hier war es ein vorgetäuschter Anruf der Stadtwerke, die vorgaben, sich wegen eines Leitungsschadens in der Nachbarschaft den Gasanschluss ansehen zu müssen, der sicherstellen sollte, dass man Sally Wassler antraf.

Wichtig war Achill das Überraschungsmoment, der Zugriff hatte zeitgleich und schnell stattzufinden, damit keiner Unterlagen oder Beweise verschwinden lassen konnte.

Und so geschah es dann auch. Punkt 8 Uhr schlugen beide Teams zu. Er und drei Beamte betraten die Vinothek durch den Haupteingang, zwei durch den Hintereingang, und einer sicherte Wasslers Pkw.

Das Ganze sollte martialisch ablaufen, um ihr keine Zeit zu geben, einen klaren Gedanken zu fassen.

»Polizei! Hände hoch!«, schrie einer der Beamten von Achills Trupp.

Ute Wassler und eine Schankkraft an der Probiertheke, die eben noch Gläser poliert hatte, standen wie versteinert mit weit aufgerissenen Augen und hochgereckten Armen da.

Achill belehrte Ute Wassler, dass sie als tatverdächtig in einem Mordfall galt, und klärte sie über die damit zusammenhängenden Rechte auf. Er wartete auf keine Erwiderung und hielt ihr neben seinem Dienstausweis die erforderlichen richterlichen Beschlüsse für die Durchsuchung und die zwangsweise Untersuchung ihrer Arme und den Mundschleimhautabstrich für den DNA-Abgleich unter die Nase.

Er hatte keine Lust, dass ein hinzugerufener Rechtsanwalt diesen letzteren Teil torpedieren würde, und bat Schmollinger-Backhaus direkt, die Arme zu untersuchen und den Mundschleimhautabstrich vorzunehmen. Sein Plan ging auf. Wassler war dermaßen überrumpelt, dass sie trotz Belehrung keine Anstalten machte, einen Anwalt anzurufen.

Schmollinger-Backhaus, der die Überrumplung aufgefallen war, rollte zwar mit den Augen, ging aber, ohne zu zögern, ans Werk.

Sie verzog sich mit der völlig aufgelösten Ute Wassler in eine Ecke der Vinothek, setzte sich ihr gegenüber und ließ sich die Arme zeigen, während Achill einige Meter auf Abstand blieb.

Nachdem Wassler auf ihre Anweisung hin die Ärmel hochgekrempelt hatte, begutachtete die Rechtsmedizinerin die Kratzwunden, die sich am linken Arm fast bis zur Armbeuge erstreckten. »Eindeutig Kratzspuren, Abwehrverletzungen«, war ihr kurzer Kommentar zu Achill, der auf ihren Wink hin herbeigekommen war.

Sie schoss ein Foto und meinte, an ihn gerichtet: »Ich will sie schnellstmöglich bei mir im Institut haben und die Detailaufnahme vornehmen.«

Achill nickte.

Wassler, die alles wortlos über sich hatte ergehen lassen, schwieg mit glasigen Augen und wirkte wie paralysiert.

Auch den Abstrich von der Mundschleimhaut, den Schmollinger-Backhaus mit einem Wattestäbchen vornahm, ließ sie kommentarlos über sich ergehen.

Als alles verpackt war, ergriff Achill wieder das Wort. »Wir schaffen den Rest hier allein, wenn Sie bitte noch beim Einsatzort von Kollegin Bertling vorbeisehen könnten.«

Schmollinger-Backhaus nickte wissend.

»Bitte … bitte lassen Sie Sally da raus. Sie hat damit nichts zu tun. Sie ist so … Sie wird es nicht ertragen.«

»Danke, Frau Professor. Wir telefonieren nachher, und ich werde Ihnen Frau Wassler heute Nachmittag in Ihr Institut nach Mainz überstellen lassen.«

Als Schmollinger-Backhaus gegangen war, trat einer der Spurensicherer an Achills Seite und zeigte ihm ein altmodisches, in einen Asservatenbeutel verpacktes Smartphone. »Frau Wassler, gehört das Ihnen und könnten Sie uns dazu das Passwort nennen?«

»Nein, ich kenne das Gerät nicht. Wo haben Sie das her?«

Der Beamte grinste schief. »Seltsam, es lag gleich hier vorne in der ersten Schublade an Ihrer Probiertheke.«

»Das … das kann nicht sein. Es sei denn, die Servicekraft hat es da hineingelegt. Vielleicht ist es ja ein Fundstück.«

Der Mann von der KT fragte die ebenfalls völlig verdatterte Bedienung, die heftig den Kopf schüttelte, und kam zu Achill zurück.

»Ich wette, das ist das Teil, von dem der *Facebook*-Post erfolgte. Es wird kein Problem sein, das auch ohne Passwort zu knacken, so alt, wie das Ding ist. Wir laden auch gerade die Log-Dateien des WLAN-Routers herunter, wir können dann nachvollziehen, wann und wie lange es eingeloggt war.«

Es war keine Minute vergangen, da kam der zweite Spurensicherer an ihren Tisch. »In den Radkästen des Pkws finden sich rötliche Schlammablagerungen, die exakt nach denen auf den beiden Parkplätzen vor dem Tatort aussehen. Wir müssen das Auto mitnehmen und untersuchen.«

»Macht, was nötig ist«, antwortete Achill lakonisch und schaute Wassler, die ihm noch immer stumm gegenübersaß, tief in die Augen.

»Haben Sie mir etwas zu sagen? Ich muss zugeben, dass die Geschwindigkeit, mit der sich die Schlinge um Ihren Hals zuzieht, mich selbst überrascht. Ein Geständnis erleichtert das Gewissen, und zudem wirkt sich das beim Strafmaß mildernd aus.«

»Ich war das nicht, ich bin unschuldig. Das ist alles ein großes Missverständnis, dieser Arsch hat mich reingelegt.«

»Trotzdem werden wir Sie in Untersuchungshaft nehmen müssen.«

Wassler schluckte, wollte etwas sagen, brach dann aber in Tränen aus.

»Ich weise Sie fairerweise noch mal auf die Möglichkeit hin, einen Rechtsbeistand hinzuzuziehen. Möchten Sie telefonieren?«

Wassler nickte teilnahmslos. Ihre Wangen glühten, als wäre sie geohrfeigt worden. Tränen liefen ihr übers Gesicht.

*

Bei Bertling war die Aktion ähnlich abgelaufen. Nur dass die zu durchsuchenden Gebäude viel weitläufiger waren. Es würde Stunden dauern, bis man dies erledigt hatte. Achill hatte ihr zugesagt, die Beamten aus der Vinothek nach der Erledigung der Aufgaben ihr zur Unterstützung vorbeizuschicken. Ähnlich schnelle Erfolge wie in der Vinothek waren hier nicht zu erzielen. Um nichts auszulassen, hatte Schmollinger-Backhaus auch Sallys Arme nach Abwehrverletzungen untersucht, war aber nicht fündig geworden. Auch bei ihr nahm sie einen Abstrich an der Mundschleimhaut vor, um später einen DNA-Abgleich vorzunehmen.

Ähnlich wie Ute war auch Sally völlig paralysiert und dem Zusammenbruch nahe. Schmoba hatte ihr vorsorglich den Blutdruck gemessen, die Stirn in Falten gelegt und ihr ein Glas Wasser gereicht.

Auch Sally war zu durcheinander, um einen Anwalt hinzuzuziehen, obwohl es ihr Bertling bereits zweimal empfohlen hatte.

26 VISIONEN

Deidesheim, rund 22 Jahre vorher, Freitag, 13. Oktober 2000

Als Kunos Vater tatsächlich schon drei Monate später starb, schien auch dies an ihm vorbeizugehen.

Ein, zwei Mal überfielen ihn nostalgische Erinnerungen an die Zeit, als seine Mutter noch gelebt hatte und der Vater angeblich treusorgend und warmherzig gewesen war. Aber das legte sich sehr schnell.

Araceli durfte aus ihrer Dachkammer ausziehen. Beide zogen sie in das große Schlafzimmer, in dem der Vater dahingesiecht war. Ihr graute vor den Gerüchen und der Erinnerung an die letzten Wochen.

Ihr Vorschlag, neue Möbel zu kaufen, wurde von Kuno einfach weggewischt. »Wir brauchen das Geld für den Hof.«

Dann kam bei Kuno so etwas wie eine Hochstimmung auf. Schon zu Lebzeiten seines Vaters hatte er davon geredet, wie er das Weingut modernisieren und die Weinberge, die überwiegend mit Rebsorten, die nicht mehr so ganz dem Geschmack der Kunden entsprachen, teilweise neu bestocken wollte.

In Anbetracht der Tatsache, dass er nun alles erben würde, intensivierte er seine Planungen. Malte in der Flurkarte, in der er ihre Wingerte eingezeichnet hatte, herum, schrieb alles auf, in das er investieren wollte, und berechnete die Investitionskosten.

Komischerweise blieb der Kontakt zu ihr ähnlich distanziert, wie es ihnen sein Vater aufgezwungen hatte. Keine gemeinsamen Ausflüge und all das nicht, was junge Verliebte so taten und wie sie es in Spanien getan hatten.

Kuno beschloss, sein Studium abzubrechen. Auch Araceli sollte aufhören. Schließlich brauchte das Weingut nun sie beide.

Araceli wehrte sich und erreichte, dass sie wenigstens die letzten beiden Semester bis zum Bachelor weiterstudieren durfte.

Auch sonst war nichts mehr so wie in Spanien. Kuno wirkte distanziert, bezog sie nicht wirklich in seine Planungen ein und prahlte nur hin und wieder mit seinen optimistischen Zukunftsvisionen.

Aber noch eines schien ihr viel bezeichnender: Das in ihren Augen demütigende »Sally« hatte zu bleiben. »Meinst du, die Deidesheimer Kundschaft kann sonst etwas mit deinem Namen anfangen?«, war sein harscher Kommentar auf ihre Bitte, wieder seine Celi sein zu dürfen.

27 EMOTIONEN

Samstag, 22. April 2023, 16.50 Uhr

Sally saß zu Hause, fest in eine Wolldecke eingerollt. Sie war unfähig, einen klaren Gedanken zu fassen.

Ute in diesem Polizeibus zu sehen, der bei ihr im Hof gehalten hatte, nicht mehr mit ihr sprechen zu können. Zu wissen, dass man sie abholte und in irgendeine Zelle steckte, war für sie unerträglich.

Einmal mehr merkte sie, dass sie ohne sie nicht leben konnte. Die letzten Jahre mit Kuno hatten sie gebrochen. Und nun verfolgte er sie noch über den Tod hinaus. Es würde nie aufhören. Ihr Leben war gescheitert, und sie allein war schuld. Sie hatte sich das selbst eingebrockt, sie hätte Kunos hochfliegenden Plänen Einhalt gebieten müssen. Sie hatte zu allem Ja und Amen gesagt. Genauso hätte sie Utes Taktik, alles zu verschleiern, nicht mittragen dürfen. Nun würde ihr und Ute niemand mehr glauben.

Die Schlinge hatte sich zugezogen. So eng, dass sie es körperlich am Hals spürte – ihr das Atmen schwerfiel.

Sie hatte so viel geweint, dass keine Tränen mehr kamen. Die Sanitäter, die diese Polizisten für sie gerufen hatten, hatten ihr ein Beruhigungsmittel gespritzt. Sie wollte nicht schlafen. Sie musste Ute helfen, aber wie? Sie kannte außer ihrer Scheidungsanwältin keine Juristen, und schon gar nicht für eine Mordanklage.

Sie zitterte am ganzen Körper.

*

Achill fühlte sich euphorisiert. Er brauchte dieses Erfolgserlebnis, endlich mal wieder einen Fall schnell und problemlos gelöst zu haben.

Nach dem letzten, bei dem alles nur Denkbare schiefgelaufen war, hatte er das bitter nötig, wollte er nicht bei den Kollegen als Versager dastehen.

Seit Bertling, die es übernommen hatte, Ute Wasslers Fahrt ins rechtsmedizinische Institut nach Mainz zu begleiten, ihm die Befunde mitgeteilt hatte, wollte das Grinsen nicht mehr aus seinem Gesicht weichen.

Die Untersuchung des unter Körbers Fingernägeln gefundenen Hautgewebes hatte ergeben, dass es mit der DNA des Abstriches von Wasslers Mundschleimhaut übereinstimmte. Selbst die Kratzspuren passten zum Profil von Körbers Fingernägeln. Sogar der etwas eingerissene Nagel des Zeigefingers hatte eine charakteristische Spur auf ihrem Unterarm hinterlassen.

Eben hatte ihn noch ein Kollege der KT angerufen. Die im Radkasten von Wasslers Pkw gefundenen roten Schlammreste passten von ihrer Mineralstruktur zur sogenannten wassergebundenen Decke – also dem Splittbelag – auf dem öffentlichen Parkplatz, der 100 Meter vom Tatort entfernt lag.

Zudem war Wassler mit dem Anwesen des Kanu-Clubs vertraut und Linkshänderin.

Es war wie bei einem Puzzlespiel, bei dem sich am Ende alle Teile passgenau ineinanderfügten.

Er war sich sicher, morgen würde er das letzte Teil in dieses Puzzle einfügen und Wassler ein Geständnis entlocken. Wenn er sie mit all dem konfrontierte, wäre ihr Widerstand gebrochen.

Und dann würde sie ihm Sally quasi als Dreingabe mit

ans Messer liefern. Er war sich zwar sicher, dass jene zerbrechliche Frau, die er heute erlebt hatte, nicht die Haupttäterin war, aber Mitwisserschaft und Beihilfe waren auch wichtige Tatbestände.

Schade, dass Bertling nicht da war, um den Erfolg zu feiern.

*

»So, das hätten wir«, sagte André, klatschte sich den Staub von den Knien und blickte auf ihr Werk.

Irina lachte. »Sieht aus wie 'ne Mischung aus Bohrinsel und Hochsitz. Schon irgendwie 'ne Augenkeule. So kommst du mit deiner Küche nicht in *Schöner Wohnen.*«

»Hauptsache, dem Kleinen gefällt's. Wo ist er überhaupt?«

Irina schüttelte ungläubig den Kopf. »Du bist echt abgrund-krass. Erst hättest du ihm am liebsten den Gnadenschuss gegeben oder ihn in der Sahara ausgesetzt, und jetzt investierst du einen halben Monatslohn in das hier.«

»Bin eben nicht das, was man ›spontan begeisterungsfähig‹ nennt. Muss mich an bestimmte Gedanken erst gewöhnen.«

»André-Retard-Forte, die Tablette, die ihre Wirkung erst nach Tagen entfaltet. Da reagiert das Klima ja schneller auf ein CO2-Molekül als du auf eine Unterstützungsanfrage deines Freundes.«

»Willst du damit etwa auf deine kurze, aber erfolglose Zeit als Klimakleberin anspielen?«

»Hör mir damit auf. Dieser Nußdorf-Vollernter-Fall hat traumatische Spuren bei mir hinterlassen.« Irina lief nun zwischen dem Großaufgebot an Werkzeugen und

Kartons hindurch und suchte den Kater. »Charly, Charly, wo steckst du?«

»Lass uns lieber mal zusammenräumen. Nicht dass er sich an den Bohrern verletzt.«

»Das reinste Helikopter-Herrchen. Gut, dass du keine Kinder hast.« Irina schüttelte den Kopf. »Ah, da bist du ja, kleiner Mann.« Sie bückte sich über einen Karton, in dem sich der Kater zusammengerollt und friedlich geschlafen hatte. Jetzt streckte er sich und gähnte.

André ging auf ihn zu. »Komm, Kleiner, hier hast du eine viel bessere Aussicht.« Unbeholfen hob er ihn auf eine mit Sisalfasern umwickelte Plattform des monströsen Kratzbaums.

Kaum hatte er ausgesprochen, sprang der Kater hinab und rollte sich wieder in den Karton.

»Tolle Investition. Zahlt sich voll aus«, sagte Irina.

»Ja, wirklich, mit all den Etagen und Klettermöglichkeiten«, erwiderte André und starrte ehrfürchtig auf das Holz-Sisal-Monstrum an der Küchenwand.

Irina grinste schelmisch. »Ich hab den Karton gemeint.«

In diesem Moment vibrierte Andrés Smartphone. Achill war am Apparat. »Lust auf ein Weinchen? Ich komm zu dir nach Speyer. Könnten ja in diese *WeinWunderBar* in Speyer gehen, von der du mir letztens vorgeschwärmt hast.«

»Mhhh.« André war überrascht. Warum wollte ihn Achill treffen? Gab es etwas zum Fall zu besprechen? »Ja klar, gerne.«

»Passt es dir um 18.30 Uhr?«

»Okay.«

*

Als André pünktlich um 18.30 Uhr in der *WeinWunder-Bar* eintraf, saß Achill schon an einem Zweiertisch etwas abseits am Fenster.

»Spricht der Tisch abseits mal wieder dafür, dass du mit mir über einen Fall sprechen willst?«, platzte es aus André heraus, noch bevor er Achill begrüßt hatte.

»Hab ich gar nicht nötig, hab gerade keine ungelösten Fälle in Bearbeitung«, antwortete Achill gönnerhaft.

André riss mit gespielter Verwunderung die Augen auf. »Soso, na dann.«

»Setz dich erst mal und bestell dir was Anständiges. Du bist eingeladen.«

»Klingt nach einem Grund zum Feiern.«

»Ja, ganz genau. Eine Flasche anständigen Roten«, orderte er bei Susan – der stets freundlichen und kompetenten Bedienung – und fügte »eine Flasche vom Besten, den Sie haben« hinzu.

»Wow, du lässt es aber krachen. Das muss ja ein großer Ermittlungserfolg sein«, witzelte André.

»So könnte man es nennen.« Wieder lag da diese gönnerhafte Zufriedenheit in Achills Zügen.

Für André war das ungewohnt, kannte er seinen Freund doch eher in einer vorsichtigen, leicht pessimistischen Attitüde. Immer darauf »warten, wie es ausgeht« und »nicht zu früh freuen«, war sonst seine Devise.

Als Susan ihnen den Wein brachte und mit den Worten »Cuvée Gaudenz vom *Weingut Knipser*, wirklich sehr lecker« vor ihnen entkorkte, bestellte sich Achill eine Platte Serranoschinken und André eine Portion Handkäse.

André konnte seine Neugierde kaum noch im Zaum halten, unterließ es aber, Achill direkt auf den Fall anzusprechen. Er hatte keine Lust, sich zunächst ködern zu lassen und dann wieder einen Korb zu kassieren. Er würde Achill, der offensichtlich vor Eitelkeit brannte, mit seinen Ermittlungserfolgen zu prahlen, einfach mit Desinteresse strafen. So begann er, ausufernd über den Kater und seine neue Kletterwand zu berichten.

»Mmmh«, brummte Achill missgelaunt.

Als ihm nichts mehr einfiel, um dieses Thema weiter auszuwalzen, erzählte er ebenso weitschweifig von seinen letzten Weineinkäufen. Wieder reagierte Achill gelangweilt und blieb weiterhin stumm.

André amüsierte sich über Achills wachsenden Unmut und fuhr fort, über die Gästeführung am heutigen Morgen zu plaudern.

»Was erzählt man sich denn in Speyer über den Toten am Rheinufer?«, tastete sich Achill vor.

»Na ja, war ja nur Selbstmord, so was ist schnell wieder vergessen. War auch kein Speyrer«, antwortete André gelangweilt.

»Ja schon, aber ...«, setzte Achill an. Offensichtlich hatte er Skrupel, ungefragt etwas über den Fall preiszugeben. »... dachte, dich würde so was interessieren.«

André lachte. »Nein, wo denkst du hin. Polizeiarbeit ist nichts für neugierige Zaungäste wie Irina und mich.«

»Jetzt übertreibst du's aber mit deinem Desinteresse. Das kauf ich dir nicht ab«, schoss es förmlich aus Achill heraus. Er gab André einen kräftigen Klaps auf die Schulter. »Spielverderber.«

»Sag schon, was liegt dir auf dem Herzen? Was soll ich für dich tun?«, lenkte André ein und schaute seinen Freund erwartungsvoll an.

»Das ist es ja gerade – nichts –, der Fall ist gelöst, und ich brauche einen, der mit mir darauf anstößt.«

»War er das nicht schon vor ein paar Tagen? War es überhaupt ein Fall oder nur ein Suizid, bei dem es nichts aufzuklären gab?«

Achill rückte seinen Stuhl über Eck, sodass er nun an Andrés Seite saß. »Es war kein Suizid, es war ein kaltblütiger Mord«, flüsterte er dicht an Andrés Ohr.

»Aha. Und von wem? Wer war der grausame Täter?« André schaute ungläubig.

»Es war eine Täter*in*.«

»Ich dachte, Frauen vergiften nur. Ist das nicht etwas grob für eine Frau?«

Achill schien genervt. Offensichtlich gefiel ihm der zynische Ton seines Freundes nicht.

»Wenn Frauen in Männerberufen arbeiten, töten sie auch wie Männer.«

»Wow, kann man diese weitreichenden forensischen Erkenntnisse auch irgendwo nachlesen?«

Achill winkte ab. »Ich muss ja nichts erzählen, wenn's dich eh nicht interessiert.«

André spürte, dass sein Freund ernsthaft ärgerlich wurde, und lenkte ein. »Okay, natürlich interessiert es mich, wer die Täterin war.«

»Es war, wie gesagt, eine Täterin und eine, die ihr geholfen hat.«

»Sag bloß, du meinst die Winzerin? Diese Ute Wassler?« Nun flüsterte auch André. »Und wie kommt ihr auf sie?«

»Sie hat ein Motiv. Sie hat Abwehrverletzungen an den Armen, die nachgewiesenermaßen von Körber stammen, und sie hat persönliche Bezüge zum Tatort. Als Jugendliche war sie ein paar Jahre Mitglied in diesem Kanu-Club, vor dessen Klubhaus der Mord geschah. Und das, was sonst der Abschiedsbrief ist, wurde von einem Handy, das wir in ihrer Vinothek gefunden haben, auf *Facebook* gepostet.«

André war perplex. In der Tat waren das gewichtige Indizien, die ausreichten, jemanden zu verurteilen.

»Trotzdem …«, setzte er kraftlos an, »… und wenn sie alles so perfekt inszeniert hat, warum hat sie dann nicht die Waffe in den Wagen geworfen?«

»Das liegt doch auf der Hand. Im Vorfeld in Ruhe Vorkehrungen zu treffen ist eines. Aber im Eifer des Gefechtes mit einem Toten und dem ganzen Blut vor Augen, reagieren Täter fast immer kopflos und wollen nach der Tat nur noch weg. Die Waffe hat sie bestimmt in den Rhein geworfen«, erläuterte Achill sichtlich verärgert.

»Hmm …« André ließ es sein, das auszuformulieren, was er dachte. »Und ihre Unterstützerin war die Ex-Frau von Körber?«, fragte er stattdessen.

»Ganz genau«, erwiderte Achill nun selbstzufrieden. »Spätestens am Montag wird sie uns alles preisgeben. Wenn sie es nicht sagt, werden wir diese Ex weichkochen. Die ist eh schon schwer angeschlagen. Und das Wochenende gibt ihr Zeit, in sich zu gehen.«

»Na ja, immerhin ist gerade ihr Ex-Mann ums Leben gekommen, das wird nicht spurlos an ihr vorübergegangen sein.«

»Nur keine falsche Anteilnahme. Sie ist wenigstens Mitwisserin, wenn nicht gar Mittäterin.«

André schaute freudlos. So richtig ließ er sich nicht von der Euphorie seines Freundes anstecken.

*

Als André gegen 20.15 Uhr nach Hause kam, wiederholte sich ein mittlerweile zur Gewohnheit gewordenes Ritual. Kater Charly saß innen vor der Haustür und jammerte herzerweichend.

»Er will raus«, stellte André lakonisch fest.

»Ach was. Ich dachte, er schreit nach einer Kippe«, erwiderte Irina kopfschüttelnd.

»Wann willst du ihn mal rauslassen? Sein Schwänzchen sieht doch schon ganz gut aus?«

»Na ja, die Tierärztin, die gestern Morgen nach der Wunde gesehen hat, hat gemeint, wir sollen noch bis zum nächsten Wochenende warten. Ich weiß, das ist hart für den kleinen Kerl, er war bestimmt ein Freigänger.«

28 ERNÜCHTERUNG

Deidesheim, rund 22 Jahre vorher, Donnerstag, 11. Januar 2001

Nach etwa drei Monaten erhielten Kunos hochfliegende Träume einen Dämpfer. Nachdem er endlich im Besitz des Erbscheines war, den Steuerberater gesprochen, sich Grundbuchauszüge besorgt und die Bankunterlagen, die sein Vater einfach in Schuhkartons gelagert hatte, gesichtet hatte, lag alles auf dem Tisch.

Sein Vater hatte hohe Schulden, und das gesamte Grundvermögen war mit Grundschulden der Banken belastet. Freie Liquidität gab es keine, im Gegenteil, die Banken drängten auf Rückführung der hohen Kontoüberziehungen.

Im Ergebnis bedeutete dies, dass nichts von dem, was er so optimistisch geplant hatte, umsetzbar war. Zumindest jetzt nicht.

Einige Tage schwieg er darüber und ließ Araceli in der Ungewissheit schmoren, was das zu bedeuten hatte. Eines Abends sagte er nach dem Essen: »Wir müssen reden.«

Voller Scham erzählte er ihr von seiner wirtschaftlichen Situation. Mehrfach wurden seine Augen feucht.

»Meinst du, dein Stiefvater würde uns helfen?«, presste er schließlich hervor. Araceli nahm wahr, dass ihm das nicht leichtgefallen war.

Überrascht und vielleicht etwas unüberlegt sagte sie das, was sie gerade dachte. »Warum sollte er? Wir sind noch nicht einmal verheiratet.«

29 UNTERSUCHUNGEN

Sonntag, 23. April 2023, 23.15 Uhr

André hatte zunächst die Vorderseite des Anwesens inspiziert. Es war ein wie hier in der Region häufiger anzutreffendes typisches Winzeranwesen. Eine mannshohe Einfriedungsmauer zur Straße hin, dazu ein noch höherer gemauerter Torbogen mit oben abgerundetem, gewaltigem Hoftor, daneben ein altes Fachwerkhaus. Das Nachbaranwesen war ähnlich beschaffen, nur dass es spiegelverkehrt angeordnet war. Das Haus war ohne Zwischenraum an Körbers Haus angebaut. Er erkannte schnell, dass die Einfriedung ohne entsprechendes Werkzeug, um das Schloss zu knacken, oder eine Leiter kaum zu überwinden war. Hier kam er nicht rein.

Er beschloss, es von der Rückseite zu probieren.

Vielleicht war es hier einfacher und auch weniger einsehbar, sich Zutritt zu verschaffen.

Es gab einen breiten betonierten Weg, der hinten an der Häuserzeile vorbeiführte und nur für die Anwohner reserviert war. Er diente offensichtlich dazu, mit den Traktoren, Lieferfahrzeugen und Ernteanhängern zu den Weingütern in der Straße zu gelangen.

Er hatte Glück, es war Vollmond heute. Die Nacht war wie geschaffen für eine Untersuchung des Körber'schen Anwesens. Er würde noch nicht mal eine Taschenlampe brauchen, so hell war der Schein der silbrigen Mondscheibe vom wolkenlosen Nachthimmel. Und für das, was er untersuchen wollte, reichte es allemal.

Als er an der Rückseite von Körbers Hof ankam, war das schwere metallene Rolltor, durch das im geöffneten Zustand gut zwei Pkws gleichzeitig passen würden, etwa einen Meter aufgeschoben. So, dass genau ein Fußgänger hindurchpasste. Er wunderte sich. Wäre es nicht Aufgabe der Polizei gewesen, den Hof wenigstens etwas abzusichern?

Aber gut, es sollte ihm recht sein. So würde er einfach hineinspazieren, und in spätestens zehn Minuten wäre seine Mission erledigt und er wäre wieder auf dem Heimweg.

Vor ihm lag ein offener Unterstand, in dem neben zwei Traktoren verschiedene Bodenbearbeitungsgeräte wie Mulcher, Fräsen und Ähnliches untergestellt waren. Eines war allen Geräten gemein: Der Lack war vielfach angeschlagen, und nahezu alles war von einer Rostschicht überzogen. Er arbeitete sich, an die Mauer gedrückt, in Richtung des großzügigen Innenhofs voran, sodass er von den Nachbaranwesen nicht entdeckt werden konnte. Er schlich auf einem mit holprigem Kopfsteinpflaster belegten Fahrweg an der Kelterhalle vorbei in Richtung Wohnhaus, das durch den Hof von der Kelterhalle getrennt war.

Zunächst untersuchte er die Haustür an der Längsseite des Hauses. Sie war aus Holz, der grüne Lack war an unzähligen Stellen abgeblättert, aber ansonsten solide und fensterlos. Dann untersuchte er die Längsseite und die Fenster im Erdgeschoss. Alles war verschlossen und es gab keine weiteren zusätzlichen Öffnungen. Das gleiche Bild bot sich ihm an der Rückseite. Eine feste solide

Tür, Fenster mit Klappläden, alles massiv und vollständig geschlossen. Seine Vermutung bestätigte sich.

Er spürte die innere Befriedigung, die sich bei ihm stets einstellte, wenn er in seinen Hypothesen bestätigt wurde und wieder einen Schritt weiter war.

Er beschloss, seine Erkundungstour zu beenden und das Anwesen auf dem gleichen Weg, wie er gekommen war, zügig zu verlassen.

Als er auf Höhe der Kelterhalle war, vernahm er ein lautes, blechernes KLONG! So als hätte jemand einen gewaltigen Gong angeschlagen. Was war das? War er nicht alleine auf dem Anwesen?

Er horchte und meinte, weitere metallene Geräusche aus der Kelterhalle wahrzunehmen. Er folgte einem ersten Reflex und eilte in Richtung des hinteren Tors, um das Gelände schnellstmöglich zu verlassen. Dann hielt er inne. Seine Neugierde siegte. Er beschloss, der Sache auf den Grund zu gehen.

Er schlich in den Innenhof zurück. Zügig überquerte er ihn in Richtung des Eingangs zur Kelterhalle. Er legte sein Ohr an die Eingangstür und horchte. War da ein leises metallisches Scharren?

Er drückte auf die Türklinke, zu seinem Erstaunen sprang die Tür einen Spaltweit auf. Er drückte sie vollends auf, ein lautes Quietschen durchschnitt die Stille der Nacht.

Verdammt. Hatte man ihn gehört? Was, wenn die Nachbarn dies bemerkt hatten? Er horchte. Nichts. Nur weiter dieses nun deutlich leisere Scharren. Er gab ein unschuldiges leises »Hallo« von sich. Nichts, keine Antwort.

In der Halle brannte nur ein Nachtlicht. Zusammen mit dem Mondlicht, das durch die Dachfenster fiel, reichte es gerade aus, sich zu orientieren.

Es war keine Menschenseele zu sehen. Nach einer Freifläche, auf der wohl im Herbst die Kelter aufgestellt war, schloss sich das Tanklager an. Ein breiter Korridor mit zum Teil deckenhohen, im Mondlicht schimmernden Edelstahltanks rechts und links an der Wand.

Wieder blieb er stehen, um zu horchen. Wieder ein leises Scharren, das wohl von einem der hinteren Tanks ausging. Langsam schlich er vorwärts, bemüht, keine Geräusche zu machen.

Als er etwa in der Mitte der Tankreihe war, lauschte er erneut. Nach angespanntem Hinhören meinte er, wieder ein Scharren wahrzunehmen. War man auf ihn aufmerksam geworden und versuchte nun, leiser zu sein?

Lauerte man ihm auf? War er in Gefahr? Sprang gleich jemand hinter einem der Tanks hervor und briet ihm eins über? Er ging einige Schritte und versuchte wieder angestrengt, etwas zu hören. Das Scharren schien erstorben zu sein. Dafür nahm er nun ein leises Rauschen wahr.

Wurde da Wein umgepumpt? Aber warum jetzt mitten in der Nacht und von wem? Waren Diebe am Werk? Aber wo waren sie?

Er stand wie angewurzelt da, leicht vornübergeneigt, horchte er. Es war keine Flüssigkeit, die da floss. Es war eher ein Gas, das da durch eine Leitung rauschte.

Er schaute sich um. Aus dem Gärloch oben auf einem der hinteren Tanks, auf das nach der Lese üblicherweise das Gärrohr aufgesteckt wurde, ragte ein roter Gummischlauch.

Er bewegte sich ein paar Schritte vor und folgte mit seinem Blick dem Schlauch, der in einer Gasflasche, die auf einer Sackkarre neben dem Tank stand, endete.

Gas! War er in Gefahr? Würde bald alles hier in die Luft fliegen?

Eilig ging er auf die Gasflasche zu, schritt um sie herum, bis er den Aufdruck lesen konnte.

CO_2 - Kohlendioxid. Für einen Moment war er beruhigt. Aber für was brauchte man hier und heute CO_2? Und vor allem, wer brauchte es? Er wusste zwar, dass man dieses Gas auf Weingütern nach der Ernte einsetzte, um Trauben quasi unter einer CO_2-Kappe den Kontakt zum Luft-Sauerstoff zu nehmen, um sie damit vor einer unerwünschten Oxidation zu schützen. Aber jetzt im April war ihm kein sinnvoller Einsatz des Gases geläufig.

Was sollte das hier werden, und wer hatte diese lauten Geräusche verursacht? Wo war diese Person geblieben? Einen Hinterausgang schien es jedenfalls nicht zu geben. Und herauszuschleichen, ohne von ihm bemerkt zu werden, war auch unmöglich. Ein klammes Gefühl beschlich ihn.

Er schaute sich nochmals um. Gab es Zeichen, die für eine Person im Raum sprachen? Am Gärtank vor ihm war eine alte Holzleiter angelehnt. Hatte man sie benutzt, um den Schlauch in das Gärloch zu stecken?

Er ging auf die Knie. Vielleicht hockte ja jemand hinter dem Tank, und man konnte seine Füße sehen. Nichts.

Er ging auf den Tank zu, aus dessen Innerem außer dem Zischen des eingeleiteten Gases nun nichts mehr zu hören war. Er legte sein Ohr daran. War da ein Röcheln?

Er überlegte, plötzlich verdichtete sich in seinem Gehirn eine konkrete Vorstellung. Er ging zum Mannloch, das wie eine Tür an Scharnieren am Tank befestigt war. Er riss an dessen Verriegelungsrad. Es klappte ohne Widerstand auf und flog mit einem dumpfen Dröhnen an die Wand des Tanks.

Schuhe, Beine. Er steckte den Kopf hinein. Ein lebloser Körper. CO_2 war schwerer als Luft. Er musste handeln. Tief saugte er Luft in die Lungen. Zwängte den Oberkörper durch das Mannloch. Er tastete im Dunkeln einen Gürtel. Er riss daran, die Person wirkte leblos, reagierte nicht. Er zog mit aller Kraft. Ein Bein klemmte sich am Rahmen des Mannlochs fest. Der Körper schien wie festgeklebt. Er kroch wieder heraus, atemlos, schon die wenigen hektischen Atemstöße im Inneren des Tanks hatten seine Lungen brennen lassen. Er rang nach Luft. Er bekam die Knöchel der Person zu fassen, zog mit aller Kraft daran. Der Körper rutschte zur Öffnung, verkeilte sich aber sogleich im klaustrophobisch engen Loch, das schon für einen Gesunden nur mit einigen Verrenkungen zu durchsteigen war.

Er zerrte, rutschte ab, riss einen Schuh vom Fuß. Die Beine waren nun bis zu den Knien im Freien, aber der Körper steckte in der Öffnung fest wie ein Pfropf. Verzweifelt versuchte er, ihn auf die Seite zu drehen. Spürte, wie ihm das austretende Gas nun auch die Luft nahm.

Hektisch sprang er zur Gasflasche, drehte den Hahn zu. Er kam zurück, zog, zerrte, seine Nägel hatten der leblosen Person schon tiefe Kratzer an den Armen und Knöcheln beigebracht. Er schaffte es nicht. War es schon zu spät? Für einen Augenblick erwog er aufzugeben. Nur um einen Wimpernschlag später ein Bein an die Front des Tanks zu stemmen und mit aller Kraft zu ziehen. Egal, was er damit anrichtete.

Das Geräusch reißenden Stoffes, mit einem Ruck ploppte die Person aus der Öffnung, fiel wie auch er klatschend auf den Betonboden davor. Sein auf den Boden geknallter Hinterkopf wummerte, als schlügen schwere Schmiedehämmer darauf. Noch immer krampfte er seine

Hände um die Knöchel der Person, die da leblos halb auf, halb vor ihm lag.

Es war eine Frau.

30 EHELEBEN

Deidesheim, rund 22 Jahre vorher, Freitag, 13. Juli 2001

Fast zwangsläufig folgte nur vier Monate später die Hochzeit. Kuno legte eine sachliche Kühle an den Tag, die nichts mit dem, was im Rioja zwischen ihnen gewesen war, zu tun hatte.

Sally fügte sich, so wie sie es von zu Hause gewohnt war. Was hätte sie auch tun sollen? Sie war noch nicht fertig mit dem Studium, hatte keine abgeschlossene Ausbildung, besaß nichts außer dem, was sie auf dem Leib trug, und die Häme, die ihr drohte, wenn sie nach Spanien zurückkehrte, hielt sie vor weiteren Überlegungen dieser Art ab.

Kuno hatte darauf bestanden, dass sie ihren Stiefvater um sein Einverständnis für die Hochzeit fragte und ihn und ihre Halbbrüder einlud.

Sie tat es, ohne Erwartungen auf Erfolg.

Das Ergebnis überraschte selbst sie. Der Stiefvater schrieb, dass der Brief wohl ein Irrtum sei, er hätte keine Stieftochter mehr.

Kunos Enttäuschung war riesig. Er machte keinen Hehl daraus, dass er sich aus dieser Zweckehe etwas – nämlich eine ordentliche Mitgift, eine Erbabfindung oder wenigstens ein Startkapital – versprochen hatte.

Natürlich machte er Sally dafür verantwortlich.

31 FRAGEN

Montag, 24. April 2023, 0.05 Uhr

»Wir übernehmen«, sagte der Rettungssanitäter lakonisch. André nahm die Hände, mit denen er geschlagene 25 Minuten das Herz der Frau massiert hatte, vom Brustkorb des noch immer leblosen Körpers. Völlig ermattet sank er zur Seite und lag nun neben ihr auf dem Hallenboden.

»Atem flach, aber regelmäßig«, hörte er den Sanitäter sagen, der sie mit einem Stethoskop abhörte, während eine Kollegin ein EKG-Gerät anschloss. »Gute Arbeit«, fügte er an André gewandt hinzu. »Ohne Ihre kontinuierliche Herzdruckmassage wäre es wohl vorbei gewesen.«

André schaffte sich kriechend aus dem Arbeitsbereich der Sanitäter, noch immer unfähig aufzustehen. Seine Hände brannten wie Feuer. Er hatte durchgängig, so wie er es bei seinem letzten Erste-Hilfe-Kurs, der für alle Gästeführer obligatorisch war, gelernt hatte, ihr Herz massiert und ihr vor lauter Hilflosigkeit immer wieder Luft durch Mund und Nase geblasen. Warum nur hatte man ihm nicht gesagt, dass die Kraftanstrengung einem Dauerlauf glich?

»Alles okay bei Ihnen?«, riss ihn der Sanitäter aus seinen Gedanken.

»Ja, muss nur noch etwas verschnaufen.«

Der Sanitäter grinste. »Harter Job, jemanden zurückzuholen, aber eine tolle Sache, wenn es klappt.«

In diesem Augenblick sah er – noch immer auf dem Boden liegend – einen Schatten neben sich aufragen.

»Was um Himmels willen machst du hier und ausgerechnet mit ihr?« Es war Frank Achill. André wusste nicht, ob dessen rot angelaufenes Gesicht ein Zeichen für die Hektik war, die es ihm abverlangt hatte, mitten in der Nacht innerhalb von 30 Minuten hierherzukommen, oder der Zorn, André ausgerechnet hier vorzufinden.

»Mit wem?«, fragte André und blickte auf die Frau, die gerade auf einer Krankenwagenliege von den Sanitätern herausgefahren wurde.

»Das ist Sally Wassler, die Ex-Frau unseres Toten von der Uferpromenade.«

André schluckte. »Sie war hier im Tank und wollte sich wahrscheinlich das Leben nehmen.«

»Aha«, stieß Achill ärgerlich aus. »Und dann hast du gedacht, na ja, dann fahr ich mal hin und rette sie, weil du gerade eine Eingebung hattest.«

»Nein, ich war eh hier und hab gehört, dass da jemand in der Kelterhalle ist.«

»Sag mal, hältst du mich eigentlich für bescheuert? Du tust so, als sei es völlig normal, mal eben irgendwo einzubrechen und Halbtote zu finden. Ich werde dir nie wieder was erzählen. Und eine Antwort auf meine Frage hast du mir immer noch nicht gegeben. Was tust du hier?« Achill war während seines Wortschwalls zunehmend lauter geworden und hatte seine letzte Frage geradezu herausgeschrien.

»Ich hab geschaut, ob Körbers Haus eine Katzenklappe hat.«

»Wie bitte? WAS?« Achill schien sich gerade völlig zu vergessen. »Glaubst du eigentlich, du kannst mir so eine Scheiße erzählen? Ich bin doch nicht doof.«

»Es stimmt tatsächlich.«

»Dir ist schon bewusst, dass ich das aktenkundig machen muss. Und es wird eine Untersuchung geben. Es ist nicht gerade unverdächtig, wenn man nachts irgendwo einbricht und dann neben einer Halbtoten gefunden wird.«

Jetzt spürte André Ärger in sich aufsteigen. War das der Dank, dass er ihr das Leben gerettet hatte? »Ohne mich wäre sie jetzt eine ganz Tote«, keuchte er. »Sie hätte sich da drin das Leben genommen, hätte ich das Ding nicht geöffnet und sie rausgezogen. Verstehst du nicht?«

»Das kann man auch anders sehen. Du hast sie da reingesperrt und das Gas aufgedreht, hattest dann Skrupel, sie rausgezerrt und am Leben gelassen.«

»Das glaubst du doch nicht wirklich?«, schrie André atemlos.

»Ich weiß nicht, was ich überhaupt noch glauben soll«, spie Achill aus, schüttelte abfällig den Kopf, schickte sich an, die Halle zu verlassen, und stapfte auf den Krankenwagen zu, in dem die Sanitäter und der hinzugekommene Notarzt die noch immer Bewusstlose versorgten.

32 FOLGEN

Montag, 24. April 2023, 8.05 Uhr

»Und das hast du ihm tatsächlich gesagt?«, erwiderte Irina und prustete los. »Kein Wunder, dass er sauer war. Der musste ja glauben, du wolltest ihn verarschen.«

»Ich hab nur die Wahrheit gesagt«, antwortete André treuherzig.

Wie ein Schwall brach das Gelächter aus ihr heraus. »Du brichst also wo ein, nur um rauszufinden, ob es dort eine Katzenklappe gibt?«

»Ja.«

Irina schüttelte ungläubig den Kopf. »Na dann. Ich bin gespannt, wann du in Körbers Stamm-Zoohandlung einbrichst, die IT-Anlage hackst, nur um rauszukriegen, was das Lieblingskatzenstreu unseres Kleinen war, als er noch bei Körber hauste. Du bist total bescheuert.«

»Da sagt man einfach nur die Wahrheit, und schon halten einen alle für blöd.«

»Was heißt hier *halten*, alter Mann. Nach dem heute Nacht bin ich mir sogar sicher.«

André schüttelte mürrisch den Kopf.

»Und wie lautet die Antwort auf die Frage, für die es sich einzubrechen lohnt: Gibt es bei Körber eine Katzenklappe?«

»Erwartungsgemäß, nein.«

»Wow. André Bond, der Agent Seiner Majestät, beweist die Nichtexistenz der Katzenklappe des Grauens.«

André verzog genervt das Gesicht.

»Und was sollen wir jetzt mit dieser Information anfangen? Was leitet der alte Mann aus dieser bahnbrechenden Erkenntnis ab?«

»Darüber möchte ich zum jetzigen Zeitpunkt noch nicht reden.«

»Wow, ich wusste, dass dahinter eines der größten Rätsel der Menschheit steckt«, erwiderte sie mit feierlichem Unterton. »Du bist wirklich völlig lost. Du solltest aufpassen, dass man dir nicht noch einen Mordversuch an Körbers Ex anhängt.«

André leerte mit einem Zug seine Cappuccinotasse und erhob sich etwas indigniert vom Frühstückstisch.

*

Achill hatte nach dem Einsatz heute Nacht kein Auge mehr zugemacht. Und dies hing nicht nur damit zusammen, dass er noch auf die Kriminaltechniker gewartet hatte, die die Kelterhalle und besonders den Gärtank, in dem das Drama stattgefunden hatte, noch genauer unter die Lupe nehmen sollten. Wobei es ihm insbesondere darauf ankam, Andrés Verwicklungen irgendwie unter der Decke zu halten. Sollten die Überlegungen seiner Kollegen dazu unkontrolliert Fahrt aufnehmen, standen André ernsthafte Schwierigkeiten ins Haus.

»Ich hatte ihn gebeten, sich für mich einen Überblick über die Weinbestände Körbers zu verschaffen, und ihm den Schlüssel gegeben«, war seine lapidare Erklärung für Andrés Anwesenheit.

»Und das hat er ausgerechnet mitten in der Nacht gemacht?«

»Na ja, ich hatte Eile, schließlich steht am Montag die Vernehmung der Tatverdächtigen im Fall Körber an«, hatte er nachgesetzt.

Sein Kollege von der Kriminaltechnik hatte die Augenbrauen hochgezogen, aber ihn in Ruhe gelassen.

Achill hoffte, dass das so bleiben würde und man die Sache unter den Tisch kehrte.

Der gewichtigere Grund für Achills Schlaflosigkeit war Sally Wassler. Hatte er sie zu sehr bedrängt? War er der Auslöser für diesen Suizidversuch? Das bewegte ihn weit mehr. Er wartete sehnlichst auf Bertlings Eintreffen hier im Präsidium. Sie war dabei gewesen, hoffentlich fand sie einige beruhigende Worte für seine von Zweifeln zerfressene Seele.

Bevor sie kam, hatte er aber noch vor, im Krankenhaus anzurufen und sich nach dem Gesundheitszustand von Sally Wassler zu erkundigen, schließlich hing auch davon das Maß seiner Seelenqualen ab.

»Sie ist gegen 4 Uhr aus dem Koma erwacht. Ihr Kreislauf ist stabil. Zum Glück ist es wohl zu keinem kompletten Atem- oder Herzstillstand gekommen, oder dieser war so kurzzeitig, dass es zu keinen Organschäden kam. So wie es aussieht, ist sie über den Berg, von bleibenden Schäden ist nicht auszugehen. Ohne diesen Ersthelfer wäre es wohl mit ihr vorbei gewesen. Er hat sie zwar bei der Bergung übel zugerichtet und ihr bei der Herzdruckmassage eine Rippe gebrochen, aber das passiert oft und wird in ein paar Wochen vergessen sein«, war die kurze, aber beruhigende Auskunft des behandelnden Arztes.

»Wann können wir mit ihr sprechen?«

»Sie muss sich erst mal etwas erholen. Ich denke, morgen.«

Achill schluckte. So etwas wie ein tiefes Dankbarkeitsgefühl gegenüber André stellte sich bei ihm ein, auch wenn er sich das nicht unbedingt eingestehen wollte.

In diesem Augenblick kam Bertling schnaubend mit tropfnasser Jacke ins Zimmer. »Scheißwetter, ausgerechnet beim Aussteigen so ein Wolkenbruch.«

»Zum Glück bin ich schon vorher angekommen«, entgegnete er, während sie aus der nassen Jacke schlüpfte.

»Aber übel aussehen tust du trotzdem. Welche Laus ist dir denn über die Leber gelaufen?«

»Na ja, ein Nachteinsatz. Diese Sally Wassler wollte sich das Leben nehmen.«

»Ähem«, räusperte sich Bertling vielsagend.

Ob sie ihm wohl dafür die Schuld gab, fragte er sich, wurde aber sogleich von ihr aus seinen trüben Gedanken gerissen.

»Übrigens, den hier hat man mir unten am Empfang in die Hand gedrückt. War wohl am Wochenende in den Hausbriefkasten geworfen worden. Ist ohne Absender. ›Herr Kriminalhauptkommissar Achill – persönlich‹. Schöne schwungvolle Frauenhandschrift. Fanpost?«

Achill öffnete den Umschlag und zog einen handschriftlichen Brief heraus.

»Absender Sally Wassler, geborene Araceli Martinez-Montero«, las er laut vor.

»Wer ist das denn? Eine Flamme von dir?«, flötete Bertling, die sich mittlerweile ihm gegenüber an ihren Schreibtisch gesetzt hatte.

Unter dem Absender stand als Überschrift »Abschiedsbrief«. Achill überflog den Text und las die entscheidenden Abschnitte laut vor: »Ich weiß, dass nun alles vorbei ist, und bereite dem ganzen Scheißleben ein Ende. Ist es nicht eine Ironie des Schicksals, dass ich dies als Tochter eines spanischen Winzers ausgerechnet in einem Gärtank tue? ... Vielleicht wird das ja gerade meinen Stiefvater aufrütteln, dem ich wohl das Ganze zu verdanken habe, weil er mich durch sein Patriarchat in die Hände von Körber getrieben hat. Der hat zum Glück das, was er verdient hat, und ich bin stolz darauf, ihm die Kugel durch den Kopf geschossen zu haben. ... Sabine war mein ganzes Glück, ich dachte, nun sei meine Pechsträhne vorbei. Und dann kamen Sie und haben wieder alles kaputtgemacht. Ich weiß, dass es besiegelt war. Körbers Kratzspuren an ihrem Arm hätten dazu geführt, dass Sie sie ins Gefängnis bringen. Dabei ist es am Abend vorher in der Vinothek geschehen, als er sie bedrängt hat. Das wäre der Niedergang gewesen für das Weingut, die Vinothek und mich. Ich wollte nicht schon wieder einem Ruin zusehen. Deshalb hab ich es in der Nacht getan und ich habe keine Reue.

Und dass ich jetzt tot bin, haben Sie sich zuzuschreiben. Ein Polizist, der festgelegt ist und engstirnig nicht nach links oder rechts schaut. Adios, Araceli Wassler«

Achill ließ sich schweigend nach hinten in den Stuhl fallen und rieb sich mit beiden Händen das Gesicht.

Bertling schluckte hörbar. In ihren Augen sammelten sich Tränen.

So verharrten sie minutenlang schweigend, ehe Achill sich aufrichtete, wortlos zum Telefonhörer griff und nochmals den Krankenhausarzt anrief.

»Bitte treffen Sie entsprechende Vorkehrungen, wir haben leider die Befürchtung, dass Frau Wassler wieder einen Suizidversuch unternehmen wird. Sie steht unter dringendem Tatverdacht und darf unter keinen Umständen das Krankenhaus verlassen. Ich werde zwei Beamte vorbeischicken, die sie rund um die Uhr bewachen.«

Er legte auf und blickte mit rot geränderten Augen zu Bertling. »Ich hätte sie auf dem Gewissen gehabt«, quetschte er förmlich aus sich heraus.

»Aber sie lebt doch. Oder was sollte der Anruf?«

»Ja, sie lebt. Und das habe ich nur André zu verdanken.«

33 ENTBEHRUNG

Deidesheim, rund sieben Jahre vorher, Mittwoch, 25. Mai 2016

Ihre ersten 15 Ehejahre mit Kuno waren von Entbehrungen geprägt gewesen. Sparen für die Umsetzung von Kunos Visionen war die Devise. Nichts, was nicht dringend notwendig war, wurde angeschafft. Angestellte oder Erntehelfer konnte man sich nicht leisten. Also schufteten sie beide täglich bis in die Nacht.

Aber letztlich war jegliche Mühe vergeblich. Wein, den man nicht Endkunden verkaufen konnte, weil man nicht einmal einen anständigen Verkaufsraum besaß, und ihn dann schließlich für 70 Cent den Liter an irgendwelche Kellereien verschachern musste, spielte kaum die Produktionskosten ein.

Auch wenn es reichte, die überzogenen Konten wieder ins Lot zu bringen, würde es nie ausreichen, so viel einzunehmen, um das nötige Investitionskapital für Kunos hochfliegende Pläne zusammenzukriegen.

Irgendwann hatte Kuno wieder eine zündende Idee, die ihn völlig einnahm.

Eine Vinothek musste her. Ein schickes stylishes Gebäude, mit dem man zahlungskräftige Kunden anlocken könnte, war seine neueste Vision.

Sally enthielt sich jeglichen Kommentars. Sie fragte sich, wovon er das alles bezahlen wollte.

Aber Kuno hatte zu ihrem Erstaunen einen Plan. Er verkaufte seine Wingerte in den Großen und Ersten Lagen rund um Deidesheim an einen gut gehenden Winzerbetrieb, der darin langfristig die Chance sah, seine Flächen in diesen begehrten Lagen, die so gut wie nie zum Verkauf standen, zu vergrößern. Im Gegenzug vereinbarte Kuno einen lebenslänglichen Nießbrauch zu seinen Gunsten. Das bedeutete, dass er sie, solange er lebte, weiter nutzen konnte, aber den Kaufpreis sofort erhielt.

»Nach mir die Sintflut«, hatte er damals gesagt. Offensichtlich war er sich nicht bewusst, wie sehr er damit Araceli wehtat.

Als sie es empört ansprach und fragte, was mit ihr geschehen würde, wenn er vor ihr starb, entschloss er sich nach einigem Zögern, eine Lebensversicherung für sie als Begünstigte abzuschließen.

34 BUSINESS AS USUAL

Montag, 24. April 2023, 14 Uhr

»Du willst es wirklich durchziehen?«, fragte Bertling ihren Kollegen. Und das nicht zum ersten Mal heute.

»Ja, wie vorhin schon gesagt, was sonst?«, antwortete Achill missgelaunt.

»Na ja, da wäre schon mal die Problematik, ob sie überhaupt noch eine Tatverdächtige sein kann nach dem Geständnis ihrer Frau. Und dann wäre die Frage, ob du heute in der passenden Verfassung bist?«

»Was soll das? Ich bin in der besten Verfassung«, entgegnete er mürrisch.

»Was du vielleicht noch nicht weißt: Während du in der Mittagspause warst, hat sich eine Rechtsanwältin gemeldet, die gerade Ute Wassler besuchte und nachher bei der Vernehmung dabei sein wird.«

»Hmm«, brummte Achill. »War abzusehen, dass sie irgendwann draufkommt, sich verteidigen zu lassen.«

»Ich hab mal nach ihr gegoogelt. Diese Frau Doktor Ilonka Bolz-Bräsig kommt aus Frankfurt. Sie vertritt nur Frauen und scheint eine harte Hündin zu sein – hoffe, das war richtig gegendert.«

»Na dann, mich kann heute nichts mehr schocken.«

»Glaubst du, Ute Wassler weiß was über den Suizidversuch ihrer Ehepartnerin?«

»Ist wohl auszuschließen. Heute Nacht gab es keine

weiteren Zeugen. Sally hat im Krankenhaus weder telefoniert noch hatte sie Besuch. Und Ute Wassler sitzt ebenfalls in der Zelle und ist abgeschirmt. Und die Anwältin – wie hätte das nach Frankfurt durchdringen sollen? Nein, bestimmt weiß sie es nicht.«

*

Wenig später saßen sie beide im Vernehmungstrakt des Polizeipräsidiums. Er im vorderen Teil, wo auch gleich Ute Wassler mit ihrer Anwältin hereingeführt werden würde, Bertling im Beobachtungsraum dahinter. Im eigentlichen Vernehmungsraum waren diverse Kameras und Mikrofone installiert, sodass Bertling im Nebenraum nichts entging. Zusätzlich hatte sie von dort die Möglichkeit, mit ihrem Kollegen via Datenleitung zu chatten und ihm bei Bedarf Beweisfotos, Gutachten oder Ähnliches auf den Bildschirm zu spielen. Dieser war, mit einer Holzumhausung vor neugierigen Blicken geschützt, seitlich von seinem Platz unter Tischhöhe montiert.

Kurz nachdem er sich eingerichtet hatte, klopfte es, und ein Beamter steckte den Kopf herein. »Passt es schon, ich habe hier Frau Ute Wassler und ihre Anwältin?«

»Passt, lassen Sie sie rein.«

Achill erhob sich und reichte erst der Anwältin und dann Ute Wassler die Hand. Wasslers Hand war kalt und feucht, als hätte sie gerade damit einen Schneeball geformt.

Beide nahmen ihm gegenüber Platz. Die Anwältin, die sich knapp als Doktor Ilonka Bolz-Bräsig vorstellte, blickte ernst. Ihre Haut war von einem wächsernen Grau, tiefe Falten gruben sich in ihr Gesicht. Ihr dunkelblondes Haar war kurz und lag eng am Kopf an. Sie wirkte gut und gern zehn Jahre älter als die 44 Jahre, die Bertling aus den Tiefen des Internets gefischt hatte. Doch nicht nur Haut und Gesicht, alles an ihr – Hände, Hals und Haar – wirkte verlebt. Selbst ihre Kleidung war abgetragen und roch ungelüftet.

»Sie dürfen gerne mit der Belehrung starten, dann haben wir's hinter uns«, kam sie Achill zuvor. Ihre Stimme war tief, heiser und kalt.

»Gerne«, erwiderte Achill, von ihrem forschen Vorgehen überrascht, und absolvierte die übliche Belehrung.

Während er noch sprach, nestelte Bolz-Bräsig ein Blatt aus ihrer zerknautschten Aktentasche und klatschte es vor sich auf den Tisch. »Meine Mandantin möchte, dass ich Ihnen folgende Aussage vortrage. Zu weitergehenden Aussagen ist sie nicht bereit.«

Achill nickte. Also wie fast immer, dachte er.

Bolz-Bräsig räusperte sich und begann zu lesen. »*Ich, Ute Wassler, habe zum Vorwurf, Herrn Kuno Körber getötet zu haben, folgende Aussage zu machen: Herr Körber betrat am Samstag, dem 6. April, gegen 21.50 Uhr meine Vinothek. Er bestellte bei meiner Kellnerin ein Viertel Wein und wurde von ihr auf die baldige Schließung um 22 Uhr hingewiesen. Er blieb zunächst stumm und hantierte an seinem Smartphone herum. Wahrscheinlich dem, das die Polizei später bei mir in der Thekenschublade gefunden hat. Nachdem ihn gegen 22 Uhr die Kellnerin über die Schließung informierte, nickte er nur und drückte ihr einen Zehneuroschein in die Hand, blieb aber sitzen. Ich gestattete der Kellnerin daraufhin, Feierabend zu machen, und sie verließ dann alsbald die Vinothek. Als nur noch ich und meine Ehepartnerin Sally in der Vino-*

thek waren, erhob er sich und ging zu uns an die Theke. Er begann, wie fast immer in der letzten Zeit, mir Vorwürfe zu machen. Ich sei an seinem Niedergang schuld und hätte ihm die Frau gestohlen. Er wirkte dabei betrunken. Er kam dabei immer näher auf mich zu und berührte mich an den Schultern. Ich versuchte, ihn auf Abstand zu halten, und streckte die Hände aus. Er erfasste meine Unterarme, ich wehrte mich, dabei kam es zu den Kratzern seiner Nägel an meinem linken Unterarm. Als sich auch noch Sally, die bisher geschwiegen hatte, einmischte und mich nach hinten ins Büro begleitete, muss er wohl das Smartphone in der Schublade deponiert haben. Als Sally wieder nach vorne ging, ließ er sich von ihr beruhigen und verließ gegen 22.10 Uhr die Vinothek. Als er weg war, verschloss Sally die Tür und desinfizierte meine Arme. Als ich mich beruhigt hatte, verließen wir gegen 22.30 Uhr die Vinothek. Seitdem habe ich Herrn Körber nicht wiedergesehen. Sally, geborene Araceli Martinez-Montero, und ich blieben die ganze Nacht zusammen. Meine Frau kann das alles bestätigen und bezeugen. Auch, dass wir unmittelbar nach diesem Vorkommnis die Vinothek verlassen haben und auf direktem Wege nach Hause gefahren sind. Wir waren die ganze Nacht zusammen und haben beide das Haus nicht mehr verlassen.«

»Hoffentlich ist Ihrer Mandantin bewusst, dass Zeugenaussagen von Ehepartnern vor Gericht so gut wie kein Gewicht haben.«

»Und Ihnen ist hoffentlich bewusst, dass es, nachdem die Ursache der Kratzer und der Sache mit dem Smartphone respektive der Abschiedsbotschaft nunmehr geklärt ist, keinen Grund mehr gibt, meine Mandantin weiter festzuhalten.«

»Und die Erde vom Tatort an den Reifen des Autos Ihrer Mandantin?«, platzte es aus Achill heraus.

»Diese Art von wassergebundener Decke wird vielfach im Wegebau verwendet, und es ist nicht auszuschließen, dass meine Mandantin sich diese Erdspuren sonst wo ins Profil gefahren hat.« Bolz-Bräsigs Augen funkelten angriffslustig.

»Ich möchte nun noch ein letztes Mal meine Forderung auf Freisetzung meiner Mandantin wiederholen, ehe ich Beschwerde beim zuständigen Richter und der Staatsanwaltschaft gegen Sie einreiche.«

»Und wie ich bereits erläutert habe, sind Alibis von Familienangehörigen alles andere als überzeugend und geben keinen hinreichenden Grund, die Täterschaft infrage zu stellen.«

Bolz-Bräsig schnaubte. Wassler kullerte eine Träne über die Wange.

»Dennoch kann Ihre Mandantin nun ungehindert gehen. Mit dem uns vorliegenden schriftlichen Geständnis von Frau Sally oder Araceli Wassler, Herrn Körber ermordet zu haben, halte ich das für angezeigt.«

»Geständnis?«, schoss es aus Bolz-Bräsig heraus.

»In der Tat, es liegt uns in Form eines Abschiedsbriefes vor.«

»Abschiedsbrief?«, schrie Ute Wassler.

»Ja, sie hat sich gestern Abend suizidiert.«

Hatte Ute Wassler bisher ihre Emotionen fast gänzlich unter Kontrolle gehabt, sie waren nicht mehr als feuchte Stellen an der Staumauer der Selbstbeherrschung gewesen, brach diese Staumauer nun, und die Emotionen entluden sich frei und ungebremst.

Sie schrie, als würde man sie mit Messern traktieren,

sprang auf, raufte sich das Haar, Tränen rannen ihr über die Wangen. Ihre Stimme überschlug sich. Das immer wieder geschriene »Nein« war auf dem gesamten Stockwerk zu hören.

Achill saß wie erstarrt auf dem Stuhl, wusste nicht, wie er reagieren sollte. Bertling riss die Tür auf, marschierte auf sie zu, legte ihr den Arm um die Schultern. »Sie lebt, keine Sorge, sie lebt, und es geht ihr gut. Sie wurde gerettet.«

»Und wann wollten Sie ihr das sagen?«, fuhr Bolz-Bräsig Achill an und schüttelte entgeistert den Kopf. »Was für jämmerlich emotionale Krüppel ihr Männer doch seid.«

»Ich wollte ja, aber sie ließ mich nicht ausreden«, verteidigte er sich.

»Ach was. Hätte sie etwa um Erlaubnis fragen sollen, ob sie weinen darf oder nicht?«

Achill schluckte. »Also damit Sie es nun auch von mir hören: Sie wurde von einem Passanten aufgefunden und am Suizid gehindert. Ihr Gesundheitszustand ist stabil, und die Ärzte sind zuversichtlich, dass sie keine bleibenden Schäden davontragen wird.«

»Wo liegt sie? Wann wird sie entlassen?«, fragte Wassler atemlos zwischen zwei mächtigen Schluchzern.

»Sie liegt im Krankenhaus in Bad Dürkheim. Sie steht aber wegen ihres Geständnisses unter Arrest und darf nicht besucht werden.«

Jetzt war es Bolz-Bräsig, die, blass vor Zorn, aufstand. »Haben Sie denn überhaupt kein Taktgefühl oder Anstand? Verlassen Sie sich darauf, davon wird die Presse erfahren. Ich werde alles daransetzen, Sie von diesem Stuhl zu verjagen.«

Wassler schien noch immer fassungslos, immer neue emotionale Wellen schienen sie zu fluten. Plötzlich riss sie die Hände vom Gesicht und wurde ganz still. Dann schrie sie: »Sie war es nicht! *Ich* war's, *ich* hab dieses fiese Schwein erledigt! Ich hab ihn dorthin bestellt, weil ich die Stelle kenne. Hab ihm kaltblütig in den Kopf geschossen und danach die Pistole in den Rhein geworfen.«

In Bolz-Bräsigs Gesicht – eben noch kreidebleich – schoss eine unnatürliche Röte. »Bitte sagen Sie nichts mehr, schweigen Sie, Sie müssen nichts sagen!«, schrie sie.

»Doch, *ich* war's, lassen Sie sie frei. Sie war es nicht, Sie könnte so was gar nicht. *Ich* hab das Smartphone benutzt, um seinen Abschieds-Post zu schreiben. Sally kannte sein Passwort und hat es mir gegeben. *Ich* war's, *ich* hab ihn umgebracht!«

35 AUFSCHWUNG

Deidesheim, rund vier Jahre vorher, Dienstag, 23. Juli 2019

Die letzten drei Jahre war Kuno wie ausgewechselt gewesen. Er engagierte einen renommierten Stararchitekten, plante und baute schließlich auf einem seiner Wingerte, außerhalb der Ortsgrenzen mit unverbaubarem Blick auf das Haardtgebirge, eines der stylishsten Vinothekengebäude der Gemeinde.

Selbst Winzerinnen und Winzer, die bisher nur ein mitleidiges Lächeln für ihn übrig gehabt hatten, staunten und zollten der mutigen, zukunftsweisenden Investition ihren Respekt.

Er war endlich jemand.

Einzelne Fragen und wohlmeinende Hinweise, ob er denn schon mit der Gemeinde über eine Ausschankkonzession gesprochen hätte, ignorierte er. Schließlich ging es ja nur um seinen selbstproduzierten Wein, und im Übrigen würde die Gewerbesteuer dem Stadtsäckel guttun, und wer würde sich das in Zeiten klammer Kassen entgehen lassen.

Die Einweihungsfeier war ein grandioser Erfolg. Die Presse, Redakteure der Fachzeitschriften, Honoratioren aus Mannheim, Heidelberg und der gesamten Pfalz waren gekommen. Dass das Deidesheimer Publikum, insbesondere der größte Teil des Gemeinderates, fehlte, hätte ihm zu denken geben sollen. Ein Beamter des Gewerbeamtes, den man wohl vorgeschickt hatte, meinte nur lapidar: »Probieren und außer Haus Flaschenverkauf ja, mehr nicht.«

Kuno nickte und ging einfach weiter seinen Weg.

36 ANSAGE

Montag, 24. April 2023, 15.10 Uhr

Es war noch eine nervenaufreibende Angelegenheit, bis Ute Wassler wieder im Transporter Richtung JVA Rohrbach saß. Sie war völlig außer sich. Durch ihr Geständnis hatte sie fürs Erste die von Achill in Aussicht gestellte Entlassung aus der Untersuchungshaft verwirkt.

Und dies, obwohl Bolz-Bräsig noch heftig dagegen protestiert hatte.

Als man die Gefangene aus dem Verhörzimmer abgeholt hatte und die Anwältin gegangen war, waren Bertling und Achill noch im Raum geblieben.

Er hatte die Aufnahmetechnik abgestellt und rieb sich matt übers Gesicht. »Was für ein verrückter Fall. Hier scheinen sich alle – einschließlich des Opfers – darum zu reißen, geschossen zu haben. Jemandes Unschuld zu beweisen, wenn sie oder er es nicht will, ist oft schwieriger als das Gegenteil.«

Bertling grinste schief. »Du warst dir doch gestern noch so sicher, dass sie es war. Nun hat sie gestanden, und es ist dir auch nicht recht.«

Achill zuckte mit den Schultern. »Keine Ahnung, das muss ich erst setzen lassen.«

»Ihre Anwältin ist jedenfalls nicht ohne. Diese Verteidiger, die aus Überzeugung handeln, sind meist sehr verbissen.«

»Meinst du, sie ist weg? Hab keine Lust, ihr noch mal zu begegnen.«

Bertling zuckte mit den Schultern. »Der ist alles zuzutrauen.«

»Trotzdem, ich muss weiterarbeiten.« Achill klaubte seine Unterlagen zusammen, erhob sich und ging mit Bertling im Schlepp aus der Tür.

Sie waren gerade um die Ecke, als Bolz-Bräsig ihnen in einem ruhigeren Abschnitt des Korridors auflauerte.

Die gräuliche Blässe war in ihr Gesicht zurückgekehrt. Ihr kurzes Haar stand ihr wild vom Kopf. Ihre Lippen waren fest zusammengepresst. »Sie glauben doch wohl nicht, dass Sie damit durchkommen? Sie haben meine Mandantin bewusst getäuscht. ›… hat sich gestern Abend suizidiert …‹, dass ich nicht lache. Es war ein Suizidversuch, das anders darzustellen ist erstens grausam und zweitens eine Vorspiegelung falscher Tatsachen, um ein Geständnis zu erzwingen. Damit kommen Sie vor Gericht nicht durch, und ich werde Ihnen deswegen den Arsch aufreißen! Alte weiße Männer, die ihre Macht ausspielen, sind mir zuwider.« Sie schnaubte verächtlich, ihr Gesicht war grimmig in Falten gelegt, als stünde sie kurz vorm Erbrechen.

»Sie ließ mich nicht ausreden«, entgegnete Achill unbeholfen.

»Eine Lüge wird nicht dadurch wahr, dass man sie wiederholt. Schämen Sie sich. Typen wie Sie widern mich an.« Sie machte auf dem Absatz kehrt und marschierte mit quietschenden Sneakern davon.

»Das Schlimme daran ist nur, dass sie recht hat. Ich bin mir sicher, dass wir von der noch einiges hören werden«, sagte Bertling, als Bolz-Bräsig um die nächste Ecke verschwunden war.

*

Derweil saß André zu Hause auf dem Sofa und starrte regungslos vor sich hin. Seine Mundwinkel waren nach unten gezogen, wie immer, wenn er nachdachte.

»Hast du zu viel CO_2 abgekriegt oder hat dein Geist seine sterbliche Hülle verlassen? Dein Gesichtsausdruck wirkt gerade nicht sonderlich intelligent«, kommentierte Irina.

»Ich denke.«

Irina lachte. »Wow, der alte Mann ist mal wieder in seinem Autistenmodus gefangen. Das scheint dir jegliche Spannung aus der Gesichtsmuskulatur gezogen zu haben. Du siehst aus wie ein Basset.«

»Hat Achill was über die Tatwaffe gesagt?«, fragte André, ohne auf Irinas Sticheleien einzugehen.

»Keine Ahnung, zu mir nicht. Du warst doch mit ihm einen trinken.«

»Hmm«, war die einzige Entgegnung, ehe André wieder in seine Abwesenheit verfiel.

*

Sally hielt die Augen fest geschlossen. Die ersten Versuche, sie zu öffnen, waren mit hämmernden Kopfschmerzattacken einhergegangen. Sie beschloss, es so schnell nicht noch einmal zu versuchen.

Es war ein Geruch, der sich in ihrer Nase verfing. Ein bekannter Geruch nach Orangenblüten und Lavendel. Wieso kam ihr der Duft so bekannt vor? Konnte man Düfte träumen?

Sie spürte, wie fremde Hände sie sorgsam betteten, ihr die Stirn mit einem kühlen Lappen zärtlich tupften. Eine warme Hand griff in die ihre.

Sie versuchte, die Lider zu öffnen, scheiterte aber an einer Mischung aus Mattheit und Angst vor einer erneuten Kopfschmerzattacke.

»Celi, bist du wach?«, drang es leise an ihr Ohr. »Celi«, sie hatte es schon länger nicht mehr gehört. Dieses »Celi«, das sie an zu Hause und alte Freunde erinnerte und das ihr Kuno verboten hatte.

Bin ich zu Hause, war ihr erster absurd wirkender Gedanke.

»Ich bin's.«

»Du?« Celi vergaß die Angst vor den Kopfschmerzen und öffnete die Augen einen Spalt, nur um sie, geblendet durch das Tageslicht, sofort wieder zu schließen.

»Was machst du hier?«

Die Stimme, der sie durch das kurze Öffnen der Augen wie in einem Blitzlicht nun ein Gesicht zuordnen konnte, lachte schelmisch. »Arbeiten. Hab extra getauscht, um zu dir zu kommen.«

»Aber woher weißt du …«

Wieder dieses leise, schelmische Lachen. »Du bist hier auf Station *das* Tagesgespräch. Freu mich, dass du wieder bei dir bist. Die Ärzte sind sich sicher, dass du schon morgen wieder ganz die Alte bist.«

Celi seufzte zufrieden, nur um sofort wieder in einen unruhigen Schlaf zu fallen.

*

»Sie schon wieder«, klagte der verantwortliche Arzt von Sally, als sich Achill meldete. »Ich hab Ihnen doch schon heute Morgen gesagt, dass Frau Wassler auf keinen Fall heute vernommen werden kann. Ihr Zustand ist zwar stabil, aber sie ist weiterhin nicht ansprechbar. Wir geben ihr beruhigende Medikamente, die sie in ihrer Urteilsfähigkeit beeinträchtigen, insofern ist sie, auch wenn es ihr besser geht, auf keinen Fall zur Abgabe einer Erklärung fähig.«

»Verstehe«, erwiderte Achill säuerlich.

»Und um Ihrer nächsten Frage zuvorzukommen, dieser Zustand wird bis mindestens morgen Nachmittag anhalten. Und selbst dann ist es nicht sicher. Ich bitte Sie, auf jeden Fall noch einmal vorher anzurufen, bevor Sie kommen.«

»Hat sie denn mit Ihnen gesprochen? Was hat sie gesagt?«

Der Arzt schnaubte. »Ja, sie hat gesprochen, aber zusammenhanglos und nur einfachste Dinge, die ihre unmittelbaren Bedürfnisse betreffen.«

»Mmh, danke.« Achill legte unbefriedigt auf.

37 FALL

Deidesheim, rund vier Jahre vorher, Montag, 29. Juli 2019

Es hatte nur knapp eine Woche gedauert, bis der Beamte, der bei der Eröffnung hier gewesen war, in Begleitung zweier Kollegen wiederkam. Sie setzten sich an einen Tisch in der Ecke und beobachteten das Treiben in der Vinothek.

Als sie nach einer halben Stunde gingen, ohne etwas zu bestellen, aber eine der Getränkekarten mitnahmen, meinte Kuno noch immer, alles sei nur ein oberflächliches Geplänkel.

Bis ihm zwei Tage später der Gerichtsvollzieher einen Brief der Gemeindeverwaltung übergab, in dem ihm der Ausschank untersagt wurde.

Obwohl Sally ihn mit Engelszungen dazu bewegen wollte, mit den Behörden zu sprechen, blieb Kuno stur und machte einfach weiter. Wie ein kleines Kind, das einfach die Augen schloss und meinte, so nicht gesehen zu werden. Wiederum zwei Tage später kamen die Beamten der Gewerbeaufsicht und brachten in Begleitung zweier Polizeibeamter ein Siegel an der Tür an.

Als Kuno dies sah, ritzte er kurzerhand mit dem Schlüssel das Siegel auf, öffnete die Vinothek und nahm den Ausschank wieder auf.

Sally war außer sich, packte ihn, zerrte an seinem Arm und wollte ihn von dieser Dummheit abhalten.

Kuno blieb stur, was ihm eine Haftandrohung einbrachte und die Tatsache, dass ihm gegenüber die Gemeinde keinerlei Gesprächsbereitschaft mehr zeigte.

Für Kuno war die Sache klar. Ute Wassler, Mitglied genau jener Gemeinderatsfraktion, die sich besonders über sein Verhalten ereiferte und sich entschieden gegen eine Änderung des Bebauungsplans, was seine letzte Chance gewesen wäre, einsetzte, hatte ihm den Garaus gemacht. Ihre Gründe dafür lagen für ihn auf der Hand. Die Inhaberin der bis dato einzigen modernen Vinothek hatte keine Lust auf Konkurrenz und wollte ihn, ihren Rivalen, aus dem Rennen beißen.

38 BESSERUNG

Dienstag, 25. April 2023, 7.10 Uhr

Die Kopfschmerzen waren wie weggeblasen. Auch sonst fühlte sie sich körperlich erheblich besser, sie war sogar in der Lage, ihre Morgentoilette ohne fremde Hilfe zu bewerkstelligen.

Doch die nach dem Aufstehen aufgekommene Erleichterung war tiefer Verzweiflung gewichen, als sie wieder klar denken konnte und ihre Situation durchdachte. Sie hatte in ihrem Abschiedsbrief ein Geständnis abgelegt. Wenn ihre Einschätzung der Situation zutraf, gab es nun drei Möglichkeiten, von denen jede für sich genommen einer Katastrophe glich.

Würde man ihr das Geständnis abnehmen, dann standen ihr 15 harte Jahre Gefängnis bevor. 15 Jahre in völliger Isolation, ohne Ute.

Die zweite Möglichkeit war, dass man ihr nicht glaubte oder sie widerrief. Dann wäre anstatt ihrer Ute in einer miserablen Lage. Auch dann wären sie getrennt, und das Weingut und die Vinothek – Utes Lebenstraum – wären dem sicheren Niedergang geweiht.

Die dritte Möglichkeit war nicht besser. Vielleicht glaubte die Polizei auch, dass es sich um einen gemeinschaftlichen Mord handelte, dann würde ihnen beiden Gefängnis drohen.

Schnell wurde ihr klar, es konnte nur eine Lösung geben.

Warum nur war ihr dieser dämliche Gutmensch in die Quere gekommen. Ohne ihn hätte nun alles seine Ordnung. Was hatte er mitten in der Nacht überhaupt in Kunos Kelterhalle zu suchen gehabt?

Sie hatte bewusst diesen Ort gewählt, um allein und ungestört sterben zu können.

Zudem sollte Ute ihre sterblichen Überreste nicht finden müssen. Ohne diesen Schnüffler wäre jetzt ihr Leidensweg zu Ende, und Ute – die Liebe ihres Lebens – wäre frei.

Aber wie sollte sie das hier umsetzen? Als sie heute Morgen ein paar Schritte auf dem Flur hatte gehen wollen, war da dieser Polizist, der wie ein feister Buddha vor ihrer Zimmertür thronte und sie nicht durchließ. Auch hier im Zimmer hatte man alles aus ihrer Reichweite gehalten. Es gab keine vollen Pillenschachteln mit Schlafmitteln oder Ähnlichem. Zum Frühstück hatte es auch kein Messer gegeben. War das Zufall oder hielt man alles, mit dem man sich ein Ende setzen konnte, von ihr fern?

Warum strafte sie der Herr so sehr? Wieso schien sich ihr Leben nur von einem Fiasko zum anderen zu bewegen? Sie konnte und wollte nicht mehr, hatte keine Kraft mehr weiterzukämpfen.

In diesem Augenblick riss sie ein Klopfen aus ihren finsteren Gedanken.

»Huhu, Zimmerservice«, meldete sich eine vertraute Stimme.

Jetzt erinnerte sich Sally wieder an diesen seltsamen Besuch gestern Abend. Es war also kein Traum gewesen, es war real.

Die Schwester trat zunächst forschend auf sie zu. Als sich Sally im Bett aufrichtete, beschleunigte sie ihre

Schritte, ging auf sie zu und umarmte sie freundschaftlich. »Dass wir uns ausgerechnet hier nach all den Jahren wiedersehen. Ja, ich hab immer unsere Proben bei dir im Labor am Weincampus abgegeben. Wir hatten immer viel Spaß miteinander.«

Sally schluchzte und wusste nicht, war es Verzweiflung oder Wiedersehensfreude.

*

André hatte heute gleich drei Gästeführungen übernommen. Bei der ersten handelte sich um eine Gästegruppe, die er von einem der Rheinkreuzfahrtschiffe abzuholen hatte.

Er war wie immer etwas zu früh und schlenderte auf der Rheinpromenade zum südlichen Anleger, wo das Schiff angelegt hatte und in zehn Minuten seine Gruppe an Land gehen würde.

Als er an die Stelle kam, wo sie vor gerade einmal zehn Tagen Kuno Körbers Leiche gefunden hatten, blieb er stehen. Kurz spielte er mit dem Gedanken, die Promenade zu verlassen und zu der Einfahrt zu gehen, wo Körbers Wagen gestanden hatte. Aber was sollte er da finden? Er zwang sich, auf der Promenade zu bleiben, zögerte aber noch und ließ seine Blicke schweifen. Rechts war da diese Einfahrt zum Kanu-Club mit dem Parkplatz davor. Streng genommen war es keine Einfahrt, auch wenn das von der Breite so wirkte, denn die Rheinpromenade konnte nicht von Autos befahren werden. Es war in Wirklichkeit nur ein Durchgang, auf dem die Kanuten ihre Paddelboote über die Promenade zu einer Treppe schleppten, von der sie bequem hinunter zum Rheinufer gelangen und die Boote zu Wasser lassen konnten.

Irgendwie eine besondere Stelle, dachte André und rieb sich versonnen das Kinn. Warum gerade hier?

*

Sally war aufgestanden und saß mit der Schwester am kleinen Tisch. Sie plauderten wie in alten Zeiten. »Kuno wollte es nicht, dass ich Freundinnen habe. Wenn du angerufen hast und dich mit mir treffen wolltest, machte er jedes Mal eine Staatsaffäre daraus und war zwei Wochen lang sauer. Dann irgendwann hat er es mir einfach verboten.«

Rita schluckte. »Deshalb also. Ich dachte, du hättest dich über irgendwas geärgert und wolltest mich nicht mehr sehen.«

»Nein, ganz und gar nicht. Ich hab unsere Mädelsabende immer sehr genossen.« Sally ertappte sich dabei, wie sie lächelte. Der Augenblick der Erinnerung an das Glück früherer Tage, bevor alles so richtig begonnen hatte, war wie das Aufflackern eines Streichholzes gewesen, dessen Flamme aber in Sekunden erstarb und nur Rauch und verkohltes Holz zurückließ.

»Was ist mit dir?«, fragte die Schwester ihr gegenüber besorgt und legte die Hand freundschaftlich auf ihre Schulter.

Sally schluchzte laut auf und ließ alles aus sich heraus. Die Höllenqualen, die sie mit Kuno durchlebt hatte, das Martyrium der Scheidung, das kurze Glück mit Ute und nun diesen blutigen Schlusspunkt, der ihr und Ute den Boden unter den Füßen wegriss.

»Und deshalb die Sache mit dem CO_2? Es war also kein Unfall, sondern ein Suizidversuch.«

»Klar. Ich will nicht mehr. Es hätte für Ute ein Befreiungsschlag werden sollen. Ich hab den Mord gestanden, obwohl ich ihn nicht verübt habe, um Ute rauszuhauen.«

»Aua. Und jetzt bist du …« Rita brach im Satz ab. »Deshalb auch der Bulle vor deiner Tür.«

»Ja, er hat von einem Haftbefehl gesprochen. Nachher würde jemand von der Kripo kommen und mich ordentlich belehren oder so was Ähnliches, hat er mir vorhin, als ich rauswollte, erklärt.«

Rita verzog bei Sallys Erläuterungen schmerzlich das Gesicht und nahm sie tröstend in die Arme.

»Kannst du irgendwie rausfinden, was genau abgelaufen ist in dieser Nacht? Was der Typ dort zu suchen hatte und wie er mich gefunden hat?«

»Nachher, wenn die Kolleginnen mit dem Essenausteilen unterwegs sind, werde ich schauen, was die Akte so hergibt.«

*

Achill knallte den Telefonhörer missgelaunt ins Ladeteil. »Der hat mir gerade noch gefehlt.«

»Aha, und wen meinst du mit *der*?«

»Der Oberstaatsanwalt. Er hat mal wieder einen seiner zynischen Tage und hat gefragt, für welche Verdächtige wir uns nun entscheiden. Wir sollten eine Münze werfen, aber wir könnten schlecht gleich zwei festhalten, wenn es keine gemeinschaftliche Tat war. Diese Bolz-Bräsig hat sich wohl bei ihm beschwert.«

»Keine Überraschung, es war abzusehen, dass sie nicht lange Ruhe gibt.«

»Mmh«, brummte Achill unzufrieden.

»Und auf welche tippst du?«, fragte Bertling.

»Fängst du jetzt auch noch an, mich zu einer Entscheidung zu drängen? Aber wenn ich ehrlich bin, tippe ich auf Ute Wassler. Diese Sally hat nicht das Zeug dazu, ihrem Ex den Kopf wegzuschießen.«

»Das sehe ich auch so, aber ich denke, es war eine gemeinschaftliche Tat. Sie mag wohl nicht geschossen haben, aber das Detail mit dem Smartphone gibt mir zu denken.«

»Du meinst das, was Ute Wassler bei ihrem Geständnis erwähnt hat?« Achill tippte auf der Tastatur seines PCs und suchte die betreffende Stelle auf dem Videomitschnitt, der auf dem Polizeiserver abgespeichert war.

Als er die Stelle gefunden hatte, stellte er den Ton laut, und aus den kleinen Boxen auf seinem Schreibtisch erklang die entsprechende von Ute Wassler sehr erregt vorgetragene Stelle: »Ich habe das Smartphone benutzt, um seinen Abschieds-Post zu schreiben. Sally kannte sein Passwort und hat es mir gegeben. *Ich* war's, *ich* hab ihn umgebracht!«

Achill rieb sich mit den Händen übers Gesicht.

»Gesetzt den Fall, das stimmt. Nehmen wir mal an, dir würde das passieren, dass du zufällig in Besitz des Handys deiner Ex-Frau kommst, würdest du es deiner neuen Beziehung einfach so mit Passwort überlassen? Ich meine, ohne besonderen Grund?«, fragte ihn Bertling.

»Nein, das macht man doch nicht. Trotz Trennung sollte man doch noch etwas Anstand haben.«

»Genau das habe ich auch gedacht, als sie das von sich gegeben hat. Also müsste sie Sally den Grund genannt haben, damit wäre Sally Mittäterin, auch wenn sie nicht geschossen oder beim Schuss neben ihr gestanden hat. Vielleicht hat sie sie ja gefahren oder hat Schmiere gestanden.«

Achill nickte. »Jedenfalls reicht diese Begründung, um den Oberstaatsanwalt für den Moment ruhigzustellen und Sally direkt vom Krankenhaus in Untersuchungshaft einfahren zu lassen.«

Während Achill eine E-Mail an den Oberstaatsanwalt tippte und ihm den eben gehörten Ausschnitt aus der Vernehmung anhängte, blätterte Bertling durch ihren E-Mail-Eingangspostkorb.

»Hier ist übrigens der Abschlussbericht der Kriminaltechnik.«

»Und?«

»Nix Besonderes. Alles nur das, was wir eh schon wissen. Es gibt nur ein Detail, das für mich neu ist.«

»Und das wäre?«, brummte Achill ungeduldig.

»Auf der Fahrerseite im Wagen am Fenstereinschub und an Körbers Händen gibt es Faserspuren. Es sind Nylonfasern, die von einer Nylonleine stammen. Die Kollegen konnten es zurückverfolgen, es ist wohl ein gewöhnliches dünnes Mehrzweckseil, das bei den *Raiffeisenmärkten* der Region verkauft wird.«

»Na ja, sieht nicht gerade wie ein Durchbruch aus. Dass im Wagen eines Winzers, in dessen Kofferraum allerlei Winzerutensilien herumlagen, auch irgendwann eine Leine gelegen und Körber am Tag seines Todes damit rumhantiert hat, ist nicht gerade verwunderlich. Bindet man nicht im Frühjahr auch Reben an?«

»Keine Ahnung, da musst du André fragen. Nimmt man dazu eine Leine?« Bertling verzog ungläubig das Gesicht.

»Na ja, dazu müsste man sie kennen. Haben die Kollegen ein Vergleichsfoto des Seils angehängt?«

»Ja.« Bertling öffnete einen Anhang, und Achill kam auf ihre Schreibtischseite.

Auf ihrem Bildschirm war ein Foto – offensichtlich vom Online-Auftritt der *Raiffeisenmärkte* – von einem verpackten orangefarbenen Seil zu sehen, daneben war die übliche Produktbeschreibung. »Mehrzweckleine, Länge 50 Meter, Dicke 0,5 Zentimeter, Tragkraft 30 Kilo.«

»Na ja, ich glaube nicht, dass das eine heiße Spur ist. Es gibt weder Reste des Seils noch war er gefesselt noch braucht man das, um jemanden zu erschießen«, erwiderte Achill gelangweilt.

»Ja, da kann ich dir nicht widersprechen.«

»Wir sollten auf jeden Fall vor Feierabend noch einen Abstecher ins Krankenhaus machen und mit Sally sprechen. Egal, was dieser zimperliche Weißkittel sagt.«

39 HYPE

Deidesheim, rund vier Jahre vorher, Mittwoch, 21. August 2019

Sally war es tatsächlich gelungen, so etwas wie einen Separatfrieden mit der Gemeindeverwaltung zu erreichen. Letztlich bezog sich das ausgesprochene Verbot nur auf den Ausschank – also den glasweisen Verkauf – von Wein und anderen Getränken.

Er bezog sich nicht auf das übliche Probieren von selbst hergestellten Weinen im Vorfeld des flaschen- oder kartonweisen Außerhausverkaufs eigenerzeugter Weine.

Die Schließung der Vinothek hatte Kuno nur dem Umstand zu verdanken, dass er sich aus Sicht der Behörden als unfähig erwiesen hatte, verbindliche Zusagen und Vereinbarungen zu treffen.

Sally setzte all ihren Charme ein, erzeugte Mitleid und vermittelte den Eindruck, dass man mit ihr, im Gegensatz zu ihrem streitlustigen Ehemann, sehr wohl vernünftige Übereinkommen treffen konnte.

Also gestatte man ihr, die Vinothek, unter der Maßgabe, dass sie ausschließlich als Probier- und Verkaufsraum des Weingutes Körber genutzt wurde, wieder zu eröffnen.

Obwohl Kuno ihr Einknicken, wie er es nannte, missbilligte, eröffnete er die Vinothek am folgenden Tag wieder.

Sally hatte ihm gegenüber schwerste Geschütze aufgefahren, würde er ihre mit den Behörden getroffene Vereinbarung brechen: »Ich kratz dir die Augen aus und lass mich scheiden, wenn ich wegen dir mein Gesicht verliere.«

Erstaunlicherweise hatte sie damit Erfolg, und er hielt sich daran.

Erfolg stellte sich auch in der Vinothek ein. Die vielfältigen Presseartikel über Kunos Zwist mit den Behörden hatten die Vinothek bekannt gemacht. In bestimmten bürokratiefeindlichen Kreisen galt Kuno mit einem Mal als so etwas wie ein Freiheitskämpfer. Man kam, wollte die Vinothek als Zankapfel sehen und kaufte mit einem Mal auch Wein bei ihm.

40 BESUCHSZEIT

Dienstag, 25. April 2023, 12.30 Uhr

Sally ging es von Stunde zu Stunde besser. Obwohl die gebrochene Rippe noch bei jeder Bewegung des Oberkörpers schmerzte, waren die Kopfschmerzen verschwunden, und auch die Mattigkeit war weitgehend überwunden.

Doch all das hatte einer tiefen Depression Platz gemacht. Mit jedem Quäntchen Bewusstsein, das zurückgekehrt war, waren in potenziertem Umfang ihre Seelenqualen gewachsen.

Wollte das alles nie enden? Gab es immer wieder eine Steigerung? Nun drohte ihr noch Gefängnis, und die Hoffnung, dass ihr Geständnis Ute die Freiheit schenken würde, schmolz mit jeder Minute, in der sie darüber nachdachte, dahin wie das Wachs einer brennenden Kerze.

Sie saß vor ihrem kaum angerührten, mittlerweile kalt gewordenen Mittagessen und vergrub das Gesicht in den Händen.

Es klopfte an die Tür, und Schwester Rita trat ein. »Hab mir wie versprochen deine Akte angesehen. Sieht übel für dich aus. Die hat einen roten Stempel. Das heißt: kein Ausgang aus dem Zimmer, kein Besuch, kein Telefon, kein sonstiger Außenkontakt, dazu der Hinweis ›Untersuchungshaft, wird bei nächster Gelegenheit in die JVA Rohrbach überführt‹.« Sie blies bedeutungsvoll den Atem durch den Mundwinkel.

Sallys Gesicht verzog sich, Tränen strömten ihr in die Augen.

»Vertrau mir, wir schaffen das zusammen. Ich weiß jetzt, wer dich gerettet hat. Du brauchst nur etwas Abstand, und wir müssen den Mörder von deinem Ex finden, dann wird alles gut.«

Sally lachte gequält auf. »Ach so, auch noch ein Verbrechen aufklären, das mir völlig schleierhaft erscheint. Mehr nicht.« Sie schüttelte ungläubig den Kopf.

»Los, wir haben keine Zeit zu verlieren. Der Schutzmann draußen ist gerade unpässlich, hat wohl das Krankenhausessen nicht vertragen und befasst sich auf der Toilette mit seinem Stoffwechsel. Ich weiß nicht, wie lange ihn das beschäftigt.« Rita grinste spöttisch.

»Mach schon, zieh das über.« Sie reichte ihr weiße Sneakers und einen Schwesternkittel.

Sally gehorchte, sie war viel zu verwirrt, um aufzubegehren, ließ sich von ihrer alten Freundin den Kittel zuknöpfen, da die gebrochene Rippe ihre Beweglichkeit noch einschränkte. Dann setzte diese ihr noch ein grünes Einweghäubchen auf den Kopf, musterte sie und sagte »Vamos – los jetzt. Einfach mit mir gehen. Die Kolleginnen sind am Ende des Flurs und räumen das Geschirr aus den Zimmern.«

Beim Hinausgehen schnappte sich die Krankenschwester noch das Tablett mit dem Geschirr vom Mittagessen und stellte es auf den Flur neben das des Polizeibeamten. Schließlich wollte sie nicht, dass man schon Minuten später beim Abräumen das Zimmer verwaist vorfand.

*

Gut eine Stunde später kamen Achill und Bertling beim Krankenhaus an.

An der Pforte hatten sie sich zunächst als normale Besucher ausgegeben und nach Sallys Zimmernummer gefragt. Man hatte sie aufgefordert, sich zunächst beim Stationsarzt zu melden.

»Das klappt ja wohl wenigstens«, kommentierte Bertling flüsternd an ihren Kollegen gewandt und schob der Dame an der Rezeption ihren Dienstausweis hin, worauf sie ihnen Station und Zimmernummer nannte.

Sie fuhren im Aufzug hoch und gelangten unbehelligt auf Sallys Station. Auf halbem Weg zum Zimmer baute sich nun ein Weißkittel vor ihnen auf. »Wohin so eilig?«, fragte er und grinste süffisant.

Achill hatte keine Lust auf Belehrungen und passierte ihn wortlos.

Aufgeregt setzte der Weißkittel ihnen nach. »Das geht so nicht! Bleiben Sie stehen!«

»Sie stören gerade Mordermittlungen«, zischte Achill und marschierte schnurstracks in Richtung des auf dem Flur sitzenden Beamten weiter.

»Das dürfen Sie nicht. Ich rufe jetzt den Sicherheitsdienst und lasse Sie hinauswerfen. Hier auf dieser Station habe ich Hausrecht. Und ganz allein ich entscheide, wann hier jemand vernehmungsfähig ist und wann nicht.«

Sie waren nun bis auf wenige Meter an den Polizisten herangekommen. Der dickliche Mann erhob sich umständlich und nahm Haltung an.

»Alles klar da drin, Kollege?«, fragte Achill.

»Ja, do drin is gonz ruhisch, die werd schlofe«, meldete er in breitem Westpfälzer Dialekt zurück.

Der Arzt schob sich nun vor sie und baute sich vor der

Zimmertür auf. »Bitte haben Sie doch Verständnis. Frau Wassler ist noch sehr mitgenommen, und das, was sie Ihnen heute vielleicht sagt, wäre ohnehin nicht gerichtlich verwertbar. Sie steht noch unter Medikamenteneinfluss.« Der Arzt hatte nun einen ruhigeren Ton angeschlagen. Offensichtlich war ihm bewusst geworden, dass er mit der harten Nummer die Beamten eher provozierte als davon abhielt, einfach ins Zimmer zu stürmen.

»Hoffentlich sind Sie sonst auch so auf Zack«, brummte Achill. »Es geht uns heute nicht um eine umfassende Aussage, die holen wir irgendwann im Präsidium nach. Wir haben aber die Pflicht, Frau Wassler über die Festnahme zu informieren und zu belehren. Das ist im Sinne Ihrer Patientin. Sie hat damit ausreichend Zeit, sich einen Rechtsbeistand zu nehmen«, gab er vor.

Der Arzt schluckte, nickte schließlich und öffnete ihnen die Tür.

Drinnen herrschte Stille, das Bettzeug schien einen schlafenden Körper zu überwölben.

»Weckst du sie bitte«, sagte Achill, an Bertling gewandt.

Bertling ging ans Bett, stockte und schlug das Deckbett zur Seite. Darunter lag nur eine zusammengerollte braune Wolldecke.

»Wo ist sie?«, fragte Achill konsterniert den Arzt und den Polizisten, die noch immer hinter ihm standen.

Bertling ging zum Bad, klopfte und öffnete, als es still blieb, vorsichtig die Tür. Dann wiederholte sie das gleiche Prozedere beim Kleiderschrank. »Ihre Kleider sind noch da, weit kann Sie ohne nicht kommen.«

»Die konnte sie eh nicht mehr gebrauchen, sind von der Rettungsaktion ziemlich mitgenommen. Sie hatte nur ihre Unterwäsche und so ein Flügelhemd vom Krankenhaus an«, bestätigte der Mediziner, dem alle Farbe aus dem Gesicht gewichen war.

»Aha«, spie Achill, dem es für einen Augenblick die Sprache verschlagen hatte, aus. »Und Sie waren die ganze Zeit vor der Tür?«, herrschte er nun den Beamten an.

»Also, isch war kurz ausdrete. Isch war do driwwe uffm Lokus. Was soll mer a mache, womma muss?«

Der Arzt stürmte ins Schwesternzimmer, wo die Schwestern gerade zu einer Besprechung zusammensaßen. Auch sie hatten nichts bemerkt.

»Ihr beiden durchsucht die Station und dann das Gebäude. Ich gebe eine Fahndung raus und frage am Eingangsbereich«, wies Achill Bertling und den Beamten an und stürmte im Laufschritt davon.

41 SAUERWEIN I

Deidesheim, knapp zwei Jahre vorher, Montag, 21. Juni 2021, 15.35 Uhr

Die Corona-Zeit und die beiden Lockdowns 2020 und 2021 hatten das anfängliche Interesse an der Vinothek schnell verebben lassen.

Die Vinothek sah teilweise über Stunden hinweg nicht einen Kunden, die Absätze brachen ein, und die Kosten liefen weiter.

Warum sollten die Kunden auch kommen? Er wusste, dass seine Weine nicht die besten waren – hatte er doch mittlerweile schrecklich unpopulär gewordene Rebsorten, da nach wie vor das Geld für eine groß angelegte Bestockung mit den neuen gängigen Rebsorten fehlte. Auch im Keller lag vieles im Argen. Um Top-Weine zu produzieren, brauchte es eben auch die entsprechenden modernen Produktionsanlagen, wie zum Beispiel temperaturgeregelte Tanks und so weiter.

Also sann er nach einer List, um sich wieder ins Gespräch zu bringen.

Wie hatte doch dieser arrogante Spanier den Pfälzer Riesling immer wieder tituliert? »Sauerwein.« Das hatte sich in seiner Erinnerung festgefressen. Aber genau das war jetzt die Lösung: »Sauerwein«.

Er hatte sich in den letzten Wochen mit ein paar Kartons Wein des *Weingutes Wassler* ausgestattet. Diese Winzerin

Ute Wassler hatte Erfolg. Sie hatte eine Vinothek, die an den Wochenenden überquoll vor Gästen, und sie war Liebling dieser Schmierfinken, die in ihren Vinothekenführern und Zeitschriften ihre Weine hochlobten. Das würde sich ändern.

Zudem war sie die treibende Kraft gewesen, die mit ihrer Wählergruppe die Änderung des Bebauungsplanes blockierte. Letztlich war sie es, die ihren eigenen Erfolg zu seinen Lasten feierte.

Er hatte die Flaschen sorgfältig zerschlagen und konnte dadurch an unversehrte Korken und Kapseln mit dem aufgedruckten Namen »Weingut Wassler« gelangen.

Er hatte nur wenige Tage abwarten müssen, bis die Ausschreibung zum diesjährigen Weincontest der auflagenstärksten Genießer-Zeitschrift *Weingenuss* ankam.

Wie immer war das Zeitfenster für die Einsendung der Prämierungsflaschen eng. Wie jedes Jahr würde sich das Weingut Wassler daran beteiligen.

Der Ablauf war seit Jahren immer gleich. Man sandte den Probenkarton mit den zwölf Probeflaschen – jeweils drei von den vier Sorten, die man zur Prämierung anstellte – ein paar Tage nach Ankunft der Ausschreibungsunterlagen an den Verlag ein und war dabei.

Wie bei den meisten Weingütern lief auch beim Weingut Wassler der Paketversand folgendermaßen ab: Man stellte alle Pakete, die am jeweiligen Tag versandt werden sollten, unter ein kleines Dach am Eingang des Winzerbetriebes. Dies hatte den Vorteil, dass sich die Zusteller bei der täglichen Abholung einfach bedienen konnten und nicht erst umständlich irgendeinen Mitarbeiter aus dem Keller herbeiklingeln mussten.

Wusste man dies und kannte die Adresse des Zeitschriften-Verlages, konnte man einfach vorbeischlendern, nachschauen, ob der Hof leer war, und wenn dies gegeben war, die Pakete kurz inspizieren.

Genauso lief es heute ab. Kuno wurde fündig, Ute Wassler war wie jeden Tag in der Vinothek, der Kellermeister im Keller, und die Angestellten waren entweder bei ihm oder draußen in den Weinbergen.

Kuno schnappte sich den Prämierungskarton, klemmte ihn sich unter den Arm, und schon wenige Meter weiter erregte er keinen Verdacht mehr. Was war schon besonders daran, wenn ein Winzer einen Weinkarton trug.

42 WIEDERSEHEN

Dienstag, 25. April 2023, 15.35 Uhr

Etwa zwei Stunden später führte André eine Gästegruppe vom Treffpunkt am Domnapf zu seinem ersten Führungsstandort am Ölberg. Es war eine gemischte Gruppe, die sich aus mehreren Paaren und einer etwas größeren Familie zusammensetzte. Allesamt Urlauber, die ein paar Tage in Speyer und der Pfalz zubrachten.

Er hob gerade an, kurz die Hintergründe zum Ölberg zu erläutern, als eine Frau winkend zur Gruppe stieß. »Sorry, bin leider etwas zu spät, viel Verkehr«, entschuldigte sie sich etwas atemlos.

André stockte. Er starrte auf die Frau, die eben hinzugekommen war und noch an ihrer Kleidung herumnestelte, bis sie ihn ansah. »Rita?«, entfuhr es ihm erstaunt.

»André«, war ihre ebenso perplexe Antwort.

»Du hier?«, fragte er, noch immer unfähig, mit dem Programm fortzufahren.

»Warum nicht? Du hast ja immer so von *deiner* Stadt geschwärmt«, konterte sie nun schlagfertig.

»Das war vor anderthalb Jahren«, stammelte er, noch immer völlig verunsichert.

André hatte sie damals bei einem Fall, als er inkognito in einer Vinothek bei einem Winzer gearbeitet hatte, kennengelernt.

Es hatte zweifellos gefunkt zwischen ihnen. Sie hatte

ihn mit ihrer kecken, spöttischen Art in ihren Bann gezogen. Durch ihre – wenn auch nur entfernten – Verwicklungen in den Fall hatten sie sich seitdem nie wieder gesehen. André hatte dies bedauert, aber nicht den Mut aufgebracht, mit ihr darüber zu sprechen. Er hatte Angst, das, was da zwischen ihnen stand, könnte größer sein, als er befürchtete.

»Wat iis? Jeht es getz endlich los?«, fragte eine beredsame ältere Dame aus Gelsenkirchen.

»Ich muss, also entschuldige, können wir später?«, stammelte André vor der schon unruhig werdenden Besuchergruppe, an Rita gerichtet.

*

Abgekämpft trafen sich Bertling und Achill fast zeitgleich im Foyer des Krankenhauses.

»Ich denke, das können wir knicken. Die ist über alle Berge«, sagte Bertling matt.

»So sehe ich das auch. Alle, die ich angesprochen habe, haben angegeben, nichts Verdächtiges gesehen zu haben.«

»Bei mir das Gleiche, wir haben mit den Kollegen aus Bad Dürkheim und Haßloch das komplette Krankenhaus gefilzt. Nichts. Die sitzt bestimmt schon irgendwo und lacht sich eins über uns.«

»Offen gestanden, ich hoffe, das ist so. Ein weiterer Suizidversuch könnte außerordentlich peinlich für uns werden«, erwiderte Achill niedergeschlagen.

»Was meinst du? Ist diese Flucht so was wie ein Schuldeingeständnis?«

Achill lachte freundlos. »Hör auf damit. In diesem Fall scheint ja jeder ständig seine Schuld einzugestehen.«

»Ich fürchte, die werden wir so bald nicht wiedersehen«, seufzte Bertling.

*

»Danke, dat war sehr interessant. Dat hamse jut jemacht. So, un getz könnense sich um dat Fräulein kümmern.« Mit diesen Worten und einem gönnerhaften Grinsen steckte ihm die ältere Dame aus Gelsenkirchen satte 20 Cent Trinkgeld zu.

Das Fräulein – also Rita – war Anfang 50, wirkte aber für ihr Alter außerordentlich jugendlich, was sie durch ihre Kleidung, modisch geschnittene Jeans und ein Dubbeglas-T-Shirt, wie es gerne von der jungen Generation in der Pfalz getragen wurde, unterstrich. Ihr langes kastanienbraunes Haar hatte sie lässig zu einem Pferdeschwanz gebunden und hochgesteckt.

André fühlte sich, als sei ein Bienenschwarm in seinem Kopf. All seine Gedanken waren seit der letzten Stunde wild durcheinandergeschwirrt. Warum zum Teufel war sie hier? War es wirklich nur ein Zufall? Wie sollte er reagieren? War die nach dem damaligen Fall zwischen ihnen hereingebrochene Eiszeit nicht gerechtfertigt gewesen? Auf jeden Fall hatte sie ihn wieder in sein bequemes Singleleben zurückfallen lassen. Doch auf der anderen Seite war da dieses Prickeln, sie zog ihn noch immer an – wie damals. Er konnte ihrem kecken Lächeln nicht widerstehen, ihre burschikose, spöttische Art nahm ihn wieder für sie ein. Aber nein, es wäre alles zu kompliziert, er würde widerstehen.

»Und der Herr, noch Lust auf einen Cappu oder einen Apéro?«

André schluckte, zögerte und hörte sich zu seiner eigenen Überraschung »Ja, gerne« sagen.

»Und wohin darf ich dich zu unserem Wiedersehenssekt einladen – mein Guter?«

»Äh, einladen?«

»Oh, ich vergaß, dass das nicht in dein Frauenbild passt, von einer Dame ausgeführt zu werden. Sieh's einfach als Trinkgeld eines zufriedenen Gastes.«

»Ähem.« André fühlte sich von der offensiven Art Ritas wie schon früher etwas überfordert.

»Wie wär's mit dem *Mediterraneo*, ich bin dort oft«, konterte er bemüht.

»Ich weiß, es ist wohl so was wie dein verlängerter Esstisch – typisch Single. Du bist doch noch Single?«, schob sie hinterher und hakte sich, ohne eine Antwort abzuwarten, grinsend bei ihm unter. »Na dann, mein Herr, auf was warten wir noch.«

Einige Minuten später erreichten sie das *Mediterraneo*, eine Mischung aus Café, Restaurant und Feinkostladen und tatsächlich so etwas wie Andrés zweite Heimat. Nicht selten frühstückte er hier oder trank zwischen seinen Gästeführungen einen Cappuccino oder nahm gar ein ganzes Mittagessen zu sich.

Er fühlte sich von der Nähe zu Rita geradezu überwältigt, ihren Körper so eng an seiner Seite, ihr Geruch nach Eau de Toilette mit den feinen Lavendelnoten, das er schon damals so an ihr gemocht hatte, und dann das schelmische Grinsen, mit dem sie ihn immer wieder ansah, wenn sie ihre spöttischen Spitzen wie kleine Nadeln bei ihm platzierte.

Als sie das Restaurant betraten, kam ihnen schon Giovanni, der stets aufmerksame und meist etwas hektische

Kellner, entgegen. »Ah, Signore Sartorius, Ihre Lieblingstische an die Fenstere iste freie.«

André geleitete sie an den Tisch, half ihr aus der Jacke und überließ ihr mit einer einladenden Geste die Platzwahl.

Ihm entging nicht, dass Giovanni sie beobachtete und ihm mit einem verstohlenen Blick auf Rita eine anerkennende Geste zuwarf.

»Eine Prosecco-Rosé für Sie?«, fragte er, an Rita gewandt. André erschien es, als sei Giovannis Hektik angesichts seiner hübschen Begleitung heute wie weggewischt. Sie nickten beide.

Als sie mit Getränken ausgestattet waren, lehnte sich André zurück und schaute Rita tief in die Augen. »Und was hat dich ausgerechnet heute bewogen, Lust auf eine Stadtführung zu haben?«, stakste er durchs Beziehungsdickicht.

Rita lächelte spöttisch. »Die Aussicht, dich nach anderthalb Jahren wiederzusehen.«

André schluckte ob ihrer Direktheit.

»Da ich dich kenne und weiß, dass du ohnehin bei der Tourist-Information nachfragen wirst, wie die Buchung zustande kam. Ja, ich habe dort ausdrücklich nach einer Führung mit dir gefragt.«

André fühlte sich ertappt, denn genau dies hatte er sich eben vorgenommen.

»Und warum das gerade jetzt?«, bohrte er weiter.

»Sei nicht so bescheiden. Ist es so verwunderlich, dich wiedersehen zu wollen?«

Er schluckte erneut. Verlegen ließ er den Blick ziellos im Raum umherschweifen, streng darauf bedacht, Ritas Blicken zu entgehen. Er wusste, dass er ihnen dann, wie einst Odysseus den Sirenengesängen, nicht standhalten würde.

Stattdessen traf er die Blicke von Camilla, der Mitbesitzerin des *Mediterraneo*, die grinste und anerkennend mit ihren großen dunklen Augen rollte. Auch Elsa, die Seniorchefin, verfolgte die Vorgänge an seinem Tisch.

War es denn so etwas Absonderliches, wenn er mit einer attraktiven Frau einen Prosecco trank? Ein wenig fühlte er seine Ehre angekratzt.

»Wow, der alte Mann in weiblicher Begleitung«, feixte es hinter ihm mit jugendlicher Stimme. Und schon kam Irina ins Gesichtsfeld und reichte Rita artig die Hand zur Begrüßung. »Wir kennen uns. Haben wir uns nicht vor anderthalb Jahren mal in einer Vinothek getroffen?«

»Klar, ich weiß. Irina, Andrés Mitbewohnerin und Ersatztochter«, erwiderte Rita lächelnd.

»Genau. Tochter trifft's ganz gut. Väter kann man sich ja schließlich nicht aussuchen.«

Rita lachte.

André schaute bedröppelt drein. Musste Irina denn immer dann auftauchen, wenn es ganz und gar unpassend war?

»Habt ihr ein Plätzchen frei? Würde mich auch gerne zum Prosecco einladen lassen.«

»Aber gerne. Fühl dich eingeladen. Ich zahle heute«, antwortete Rita. André spürte, wie sie es genoss, ihn vorzuführen.

»Dachte immer, Kavaliere der alten Schule lassen sich nicht von Damen einladen. Wow, Respekt, Rita, wie konntest du ihn so aus der Bahn werfen?«

Das Geplänkel zwischen Irina und Rita ging noch einige Minuten weiter, in denen André immer unruhiger wurde. Irgendwann schaute Rita auf die Armbanduhr, tat etwas erschreckt und vermeldete, sie hätte noch einen Termin und müsse dringend gehen. Sie erhob sich, gab André zum Abschied ein Küsschen, zahlte an der Theke und huschte wie eine Fata Morgana, die sich einfach im Nichts auflöste, davon.

»Oh, ich hoffe, ich hab deine Flamme nicht verjagt. Habt ihr wieder was miteinander?«, fragte Irina, als Rita das Restaurant verlassen hatte.

»Ich …? Nein. Wieso? Und was heißt wieder? Ich hatte noch nie was mit ihr.« André hatte vielleicht eine Spur zu empört geantwortet, als dass Irina ihm glauben würde.

Sie lachte nur gönnerhaft. »Du kommst mir vor wie ein hungriger Löwe, der eine ausgewachsene Antilopenkuh umkreist und sich nicht entschließen kann, sie zu vernaschen, vor lauter Angst, sie könnte ihn auf die Hörner nehmen.«

»Wow, was für eine ausgefallene zoologische Metapher, du übertriffst dich mal wieder selbst«, erwiderte er eine Spur ärgerlich.

»Du bist eben der Mann, der sich nicht traut«, sagte Irina, erhob sich und tänzelte aus dem Gastraum.

43 SAUERWEIN II

Deidesheim, knapp zwei Jahre vorher, Montag, 21. Juni 2021, 16.25 Uhr

Zu Hause angekommen, konnte alles ohne Hektik ablaufen. Das Fehlen des Prämierungskartons würde im Weingut Wassler nicht auffallen. Der Zusteller holte die Kartons ab, und es war für ihn nicht ersichtlich, dass einer fehlte.

Er hatte also Zeit, alles akribisch in die richtigen Bahnen zu lenken.

Dazu zog er sich in ein Weinberghäuschen außerhalb des Ortes zurück, das ihm ein Winzerkollege zur Nutzung überlassen hatte. Das, was er vorhatte, tat man besser so weit wie möglich vom eigenen Keller entfernt.

Zuerst öffnete er vorsichtig Wasslers Prämierungsflaschen und füllte den Inhalt in mit Etiketten seines Weingutes vorbereitete Flaschen um. Er verkorkte sie und brachte Kapseln mit seinem Logo an. Genauso wie er es üblicherweise mit seinen Flaschen tat, nur dass darin nun Wasslers Weine waren.

Nun kam der schwierigere Teil, in die nun leeren Flaschen des Weingutes Wassler füllte er zu den Rebsorten passende eigene Weine ein. Er tat aber noch etwas. Er hatte sich in den letzten Wochen bei einem Reformversand mit sogenannter Essigmutter ausgestattet. Essigmutter war nichts anderes als eine verklumpte Kultur von Essigbakterien, die, wenn man sie Weinen zusetzte, diese in kürzester Zeit in Essig umwandelte. Er nahm nur ganz wenig davon, schließlich reichte ein kleiner Essigstich in Wasslers Prämierungsweinen.

Dann brachte er die vorbereiteten Weingut-Wassler-Korken und Kapseln auf. Fertig waren die Prämierungsweine beider Weingüter.

Auf dem gleichen Weg, wie er zu Wasslers Karton gekommen war, brachte er ihn am nächsten Tag zurück. Er würde einfach nur einen Tag später beim Verlag ankommen. Niemand würde Verdacht schöpfen.

44 GEDANKEN

Mittwoch, 26. April 2023, 10 Uhr

»Ist das Ihr Ernst?« Polizeipräsident Andreas Metzger, der sonst stets durch seine Gelassenheit auffiel, schien sichtlich angefressen.

»Hajo, isch hann dringend austrede misse un bin donn halt uffs Klo«, wiederholte der Beamte, der im Krankenhaus seinen Posten verlassen hatte, nun schon zum zweiten Mal.

»Verschonen Sie uns bitte mit Ihren Verdauungsproblemen. Wieso waren Sie übrigens alleine? Wo war Ihre Partnerin oder Ihr Partner?«

Der Beamte schluckte. »Ei der hott zeh Minudde vor Dienschtbeginn ogerufe und gsad, dass er ähn gelwe Urlaubscheu oireischd. Äh, also, Sie werrn endschuldische, ich mähn ä Kronkmeldung, der hott's doch so mim Kreiz.«

Metzger mahlte mit den Zähnen. Er konnte schlecht etwas dagegen vorbringen, schließlich war die enge Personalsituation, in der es nicht immer einfach war, auf die Schnelle einen Ersatz zu finden, nicht die Schuld der Beamten. »Und auf die Idee gekommen, das Zimmer für einen Augenblick abzuschließen, sind Sie nicht? Arzt oder Schwester fragen, kurz abzuschließen, so wie man das eben macht«, setzte Metzger zornig nach.

»Ah, 's hot pressiert.«

Metzger schüttelte matt den Kopf. »Und das soll ich in der Pressekonferenz den Journalisten sagen?« Er vergrub das Gesicht in seinen Händen. »Haben Sie wenigstens was zu sagen, das ich an die Presse weitergeben kann?«, fragte er nun, an Achill und Bertling gerichtet. »Gibt's sonst irgendwelche Fortschritte im Fall?«

Achill räusperte sich. »Na ja, die Fahndung nach Sally Wassler läuft.«

»Fortschritte?«

»Nein«, bekannte Achill kleinlaut.

»Das ist eine Spanierin. Die hat sich garantiert nach Spanien abgesetzt. Hat man dort den Grenzschutz alarmiert?«

»Sie hat keine Papiere, Kleidung und Ausweis lagen noch im Krankenhaus. Deshalb halten wir einen Grenzübertritt per Flugzeug für unmöglich. Ansonsten gibt's ja keine Grenzkontrollen mehr.«

»Und sonst?«, bohrte Metzger weiter.

»Wir lassen sowohl ihr jetziges Wohnhaus, das Weingut von Ute Wassler als auch ihr vorheriges Wohnhaus – das Weingut ihres Ex-Mannes – observieren.«

»Um ehrlich zu sein, kurz nach der Flucht hätte es uns gelingen müssen, als sie noch in der Krankenhauskluft steckte, mittlerweile wird sie sich, wie auch immer, neu eingekleidet haben«, gestand Achill.

»Und welche Fortschritte macht der Fall insgesamt?« Metzger war normalerweise ein ruhiger und gelassener Mann, vielleicht manchmal gar eine Spur lethargisch, hatte er sich aber in etwas verbissen, war er wie ein Terrier und ließ seine Opfer nicht mehr aus den Zähnen. Jeder wusste, dass es in solchen Phasen unangenehm werden konnte, ihn zu enttäuschen.

»Na ja, wir haben faktisch drei Geständnisse. Ein Abschiedspost von Körber, in dem er seinen Suizid ankündigt, ein Geständnis von Ute Wassler und eines von Sally Wassler.«

»Und wer war's wirklich?«

Achill zuckte mit den Achseln.

»Na, das nenn ich erfolgreiche Polizeiarbeit. Die Presse wird sich totlachen. Die halbe Welt gesteht, und niemand ist der Täter – toll, ganz toll. Wissen Sie, wie mir das vorkommt? Wenn Sie morgens Ihr Hemd zuknöpfen und am ersten Knopf das falsche Knopfloch nehmen, dann können Sie sich noch so anstrengen, es wird nicht besser. Kurzum, ich erwarte, dass Sie den Fall noch einmal neu aufrollen und neu denken und sich mal nicht durch diese Geständnisse beeinflussen lassen.«

Achill nickte ratlos. Keine Ahnung, wie er das bewerkstelligen sollte.

»Ich erwarte bis spätestens Freitag einen Erfolg, dass das klar ist. Sonst gebe ich den Fall an einen Ihrer Kollegen ab.«

*

»Und welchem Zufall war es zu verdanken, dass sie es geschafft hat, zu dir in die Gästegruppe zu kommen?«

»Na ja, sie hat gezielt nach mir gefragt«, antwortete André auf Irinas Frage.

»Wie – das war Absicht?«

»Na klar, was sonst?«, erwiderte er genervt.

»Die hat wohl ihre Kontaktlinsen vergessen.«

»Haha, du kannst es wohl nicht ertragen, dass ich Erfolg beim weiblichen Geschlecht habe. Eifersucht?«, konterte André.

»Eifersucht?« Sie schüttelte den Kopf. »Nein, ganz im Gegenteil. Ich finde Liebe unter Senioren immer richtig süß und rührend.«

André schüttelte ärgerlich den Kopf. Er hatte keine Lust, sein Gefühlsleben vor Irina auszubreiten.

»Aber du verkackst es bestimmt eh wieder – alter Mann.«

»Und was ist mit deinem Niklas aus Nußdorf vom letzten Fall?«, fragte er provozierend.

»Nichts, er macht seinen Önologie-Master auf der *Napa Valley Wine Academy* bei San Francisco. Ist wohl kaum meine Schuld, dass wir uns seitdem nicht mehr sehen. Sag doch mal Putin, dass seit seinem Krieg die amerikanische Bereitschaft, Einreisevisa für Russen auszustellen, nicht gerade hoch ist.« Ihre Stimme drohte zu kippen. Offensichtlich hatte André einen wunden Punkt bei ihr getroffen. Sie erhob sich und marschierte mit Tränen in den Augen hoch in ihr Zimmer.

André rieb sich betroffen übers Gesicht. Er hasste sich für seine Bemerkung. Er wusste, dass sie es zurzeit schwer genug hatte. Noch immer lag das Trauma des letzten Falles wie ein Stein auf ihrer Seele, der fehlende Kontakt zu ihrem Elternhaus und das ungewisse Schicksal ihrer beiden Cousins, die irgendwo an der Front zur Ukraine im Einsatz waren. Und jetzt noch diese unbeabsichtigte Spitze. Sie hatte ihm von Niklas' Auslandsaufenthalt nichts erzählt. Er hatte sich nur gewundert, dass die Beziehung auch nach mehreren Treffen der beiden so plötzlich abgebrochen war.

Aber da war noch mehr, was ihn grämte. Da war der Rheinufer-Fall, bei dem er optimistisch war, entgegen Achills Thesen weiterzukommen, aber irgendwie stagnierten seine Ermittlungen.

Und dann das Thema »Rita«. Er hatte die Nacht über

kein Auge zugemacht. Zu sehr beschäftigte ihn die Frage, ob er wirklich zu streng mit ihr gewesen war. War er wirklich der einsame Löwe, der um sie herumstrich und dem dann, wenn es ernst wurde, der Mut fehlte, den entscheidenden Schritt weiterzugehen? »Der Mann, der sich nicht traut«, wie ihn Irina genannt hatte, und der es nach ihren Worten »immer wieder verkackte«.

Dieses Mal nicht, durchzuckte es ihn ärgerlich. Er griff zum Smartphone und wählte Ritas Mobilnummer, die dort immer noch gespeichert war.

»Wow, der Herr ruft zwei Stunden früher an als erwartet«, meldete sie sich grußlos.

»Äh, wieso?«

»Weil ich wusste, dass du anrufen würdest. Dachte nur, du wartest damit bis nach dem Essen.«

»Ich wollte nur …«

»Jaja, 18 Uhr bei mir«, leierte sie, begleitet von einem spöttischen Lachen, herunter.

»Wie?«, fragte er unbeholfen.

»Ja, ich geh mit dir aus. Ja, ich habe heute Zeit. Und du kannst mich um 18 Uhr bei mir in Neustadt-Hambach abholen.«

André schluckte. Es war irritierend, wie sie ihn durchschaute.

*

Pünktlich, zwei Minuten vor 18 Uhr, stand er vor Ritas Haus. Sie bewohnte das Obergeschoss eines historischen Anwesens mitten in Neustadt-Hambach, wo sich auch das Winzeranwesen ihres Cousins befand, in dem sie sich kennengelernt hatten.

Rita winkte ihm durchs Fenster zu, bedeutete ihm, dass sie gleich runterkommen würde, und stand zwei Minuten später bei ihm am Auto.

Wie bereits früher, wenn er sie abends ausgeführt hatte, war sie außerordentlich elegant gekleidet. Sie trug ein moosgrünes knielanges Etuikleid, rostbraune hochhackige Schuhe und ein ebenso rostbraunes Bolerojäckchen, dazu passenden Holzschmuck. Alles harmonierte perfekt mit ihrem kastanienbraunen Haar, das sie heute Abend offen trug.

André stieg aus und küsste sie zur Begrüßung erst rechts, dann links auf die Wange. Sie strich ihm dabei sanft über den Rücken und hielt die Umarmung noch für einen Sekundenbruchteil länger aufrecht als nötig.

»Danke, dass du den Mut hattest, auf mich zuzugehen«, flüsterte er ihr ins Ohr.

Sie schwieg und lächelte stattdessen zufrieden.

Er begleitete sie zur Beifahrertür, öffnete sie und ließ sie einsteigen.

»Immer noch der Gentleman der alten Schule«, witzelte sie.

Als er neben ihr saß, fragte sie: »Und wo soll's hingehen?«

»Ich dachte, dahin, wo es endete. In die *JK WineLounge* nach Ruppertsberg. Heute ist dort Tapasabend.«

»Eine gute Wahl, ich hab Hunger wie eine Löwin.«

André zuckte innerlich zusammen und musste an Irinas Löwenmetapher denken. Nein, heute würde er nicht einfach so um sie herumschleichen.

Nachdem sie die Chefin des Hauses mit zwei Gläsern feinem Blanc de Blanc Sekt ausgestattet und ihre Essenswünsche aufgenommen hatte, schaute André Rita tief in die Augen.

»Ganz ehrlich, was hat dich gerade jetzt bewogen, Kontakt mit mir aufzunehmen?«

Rita zögerte kurz. »Ich … ich hatte das Gefühl, ich müsste dir noch etwas erklären.«

»Aha, und was?«

»Wie es damals gelaufen ist und dass ich meinen Cousin nicht bewusst verraten hab. Ich arbeitete, bevor ich bei ihm im Büro jobbte, noch am Weincampus als Laborantin. Und da war dieser Professor – er war so charmant. Er fragte mich nach dem Weingut meines Cousins, und ich war wohl zu offenherzig. Verstehst du, ich hab nicht absehen können, was ich damit anrichtete. Ganz im Gegenteil, ich dachte, ich würde meinem Cousin damit helfen.«

André schluckte. »Hattest du mit ihm …?«

»Was, ob ich mit ihm ein Verhältnis hatte? Nein, natürlich nicht.«

André schien innerlich aufzuatmen.

Wie so oft schien Rita einen siebten Sinn für solche versteckten Signale zu haben. Ihre Wangen röteten sich ein wenig. Sie fasste seine Hand und streichelte sie. »Wie süß, dass du das fragst.«

Gleich darauf erschien die Kellnerin mit der Weinkarte, und das Gespräch verlor etwas an emotionalem Tiefgang. Rita lobte Andrés gute Auswahl und hob hervor, wie stylish sie das Ambiente fand. Sie berichtete, dass sie nach der Sache vor anderthalb Jahren den Job auf dem Weingut ihres Cousins verloren und keinen Fuß mehr dorthin gesetzt hatte.

André war peinlich berührt, letztlich war er es gewesen, der die Ursache dafür war. »Und jetzt, also ich meine, womit verdienst du jetzt deine Brötchen?«

»Na ja, ich arbeite wieder in meinem alten Beruf, den ich ursprünglich gelernt habe. Ich arbeite als Krankenschwester im Krankenhaus in Bad Dürkheim.«

André wollte noch weiterfragen, als die Kellnerin kam und das Essen servierte.

45 THE WINNER IS …

Düsseldorf, rund zwei Jahre vorher, Freitag, 23. Juli 2021, 8.25 Uhr

Marc Dechamps, der Chefredakteur und Leiter des Verkostungsteams der Genießerzeitschrift *Weingenuss* rümpfte die Nase, als man die entkorkte Flasche des Rieslings *Deidesheimer Grainhügel Große Lage* vor ihm abstellte. Wie bei solchen Verkostungen üblich, war die Flasche in ein schwarzes Säckchen gepackt worden, sodass man den Winzer nicht erkennen konnte.

Dechamps schaute sich irritiert im Raum um, um die Quelle dieser Fehlnote zu suchen. Hatte man etwa wieder mal vergessen, eine der Spuckflaschen zu reinigen?

Nein, gerade wurden sie erst von einem Mitarbeiter hereingebracht. Mit ihm kamen auch die anderen Teilnehmerinnen und Teilnehmer des Verkostungspanels. Allesamt renommierte Weinfachleute, die schon an unzähligen solcher Verkostungen teilgenommen hatten.

Der Mitarbeiter schenkte nun allen ein kleines Quantum des Weines ein. Schon bei der ersten Annäherung an die Gläser verzogen alle ausnahmslos das Gesicht.

»Was ist das? Was setzen Sie uns da vor?«, beschwerte sich Dechamps. Er war bekannt für seine stets kritische, naserümpfende Art.

Er ging mit der Nase näher ans Glas, schwenkte es leicht.

»Sapperlot. Ist das Essig? Dieser Wein hat definitiv flüchtige Säuren.«

Die anderen stimmten ihm zu. »Das gibt's doch nicht«, »Ist das ein Scherz?«, »Welcher Stümper kriegt so was hin?«, waren nur einige der höchst kritischen Kommentare.

Er nahm einen winzigen Schluck, nur um ihn in gefühlt einer Millisekunde mit angewidertem Gesicht in den schwarzen Glasspucknapf zu speien. Auch das taten die anderen analog.

»Bitte holen Sie die beiden Vergleichsflaschen, vielleicht ist ja bei der Abfüllung was schiefgelaufen.«

Der Mitarbeiter brachte nun die beiden verhüllten Vergleichsflaschen des gleichen Weines vom selben Winzer und öffnete sie dieses Mal vor den Augen der Juroren.

»Dieser Wein ist definitiv untrinkbar. Eine Zumutung, so etwas hier in diesen renommierten Wettbewerb einzuschicken. Haben die in der Pfalz den Verstand verloren?«, ereiferte sich Dechamps. »Dieser Winzer ist ein Dilettant.«

Die anderen stimmten ihm unisono zu.

»Haben wir von der Lage noch was oder können wir aufdecken?«

»Nur noch einen«, sagte der Mitarbeiter. »Ich bringe ihn.«

Dechamps nickte zufrieden. Er mochte es, wenn seine Leute nicht lange fragten.

Kurz darauf wiederholte sich die Prozedur nun mit einem weiteren Riesling der *Großen Lage Deidesheimer Grainhügel*. Dieses Mal – vielleicht auch wegen des krassen Vergleiches – waren Dechamps und sein Team sehr angetan, ja sogar euphorisch.

Wie immer, wenn Dechamps, der seine Wurzeln in Frankreich hatte, euphorisch wurde, kippte er ins Französische. »Formidable, delicieuse.« Auch die anderen wirkten mit dem Wein höchst zufrieden.

46 LÖWE

Mittwoch, 26. April 2023, 21.15 Uhr

Es war ein gelungener Abend, das Essen war perfekt, und sie unterhielten sich prächtig. André stellte fest, dass Rita seine Nähe suchte, ihn sanft berührte und mehr als einmal über seinen Handrücken strich.

Bei jedem Blick in ihre tiefbraunen großen Augen drohte er sich zu verlieren und jeden Gedanken, jede Vernunft, die ihn sonst so beherrschte, zu vergessen.

Er fühlte sich auf eine besondere Art glücklich und gelöst. All seine Bedenken und komplizierten Überlegungen waren wie weggeblasen.

Er brachte sie anschließend wieder nach Hause. Im Wagen war es still, beide schienen ihren Gedanken nachzuhängen. Als sie in Hambach an ihrem Haus angekommen waren, stieg er aus und öffnete ihr die Tür.

Wortlos umarmte sie ihn. Dann suchten ihre Lippen die seinen. Es war Jahrzehnte her, dass er das, was er jetzt fühlte, zum letzten Mal empfunden hatte.

»Kommst du noch mit rauf?«, fragte sie ihn mit belegter Stimme.

Er nickte. Heute wäre er nicht der Löwe, der nur herumstreicht – der Mann, der sich nicht traut.

Stumm folgte er ihr die Treppe hinauf, bewunderte den kecken Schwung ihrer Hüften.

Als sie oben die Wohnungstür aufschloss, umarmte er sie von hinten, küsste ihren Nacken und sog den Duft ihres Eau de Toilette nach Lavendel und Orangenblüten in sich ein.

Sie traten ein, wieder umarmten und küssten sie sich – dieses Mal lange und intensiv.

Rita führte ihn in ein modern eingerichtetes geräumiges Wohnzimmer und wies aufs Sofa.

»Espresso oder Sekt?«, fragte sie mit lasziver Stimme.

»Bleiben wir beim Sekt«, erwiderte er mit einer rauen Klangfarbe, die er selbst noch nicht an sich gehört hatte.

Sie verschwand in der Küche und kam mit einer ungeöffneten Flasche *Pfälzer Crémant* und zwei Gläsern zurück.

»Würdest du sie für uns öffnen?«, säuselte sie und legte ihre Hand auf seinen Oberschenkel.

André studierte kurz das Etikett. »Du hast Geschmack.«

Rita lachte spöttisch. »Hoffentlich dieses Mal mit der Auswahl meines Gastes auch.«

André war kurz irritiert und widmete sich der Flasche.

Er nahm nicht wahr, dass sich gerade jemand in der Türöffnung wie aus dem Nichts materialisierte.

*

Achill starrte dumpf auf den Fernsehbildschirm, auf dem irgendeine Unterhaltungsshow lief. Er war außerstande, der hektischen Kakofonie aus Musikbeiträgen, den unnatürlich ausgelassenen Kommentaren des Moderatorenduos und den ständigen Werbeunterbrechungen zu folgen.

Was hatte Metzger ihm mit dieser Hemdknopf-Metapher sagen wollen? Hatte er von Anfang an die Weichen falsch gestellt? Was lief schief in diesem Fall? Noch vor drei Tagen war er sich sicher gewesen, die Sache aufgeklärt zu haben – und nun das.

Lag er trotz allem nicht richtig? War Sallys Geständnis nicht einfach nur ein Ablenkungsmanöver, um ihre Frau aus der Schusslinie zu ziehen?

Aber irgendwie schien ihm das Metzger nicht abzunehmen. Warum hatte sich alles gegen ihn verschworen? Sahen die anderen mehr als er? Selbst André war bei ihrem Treffen seiner Euphorie, mit Ute Wassler die Richtige am Schlafittchen zu haben, nicht wirklich gefolgt.

Warum nur hatte sich in seinen Augen Zweifel gespiegelt? Was sah André, was er nicht zu sehen vermochte? Und was hatte es mit dieser dämlichen Begründung, »er hätte nach einem Katzentürchen an Körbers Haus gesucht«, auf sich? Was ging in den oft verschlungenen Gedanken Andrés nur vor? Es beschloss, ihn morgen zu fragen.

*

Es ploppte, der Crémant drohte überzuschäumen. André musste sich sputen, dies zu verhindern, und schnell einschenken. Er reichte Rita ihr Glas, griff seines und schaute auf.

Er erschrak so sehr, dass er einige Tröpfchen aus seinem Glas verschüttete.

»Sie? Hier?« Er blickte fragend zu Rita.

Das spöttische Lächeln, das den Abend über ihr Gesicht in inflationärer Weise geflutet hatte, war einer kühlen Sachlichkeit gewichen. »Sorry, aber sie braucht dich«, war das Einzige, was Rita hervorbrachte.

»Bitte«, stieß Sally hervor, bevor ihr die Tränen in die Augen schossen. »Ich kann nicht mehr.«

André war nicht in der Lage, einen klaren Gedanken zu fassen. Was sollte das alles?

»André, du musst uns helfen. Ich habe sie heute Mittag aus dem Krankenhaus mitgenommen, bevor man sie ins Gefängnis gesteckt hat und sie sich endgültig ein Ende setzt. Sie ist völlig fertig. Sie hat in ihrem Abschiedsbrief einen Mord gestanden, den sie nicht verübt hat. Verstehst du?«

»Das heißt, du hast einer Tatverdächtigen zur Flucht verholfen?«

Rita nickte hilflos. »Aber sie wird zu Unrecht verdächtigt, sie war es nicht. Sie ist das Opfer von alldem.«

»Opfer?« André stieß hörbar Luft aus. Das Opfer hatte mit zerschossenem Kopf im Auto am Rheinufer gesessen.

»Warum waren Sie in Kunos Haus? Sie haben eine Spur. Rita weiß, dass Sie so etwas sehen können. Bitte.« Sallys Stimme war von Kraftlosigkeit nun in ein leidenschaftliches Flehen übergegangen.

André erhob sich. »Du hast mir den ganzen Abend was vorgemacht. Du hast mich mit alldem nur geködert, um mich hierherzulocken, weil du mich brauchtest.«

»Aber nein, es war ehrlich, ich wollte dich sowieso irgendwann wiedersehen.«

André schnaubte, marschierte zur Tür, schob Sally, die noch immer den Türrahmen ausfüllte, zur Seite und verließ verletzt und wütend zugleich Ritas Wohnung.

47 KONSEQUENZEN

Deidesheim, rund zwei Jahre vorher, Montag, 9. August 2021

»Aufsteiger des Jahres«, so titulierte Marc Dechamps den bisher unbeachteten Winzer Kuno Körber. Für das Weingut Wassler fand er weit weniger schmeichelhafte Worte.

»Dilettanten-Weine«, »Anfängerfehler aufgrund mangelnder Kellerhygiene …«

Während Wasslers Vinothek in der Folge weit weniger besucht war – wer wollte sich schon Weine aus einem unreinen Keller mitnehmen –, erlebte Körber einen nie dagewesenen Ansturm.

Alles schien perfekt, die Vinothek quoll über von Kaufwilligen. Die in Dechamps Zeitung beschriebenen vier Aufsteigerweine waren nach wenigen Monaten ausgetrunken.

Kuno fühlte sich wie im siebten Himmel – alles war ein bisschen so wie damals in ihrer gemeinsamen Zeit im Rioja.

Aber während negative Nachrichten oft nahezu unlöschbar im Bewusstsein der Kunden blieben und auch noch nach einem Jahr Wassler gewaltige Absatzeinbußen einbrachten, ebbte die Woge des Erfolgs bei Körber schon nach wenigen Monaten ab. Jeder fragte sich, was Dechamps bewogen hatte, Körbers Weine so zu pushen.

Andere Expertenzeitschriften begannen sich schon über Dechamps mit seinem Senkrechtstarter lustig zu machen.

An Wassler hingegen traute man sich nicht mehr so recht heran.

Keine der Weinkoryphäen wollte etwas mit einer Schmuddelwinzerin zu tun haben.

Es dauerte ein wenig, bis auch die Banken stutzig wurden, sahen, wie Körbers Umsätze einbrachen, allmählich die Nerven verloren und die Reißleine zogen.

Was nun folgte, war wie eine Kettenreaktion. An Silvester 2021 entdeckte Sally die Reste der Weinmanipulation im Wingerthäuschen und zog empört aus. Kurz darauf folgten Kreditkündigungen, weil die Banken die massiven Umsatzeinbußen realisierten, Anfang 2022 schloss die Vinothek endgültig, und Anfang 2023 folgte dann die Scheidung.

48 KATERFRÜHSTÜCK

Donnerstag, 27. April 2023, 8.15 Uhr

Als Irina die Treppe zur Küche herunterkam, saß André vornübergebeugt mit auf der Hand aufgestütztem Kopf vor seiner leeren Cappuccinotasse. Dass der Kater hungrig miauend um seine Beine schlich, schien er gar nicht zu bemerken.

»Katzenjammer?«, fragte Irina.

»Gib ihm was«, erwiderte André einsilbig.

»Komm, Charly, der Herr ist heute nicht in Stimmung für Tierliebe.«

André brummte nur missgelaunt, ohne den Kopf zu heben.

Als Irina den Kater gefüttert und sich mit einer Tasse Cappuccino ausgestattet hatte, kam sie zurück an den Tisch und setzte sich André mit verschränkten Armen gegenüber. »Na? Ist der Löwe an der wilden Antilope gescheitert?«

André stöhnte. »Ich wusste schon, als ich runterkam, dass ich dir Hyäne heute nicht entgehen würde.«

»Ja und? Was war?«

»Die Antilope war vergiftet.«

»Sie ließ sich also nicht vernaschen.«

»Erlaube mal«, echauffierte sich André.

»Was dann?«

»Sagen wir so, sie hat mich nur ausgenutzt. Und damit

wäre die Sprechzeit zu Ende. Ich fühle mich genug bedauert.«

»Wow, der alte Löwe schnappt um sich.« Irina nahm die Cappuccinotasse und erhob sich.

*

Ein ähnliches Bild wie André gab Achill ab. Auch er saß mit aufgestütztem Kopf vornübergebeugt an seinem Schreibtisch im Präsidium.

»Herrenabend oder Trinkbesuch bei André?«, witzelte Bertling, als sie in sein grimmiges Gesicht sah.

»Ne, das da. Ein Botendienst hat ihn gestern Abend kurz vor Feierabend an der Rezeption abgegeben.« Achill reichte Bertling einen Umschlag.

Bertling zog den darin befindlichen zweiseitigen Brief heraus.

Das erste Blatt war ein Anwaltsschreiben von Rechtsanwältin Ilonka Bolz-Bräsig. *»Anbei erhalten Sie die von mir subskribierte Aussage meiner Mandantin Frau Ute Wassler.«*

»Dass sich diese Juristen immer so geschraubt ausdrücken müssen«, brummte Achill, während Bertling auf die Niederschrift der Aussage blätterte. *»Hiermit widerrufe ich mein mündliches Geständnis vom …«*

Sie brach ab und schaute auf. »Na ja, unerwartet kommt das nicht. Die haben irgendwie rausgekriegt, dass sich Sally verflüchtigt hat. Und da wir ihr nun eh nichts mehr anhaben können, muss sie sie auch nicht weiter schützen. So eine Scheiße. Die beiden spielen mit uns Katz und Maus.«

Achill schlug so zornig mit der Faust auf die Tischplatte, dass der Kaffee überschwappte. »Ich fahr jetzt zu

André, entweder er kann mir weiterhelfen oder wir betrinken uns.«

Bertling schaute auf die Armbanduhr. »Wow, du entwickelst dich zum Tagtrinker. Klasse Karriere.«

»Die Karriere hier ist ja demnächst eh gelaufen.«

*

Knapp eine Stunde später saßen sich Achill und André stumm an Andrés Küchentisch mit je einem Wasserglas voll Rotwein gegenüber.

»Was wird das?«, feixte Irina, als sie die beiden sah. »Geteilte Krise ist halbe Krise?«

Beide schwiegen teilnahmslos. »Ich verzieh mich besser, bevor ich noch einen Querschläger abbekomme.« Kopfschüttelnd ging sie mit Charly auf dem Arm aus dem Raum.

»Also Karten auf den Tisch. Warum hast du dich nach dieser dämlichen Katzentür umgeschaut? Oder war das nur ein Vorwand?«, fragte Achill missgelaunt.

»Ich wollte nur wissen, ob der Kater selbstständig ins Freie kann oder ob ihn Körber abends rausgelassen hat.«

»Ah ja, natürlich«, antwortete Achill und rieb sich matt über die Stirn. »Und?«

»Er hat ihn wohl rausgelassen, es gibt keine Katzenklappe.«

»Ach so, ja, gut, dass wir darüber gesprochen haben.« Achill schüttelte verwirrt den Kopf. »Sag mal, ist das schon Alzheimer oder willst du mich verarschen?«, brach es aus ihm heraus.

»Nein, das will ich nicht.«

Achill nahm einen kräftigen Schluck Rotwein und verbarg das Gesicht in beiden Händen. Offensichtlich musste er all seine Kraft aufwenden, André nicht eine Standpauke zu halten. »Dir ist schon klar, dass du ohne mich ganz schöne Probleme hättest. Das war Hausfriedensbruch, und mit etwas Boshaftigkeit hätte dir der Staatsanwalt auch noch so was wie versuchten Einbruchdiebstahl angehängt.«

»Danke«, sagte André kraftlos, unsicher, was Achill von ihm erwartete.

Achill schüttelte erneut den Kopf. »Da kann man sich am besten wirklich nur betrinken. Übrigens, die von dir gerettete Ex-Frau von Körber hat sich zu allem Überfluss im Krankenhaus aus dem Staub gemacht.«

André nickte wissend.

»Ah, das war dir wohl auch schon bekannt?«

»Nein, natürlich nicht. Wie ist es geschehen?«, fragte er gespielt naiv.

»Der Beamte, der sie bewacht hat, hatte Durchfall.«

»Nein, echt?« André musste unwillkürlich laut auflachen. »Er war wirklich auf dem Klo, als sie abgehauen ist?«

»Ja. Was ist daran so lustig?«

»Ist auch nicht dämlicher, als Katzenklappen zu suchen.«

Nun war es Achill, der herausprustete. »Ich komm mir vor wie im Irrenhaus. Und dabei soll ich bis morgen den Fall gelöst haben, sonst nimmt ihn mir Metzger weg.« Dieses Mal nahmen sie beide einen kräftigen Schluck aus ihren Gläsern.

Sie starrten wieder eine Zeit auf die Tischplatte, bis André das Schweigen brach. »Habt ihr im Auto weitere Spuren gefunden?«

»Was soll das jetzt?«

»Na ja, kam mir so in den Sinn.«

»Nein, nichts Gescheites. Nur Fasern.«

»Fasern?«

»Ja, von einer Leine oder so was.«

André horchte auf. »Leine?«

»Ja, was ist daran besonders? Bestimmt hat er damit über Tag auf dem Weinberg rumhantiert, und die Fasern hingen ihm noch an den Händen und lagen im Auto.«

»An den Händen?«

»Ja doch, und am Autofenster neben sich.«

»Wo am Autofenster?«

»Na, an seiner Seite unten, wo sonst. Passt doch dazu, dass er es an den Händen hatte und wohl damit Reben angebunden hat.«

»Wie kommst du denn darauf? Man bindet Reben doch nicht mit Leinen an, die Traditionalisten nehmen Weidenruten und die anderen irgendwelche Bindematerialien, die man mit solchen zangenähnlichen Geräten drumherum knipst. Und wenn, tut man das nicht im April, sondern vor dem ersten Austrieb im März.«

»Klugscheißer – keine Ahnung, dann hat er halt sonst was im Garten oder Keller festgebunden.«

»Wisst ihr, welche Art von Leine?«

»Ja, aber was tut das zur Sache?« Achill nestelte sein Smartphone aus dem Sakko, wischte kurz ein paarmal hin und her und zeigte schließlich das Produktfoto der orangefarbenen Nylonleine, das man ihm von der Kriminaltechnik hatte zukommen lassen.

André nahm ihm das Smartphone aus der Hand und musterte das Foto. »Von einem *Raiffeisenmarkt*«, sagte er gedankenverloren. »Kannst du mir das mailen?«, fragte er schließlich.

»Wenn's dich glücklich macht.«

Während Achill das Produktfoto weiterleitete, lehnte

sich André zurück und rieb sich das Kinn. Dann beschrieb er mit der Hand eine seltsame Abwärtsbewegung. »Das ist es!«, schrie er plötzlich und erhob sich.

»Was ist wie?«, fragte Achill erstaunt.

»So ist es abgelaufen, ich muss weg.«

»Was, wie, wo willst du hin?«

»Sag ich dir morgen. Kannst du mir eine Pistolenattrappe besorgen, am besten eine der Tatwaffe. Sie muss nicht geladen sein.«

»Spinnst du? Ich kann doch nicht …«

»Willst du, dass ich für dich den Fall löse oder nicht?«

Achill erhob sich und trat vor, so als wolle er André am Gehen hindern.

»Lass mich!«, fauchte André unwirsch, strebte zur Tür und verschwand ins Freie.

»Wo ist eigentlich André?«, fragte Irina, die kurz darauf Achill alleine am Küchentisch vor seinem Rotweinglas vorfand.

Achill lachte. »Ich würde mal sagen, er fiel unvermittelt in seinen Autistenmodus und jagt dem Fall hinterher. Er hat so eine gemeine Art, mich immer nutzlos erscheinen zu lassen.«

Irina lachte. »Ich kenn das. Das wirst du ihm nicht abgewöhnen können. Und wenn er Erfolg hat …«

»Wenn … wenn nicht, macht er wieder Dummheiten und bringt sich und mich in Teufels Küche.«

Achill schwieg betreten, rieb sich mit den Händen übers Gesicht und erhob sich plötzlich abrupt. »Tschüs, ich muss auch weg.«

*

André war zunächst zum *Raiffeisenmarkt* in Deidesheim gefahren. Wenn Körber irgendwo diese Leine gekauft hatte, dann war es hier am wahrscheinlichsten.

Schnell fand er sie in einem der Verkaufsregale. Sie war recht dünn, etwa so dick wie eine Makkaroni-Nudel. Für das, was er vorhatte, war sie geradezu perfekt. Vorsichtshalber nahm er gleich zwei 50-Meter-Spulen aus dem Regal.

Dann überlegte er kurz und legte wieder eine zurück. Im Gegenzug entschied er sich, eine 100-Meter-Spule Sisalleine mit ähnlicher Tragkraft in den Wagen zu legen. Dazu packte er noch einen sogenannten Ziegenfuß – ein Stemmeisen –, man konnte schließlich nie wissen, was man an Tagen wie heute noch brauchen konnte.

Als er an der Kasse war, fragte er beiläufig, ob Kuno Körber hier auch manchmal eingekauft hatte.

»Ja, klar«, war die unaufgeregte Antwort des Verkäufers.

»Auch diese Leine?« Er hob das orangefarbene Nylonseil in die Höhe.

»Kann sein, weiß ich nicht.«

»Könnten Sie mal nachschauen, er hat doch als Winzer bestimmt so was wie ein Kundenkonto bei Ihnen?«

»Geht nicht, Datenschutz«, war die knappe Antwort.

Das war nicht weiter schlimm. Fakt war, dass er die Leine benutzt hatte, ob er sie hier oder sonst wo gekauft hatte, machte keinen Unterschied.

*

Andrés nächste Station war Körbers Weingut. Er hoffte inständig, dass die Behörden nach der Polizeiaktion nachts im Zusammenhang mit Sallys Suizidversuch nicht die Türen gesichert hatten.

Er fuhr wieder von hinten an. Zum Glück hatte es zu regnen begonnen, was dazu führte, dass kaum jemand unterwegs war.

In einer Plastiktüte trug er den Ziegenfuß unter die Jacke gepresst.

Wieder gelangte er ohne Probleme in den Hof des Anwesens. Die Tür zur Kelterhalle war geschlossen, und ein Siegel der Polizei prangte über dem Spalt zwischen Tür und Laibung. André versuchte, die Klinke hinabzudrücken. Sofort spannte sich das Siegel. Die Tür war unverschlossen und wurde nur durch den amtlichen Papierstreifen an Ort und Stelle gehalten. Er zückte sein Taschenmesser und schnitt den Klebestreifen da, wo er über dem Spalt lag, durch. Sofort ließ sich die Tür problemlos aufschwingen.

Er trat schnell ein und zog die Tür hinter sich zu, um so wenig wie möglich Aufmerksamkeit zu erregen.

Zunächst verschaffte er sich einen Überblick. Alles wirkte etwas anders als letztens in der Nacht. Gleich vorne war eine Art Arbeitsfläche, die mit einer alten Presse, einigen Pumpen und Kellerutensilien vollgestellt war. Gegenüber war das Flaschenlager mit Palettenstapeln voller Weinkartons, die bis an die Decke reichten. Weiter hinten, da, wo er auch Sally gefunden hatte, führte ein breiter Mittelgang zwischen die großen, silbern schimmernden Edelstahltanks unterschiedlichster Größe. An der Stirnseite gab es eine Reihe Barriques und Tonneaufässer. Verdammt, alles nicht das, was er suchte. Er ging ein paar Schritte und musterte alles genau. Hinter den Paletten, bevor die Tanks folgten, schien es einen Durchgang zu geben. André ging hindurch und erreichte das, was er gesucht hatte – eine Art Werkstatt mit Arbeitstisch und Regalen, auf denen allerlei Kleinteile und Winzerutensilien standen. Er ließ seinen Blick über das Regal oberhalb des Arbeitstisches streichen. Nichts. Daneben gab es einen alten Schrank mit angelehnten Türen.

André stöberte und fand, was er suchte. Hier lagen zwei neue, originalverpackte Spulen mit eben jener Leine, die er gerade erstanden hatte.

Er wandte sich der Arbeitsplatte zu. An was hatte Körber wohl zuletzt hier gearbeitet? Im Vergleich zu der sonst vor Unordnung strotzenden Werkstatt war die Arbeitsfläche des Tisches weitgehend sauber. Zu sauber, dachte André, es wirkte fast, als sei hier aufgeräumt und frisch abgefegt oder gar abgewischt worden.

Unter der Arbeitsplatte gab es einen alten Farbeimer, der Körber wohl als Abfalleimer gedient hatte. André holte ihn hervor und kippte den Müll und Kehricht darin kurzerhand auf die Tischplatte.

Neben ein paar Papierverpackungen und einer Reihe alter Korken rieselten weißliche Späne heraus. Sie waren so leicht, dass einige durch die Zugluft vom Tisch auf den Boden geweht wurden. Er rieb sie zwischen seinen Fingerkuppen. Wie Sägespäne, dachte er. Aber viel leichter und nicht aus Holz. Dann nahm er ein Folienstück wahr, das wohl von einer Verpackung stammte. Es war abgerissen und ließ nur einen Teil der Beschriftung darauf erkennen: »…rtschaumplatten«.

André überlegte. »Hartschaumplatten«, sagte er vor sich hin. »Klar, das ist es!« So als hätte ein Blitz schlagartig die Nacht erhellt, kam Licht ins Dunkel, und André sah in klaren Bildern vor sich, was in jener Nacht passiert war.

Seine Euphorie wurde nur durch die Tatsache gedämpft, dass jener erhellende Blitz nur ihm erschienen war und es eine Menge Überzeugungsarbeit kosten würde, das der

Polizei – allen voran seinem Freund Frank Achill – klarzumachen. Frank tat sich oft schwer damit, Andrés verwinkelten Gedankengängen zu folgen.

*

Andrés nächste Station war ein Baumarkt im Gewerbegebiet in Neustadt an der Weinstraße. Er hatte sich überlegt, dass er sicher sein musste, dass das, was er mutmaßte, auch wirklich funktionierte. Er wollte das, was in jener Nacht passiert war, nachspielen. Nur so würde er Achill überzeugen.

Mit dem Schnipsel der Verpackungsfolie in der Hand stapfte er durch die Dämmstoffabteilung und wurde fündig. Er stattete sich mit einer großen Packung Hartschaumplatten aus und war zufrieden. Alles passte, alles folgte dem, wie er es sich ausmalte.

49 HÖHLE DER LÖWIN

Donnerstag, 27. April 2023, 13.15 Uhr

Trotz aller Motivation, die André aus seinen heutigen Erkenntnissen gewonnen hatte, stand nun die für ihn schwierigste Aufgabe bevor. Lieber hätte er die Zentrale des KGB besucht, als sich in diese Höhle der Löwin zu wagen. Aber es musste sein, um den Sack zuzumachen, wie man gerne in der Pfalz redensartlich sagte.

Aber er wollte es nicht mit leerem Magen tun. Deshalb hatte er noch dem *Kaffeehaus Friedericus* in Neustadt einen Besuch abgestattet und sich ein großes Stück Torte und einen Cappuccino gegönnt.

Er mochte dieses so perfekt an ein Wiener Kaffeehaus erinnernde Café in Neustadts Stadtmitte, das in einer ehemaligen Drogerie untergebracht war.

Selten hatte er eine Tasse Cappuccino langsamer geleert als diese. Jede Faser in ihm sträubte sich gegen das, was er nun vorhatte. Und wie würde es Achill verkraften, wenn er irgendwann erfuhr, dass er ihm verschwieg, wo sich die gesuchte Sally Wassler aufhielt.

*

Eine Viertelstunde später parkte er vor Ritas Haus.

Ob jemand zu Hause sein würde? Ob sich Sally aufgrund des gestrigen Zusammentreffens irgendwohin verzogen hatte? Ob man ihm öffnen würde?

Er war zutiefst unsicher, und es kam ihm vor, als läge in seinem Magen ein großer kalter Stein.

Er klingelte. Nahezu zeitgleich wurde der elektrische Türöffner betätigt. Offensichtlich hatte man ihn schon von oben aus dem Fenster beobachtet.

André stapfte matt die Treppe zu Ritas Wohnung hinauf. Bei jedem Schritt spürte er, wie weich seine Knie waren. Es schien fast, als würden sie unter ihm wegknicken.

Oben in der Tür stand Rita und grinste spöttisch. Wie so häufig trug sie eines dieser hier modernen Pfalz-T-Shirts. Dieses Mal mit dem Aufdruck »Pfalzliebe«. Es versetzte ihm einen Stich.

Rita schaute auf ihre Armbanduhr. »Du bist zu spät. Hatte dich schon gegen 12 Uhr erwartet. Komm rein.«

»Wie? Wieso?«, stammelte André verunsichert, während er ihr ins Wohnzimmer folgte.

»Weil ich glaube, deine Neugierde einschätzen zu können, und weiß, dass dich dein Jagdinstinkt nicht loslässt.«

»Und Sally?«

»Sie ist hier.«

»Hattest du keine Angst, dass ich ihren Aufenthalt an die Polizei verraten könnte?«

»Nein. Ich vertraue auf deine Loyalität. Auch wenn ich gespürt habe, dass dich das gestern tief getroffen hat.«

André schluckte wieder. War er denn so durchschaubar? »Na ja, es ist kein schönes Gefühl, benutzt zu werden.«

Rita lachte. »Und wie war das vor anderthalb Jahren bei mir? Du hast mich auch nur eingeladen, um an Informationen über meinen Cousin zu kommen, und dann hast du mich wie eine heiße Kartoffel fallen lassen.«

André schluckte erneut. »Das war etwas anderes.«

Rita grinste spöttisch. »Ich weiß, bei Männern ist es immer etwas anderes.«

André wusste nichts zu entgegnen. Natürlich hatte Rita nicht ganz unrecht.

»Kann ich mit Sally Wassler sprechen?«, wechselte er das Thema.

»Wow, dass du mir mal recht gibst.«

Aufs Neue hasste er es, dass sie stets wusste, was er dachte. So, als sei er aus Glas.

Sally, die offensichtlich vom Nebenraum zugehört hatte, schlurfte in den Raum. Eine Hand hielt sie an den Brustkorb gepresst, offensichtlich schmerzte ihre gebrochene Rippe.

»Entschuldigung, dass ich …«, sagte André und wies auf ihren ramponierten Brustkorb.

»Danke für alles, danke, dass Sie noch mal wiedergekommen sind. Danke, dass Sie mich nicht an die Polizei verraten haben.«

André nickte nur, unfähig, etwas zu sagen. Beide starrten sich einige Augenblicke hilflos an.

»Ich war es nicht. Kuno war ein Ekel, aber ich hatte keinen Grund. Seit der Scheidung gibt es keinen Grund mehr. Ich wusste, dass ich keinen Unterhalt oder sonst was von ihm zu erwarten habe. Auch seine verbalen Ausraster mir und Ute gegenüber wurden weniger. Das an dem Abend vor seinem Tod war eine Ausnahme.«

»Was war am Abend vor seinem Tod?«

Sally schilderte ihm Körbers Auftritt in der Vinothek, die Sache mit dem Handy, wie er gegenüber Ute zudringlich geworden war und die Sache mit den Verletzungen am linken Unterarm.

André spürte Euphorie in sich aufsteigen.

»Wie ging Ihre Frau damit um? War sie wütend über diesen Zwischenfall?«

»Ja, klar, wir haben uns dazu ausgetauscht. Waren uns aber einig, dass es wohl eine Ausnahme war und dass sich Kuno bald beruhigen würde. Es gab keinen Grund mehr. Wir sind geschieden, und er hätte das Weingut eh verkaufen müssen, dann hätte es auch keine Konkurrenz mehr zwischen ihm und Ute gegeben. Wobei es die eh nur aus seiner Sicht gab. Ute hat eindeutig das erfolgreichere Weingut, und das war der Grund für diesen Krieg zwischen den beiden. Und ihn so zu töten, hätten wir beide nicht geschafft, wir sind nicht so kaltblütig.«

»Gab es sonst jemanden, der ein Motiv für diese Tat gehabt hätte?«

»Ja, viele. Kuno hat sich immer mehr zum Ekel entwickelt, wo er auch auftauchte, behandelte er jede und jeden herablassend und unfreundlich. Er war sehr dünnhäutig geworden, fühlte sich stets als Opfer und meinte, sich wehren zu müssen. Er war am Schluss ein hemmungsloser Choleriker, der das ohne Rücksicht auslebte. Er konnte sehr kreativ sein, wenn es darum ging, andere zu piesacken. Ein richtiger Scheißkerl eben.«

»Verstehe. Und wer hätte es tun können?«

»Niemand.«

»Aber Sie sagten doch …«

Sally unterbrach ihn. »Sorry, Sie hatten mich nach einem Motiv gefragt. Er war unbeliebt, vielleicht sogar verhasst, aber niemand bringt deswegen jemanden um. Dazu reichte es nicht.«

»Also reichte es doch nur bei Ihnen und Ihrer Frau«, unternahm André noch einen Versuch.

»Aber nein. Ich will aufrichtig zu Ihnen sein. Vor der Scheidung vielleicht, vielleicht ein Schubsen oder ein Sich-zur-Wehr-Setzen mit schlimmen Folgen, aber kein kaltblütiger Mord. Ich könnte so etwas nicht.« Sally weinte nun bitterlich. Mit jedem Schluchzen verzog sie schmerzvoll ihr Gesicht und fasste sich an die lädierte Rippe. Rita nahm sie mütterlich in den Arm und tröstete sie.

André überraschte die Offenheit, mit der sie über ihre Gefühle gegenüber ihrem Ex-Mann sprach und sich damit sogar belastete. Er glaubte ihr. Diese kaltblütige Tat passte nicht zu dieser zerbrechlichen Frau.

»Ich glaube Ihnen. Aber nur, wenn wir den Fall aufklären, wird Ihnen auch die Polizei glauben.«

Sally nickte.

»Ich muss Sie jetzt ein paar Dinge fragen, die Ihnen womöglich irrelevant vorkommen. Aber oft sind es die einfachen Dinge, die die Wahrheit ans Licht befördern.«

Sally nickte wieder. Sie hatte sich etwas beruhigt und gab ihm mit einer einladenden Geste zu verstehen, dass sie bereit für seine Fragen war.

»Im Haus Ihres Ex-Mannes hat die Polizei einen Kater gefunden.«

Sally nickte.

»Hatten Sie diesen Kater schon, als Sie noch zu Hause wohnten?«

»Ja, es war ziemlich am Ende, bevor ich ausgezogen bin. Es war eine der letzten Gemeinheiten von Kuno. Ich bin Katzenallergikerin, das wusste er. Er scherte sich aber nicht darum. Der Kater war ihm wichtiger als ich. Er vergötterte ihn, nur um mir zu zeigen, wie wenig ich ihm wert war. Aber wo ist das arme Tier, ich kann es leider nicht aufnehmen.«

»Kein Problem, es ist in guten Händen und wird verwöhnt.«

Sally wirkte erleichtert.

»Und war er ein Freigänger?«

Sally nickte. »Ja, nachdem die allergischen Reaktionen bei mir immer stärker wurden und ich ständig niesen musste, was Kuno störte, musste das Tier über Nacht ins Freie. Am Anfang sträubte er sich, später fand er es wohl toll, nachts ums Haus zu schleichen. Er wurde ein richtiger Nachtschwärmer.«

»Und wann abends musste er raus?«

»Kuno war ein Pedant, bei ihm gab es für alles eine feste Regel. Jeden Abend nach den Nachrichten ließ er ihn raus. Der Kater gewöhnte sich daran und maunzte, wenn es so weit war.«

André nickte zufrieden.

»Aber was …?«, setzte Rita an, doch André unterbrach sie und wehrte mit einer Handbewegung ab.

»Und haben Sie das schon mal auf dem Weingut gesehen?« André hielt ihr sein Smartphone mit der Abbildung der Leine hin.

Sie zog mit den Fingerkuppen das Bild größer und nickte. »Ja klar, wir benutzen es auf Utes Weingut.«

»Aha.« André war kurz verwirrt. Klar, er hätte gezielt nach Körbers Weingut fragen sollen. »Und bei Ihrem Ex-Mann?«

Sie überlegte kurz. »Ja, ich glaube dort haben wir die auch benutzt.«

»Mhm. Und für was speziell nutzt man die auf einem Weingut?«

»Für nichts Spezielles. Die hat nichts mit Weinbau zu tun, wenn Sie das meinen. Man benutzt sie für alles

Mögliche: Planen festbinden, Ruten bündeln. Für so was eben.«

»Und das da?« Wieder hielt er ihr das Smartphone hin. Dieses Mal hatte er ein Foto der Dämmplatten, die er kurz zuvor gekauft hatte, auf dem Display.

»Keine Ahnung. Die nimmt man doch beim Bauen. Wenn man Fassaden dämmt.«

»Genau«, bestätigte André. »Und bei Ihrem Ex-Mann?«

»Vielleicht haben wir sie damals genutzt, als wir die Vinothek gebaut haben, aber ansonsten eher nicht.«

»Und können Sie sich einen aktuellen Grund denken, warum er damit kurz vor seinem Tod gearbeitet hat?«

Sally lachte schräg auf. »Der hat in der letzten Zeit eher nichts gearbeitet. Nur das, was er musste. Und gebaut hat der erst recht nichts. Mit welchem Geld sollte er das auch getan haben?«

»Danke, Sie haben mir sehr geholfen«, schloss André seine kleine Befragung ab.

Für einige Sekunden schwiegen alle betreten. André und Rita starrten sich mit traurigen Gesichtern an. War nun endgültig die Eiszeit über sie hereingebrochen?

»Werden Sie mich nun der Polizei melden?«, fragte Sally unsicher in die schweigende Runde.

»Nein, ganz im Gegenteil …«, antwortete André mit einem Frosch im Hals.

»Und mich? Ich war es, die ihr bei der Flucht geholfen hat. Ich tue so was für Menschen, die ich mag«, blaffte Rita. Offensichtlich hatte sie wenig Verständnis für Andrés abweisendes Auftreten ihr gegenüber.

André schluckte. »Nein, mache ich nicht. Ich weiß, dass du so was für Freunde tust.«

»Und dem Wachmann hab ich Abführmittel ins Essen gemischt – mit durchschlagendem Erfolg.« Und da war es wieder, ihr spitzbübisches Grinsen.

Er wich ihren Blicken aus, um nicht auch grinsen zu müssen. Es war zu früh, um seine Enttäuschung einfach abzuschütteln und Scherze zu machen.

Er wandte sich zur Tür und ging wortlos mit einem für ihn unerträglichen Wechselbad der Gefühle. Verletztheit und Unsicherheit über seine wahren Gefühle ihr gegenüber mischten sich mit dem Verlangen, sie einfach in die Arme zu schließen.

50 TAUMEL

Donnerstag, 27. April 2023, 14 Uhr

André war, als er Ritas Wohnung verließ, völlig in seinen Gedanken gefangen, sodass er über die Türschwelle stolperte und fast auf den Bürgersteig fiel.

Er war von den Gefühlen und Empfindungen für Rita, aber auch von den neuen Erkenntnissen völlig überwältigt. Das alles war wie ein überfüllter, von gleißenden Lichtern und Eindrücken überfluteter Rummelplatz für sein Gehirn. Er wollte nur noch in die Einsamkeit seines Autos entfliehen, sich sammeln und sich wieder auf das nun Wesentliche fokussieren.

Einerseits passten Sallys Aussagen zu seiner Theorie, die schemenhaft Gestalt angenommen hatte, andererseits warfen sie aber auch neue Fragen auf. Was hatte es mit Körbers Auftritt in der Vinothek auf sich? Er war zwar dazu geeignet, Andrés Theorie abzurunden, sprach aber auch dafür, dass zwischen den dreien noch viel Aggression im Spiel war. Noch immer war bei ihr der Hass auf Körber zu spüren. War er durch die Trennung wirklich so weit abgekühlt, dass man jedwede Beteiligung von ihr ausschließen konnte? Aber war sie zu einer solch blutigen Tat fähig, so zerbrechlich, wie sie wirkte? Und dann war da noch dieses winzige Detail mit der Leine. Bedeutete es etwas, dass sie nach Sallys Aussage auch in Ute Wasslers Weingut verwendet wurde?

Und wie sollte er sich gegenüber Rita verhalten, war da möglicherweise doch mehr zwischen ihnen als nur die Absicht, ihn in der aktuellen Notlage zu instrumentalisieren?

André war noch immer völlig in sich selbst versunken, als er den Motor startete, sodass er Achills Zivilwagen, der einige Parklücken hinter ihm Position bezogen hatte, nicht wahrnahm.

*

Achill war ihm mit wenigen Minuten Abstand gefolgt. Er hatte angenommen, dass André wohl wegen der Schnur beim *Raiffeisenmarkt* in Deidesheim vorbeifahren würde, und damit recht behalten.

Von da an war es ein Kinderspiel gewesen, André über alle Stationen hinweg bis hierher zu folgen. Nun stand er hier vier Parkplätze weit vom Haus entfernt. Das Haus war ein Mehrfamilienhaus, sodass er nicht ersehen konnte, aus welcher Wohnung André gekommen war. Er hatte auch nicht erkannt, wo André geklingelt hatte. Er rief daher im Präsidium an, um von Bertling Auskünfte über die Bewohner einzuholen.

Endlich vibrierte sein Smartphone, es war Bertling. »Dachte schon, du hast mich vergessen«, murrte er gespielt missgelaunt.

»Wunder dauern eben länger. Bingo, kann ich da nur sagen. In diesem Haus wohnt eine alte Bekannte von André und uns. Rita Bundschuh, Andrés Flamme vom Säbelschwingerfall.«

»Shit, und dafür bin ich ihm jetzt nachgefahren, nur um zu erfahren, dass sie sich immer noch treffen, obwohl er nie darüber gesprochen hat.«

Bertling lachte. »Na ja, ganz so belanglos ist das nicht. Mir ist schon gestern bei der Durchsicht der Namensliste der Schwestern, die auf der Station von Sally arbeiten, ihr Name aufgefallen.«

»Du meinst, sie hat was mit ihrem Verschwinden zu tun?«

»Na ja, sie hatte bis kurz vorher Dienst und ging dann direkt in Urlaub«, erwiderte Bertling.

»War der Urlaub schon langfristig geplant?«

»Das wissen die nicht. Die handhaben das recht lax, es gibt wohl so eine Magnettafel, da kann sich jeder austragen, solange die Mindestpersonaldecke stimmt.«

»Mmh«, brummte Achill unzufrieden. »Und wie kam André da nun schon wieder drauf?«

»Vielleicht hat sie ihn ja kontaktiert, weil sie ihn als Komplizen oder Privatschnüffler braucht.«

Achill zögerte einen Augenblick. »Ich brauch dich hier, bring noch Verstärkung mit. Nicht, dass uns diese Sally wieder durch die Lappen geht. Ich bleib hier vor dem Haus auf Lauerstellung.«

*

André hatte sich entschieden. Er würde es wagen, das, was in jener Nacht Körber zugestoßen war, zu rekonstruieren. Nur wenn er es vor sich sah wie ein gelungenes Experiment, würde ihm Achill glauben. Eine Sache brauchte er dazu noch – eine Pistole. Achill hatte sich, als er ihn danach gefragt hatte, wenig begeistert gezeigt und würde ihn nicht mit einer echten Waffe aus der Asservatenkammer unterstützen.

Er entschied sich daher, noch bei einem Speyerer Waffengeschäft vorbeizufahren und sich mit einer geeigneten Waffenattrappe auszustatten.

*

Rita stand, seit André gegangen war, am Fenster und schaute gedankenverloren auf die Straße. Sie hatte gesehen, dass er noch eine Zeit lang in seinem Wagen gesessen und gegrübelt hatte. Zweimal war sie kurz davor gewesen, nach unten zu gehen, um das, was zwischen ihnen stand, zu entkräften. Zweimal war sie ans Fenster zurückgekehrt. Sie war zu eitel, sich zu erklären. Hatte er es etwa getan, als er sie damals als Informationsquelle missbraucht hatte?

Dann war er weggefahren, hatte noch kurz am Haus hochgeblickt, sie aber anscheinend nicht gesehen. Eine Träne rann ihr über die Wange.

Sie hatte es wieder einmal verbockt. Ihr Stolz war wie eine Wand, der zwischen ihr und den Männern stand.

*

Achill trommelte unruhig mit den Fingerkuppen auf dem Lenkrad. Wie lange dauerte es denn noch, bis endlich Bertling und die Verstärkung eintreffen würden? Hoffentlich sah man ihn nicht. Obwohl seine weit zurückgelehnte Haltung hinter dem Steuer unbequem war, drückte er sich noch tiefer in den Sitz. Es musste einfach klappen. Nur wenn er noch heute Sally festnahm, würde er den Polizeipräsidenten besänftigen können. Auch wenn das das Verhältnis zu André belastete. Aber hier ging es um seine weitere Polizeikarriere.

In diesem Augenblick passierte ein Streifenwagen der Neustadter Polizei mit langsamer Fahrt die Straße. Achill gestikulierte wie wild und gebot den Beamten zu verschwinden. Über Polizeifunk ordnete er an, dass man sich aus dem Sichtfeld entfernen und bis zum Zugriff die Rückseite des Gebäudes observieren sollte.

*

Rita, die noch immer am Fenster ziellos vor sich hinstarrte, war irritiert, als sie das Polizeiauto auf der Straße vor dem Haus sah. Hatte das etwas zu bedeuten? Hatte es mit Andrés Besuch zu tun?

Glücklicherweise fuhr es, ohne zu halten, weiter.

*

Wenig später war Bertling an der Einfahrt zur Straße angekommen. Sie hielt an und wählte Achills Handynummer. »Ich warte an der Straßenecke. Wie willst du vorgehen?«, fragte sie gehetzt.

»Moment, frage bei den Kollegen aus Neustadt an, ob sie auf Position sind. Bleib dran.«

Achill drückte das Telefonat auf stumm und vergewisserte sich via Polizeifunk.

Nach 30 Sekunden meldete er sich wieder bei Bertling. »Die Kollegen sind bereit, du fährst vor, blockierst die Straße nach Süden. Ich werde die nördliche Richtung abdecken und dann treffen wir uns, so schnell es geht, an der Haustür.«

*

Rita, die, seit der Streifenwagen vorbeigefahren war, das Geschehen auf der Straße intensiv beobachtete, sah zuerst Bertling vorfahren und aussteigen. Sie kannte sie von der Sache in der Vinothek ihres Cousins.

»Dieser Scheißkerl hat die Polizei alarmiert! Sally, schnell, wir müssen weg!«

Sie rannte zur Wohnungstür, öffnete sie einen Spalt und horchte ins Treppenhaus. Noch war es still.

Sally erschien hinter ihr.

In diesem Moment klingelte es. Rita räusperte sich und ging an die Sprechanlage. »Hallo, Bundschuh«, sagte sie und bemühte sich, dabei unaufgeregt zu wirken.

»Polizei, bitte lassen Sie uns herein, wir möchten mit Ihnen reden«, hörte sie Bertling auf der anderen Seite sagen.

»Moment noch, ich war unter der Dusche, muss mir was überziehen.« Sie legte den Hörer der Sprechanlage auf.

»Schnell, wir müssen runter«, zischte sie zu Sally und schob sie aus der Tür ins Treppenhaus.

Mit wenigen Sätzen waren sie unten. Durch das mit einer altmodischen Nörpelglasscheibe verglaste Fensterchen an der Haustür sahen sie die Schatten von Achill und Bertling und hörten, wie sie drohten, die Tür aufzubrechen. An der Tür zum Hintereingang nahmen sie ein Scharren im Schloss wahr. »Die kommen von beiden Seiten.«

»Wir müssen durch den Keller.« Von der Haustür hörten sie ein Geräusch vom Türschloss, so als ob jemand aufschließen wollte.

»Die knacken das Schloss.« Sie schob Sally, die mit schmerzverzerrtem Gesicht die Hand auf der gebrochenen Rippe liegen hatte, nun um die Ecke die Kellertreppe hinab.

*

»Mach schon«, drängte Achill, während sich Bertling mit ihrem Pickset am Schloss zu schaffen machte.

»Das krieg ich auf, nur noch ein paar Sekunden.«

Von der Hinterseite hörten sie, wie die Tür mit Wucht aufsprang und gegen die Wand des Treppenhauses donnerte.

Gerade als der Schatten des Kollegen, der von innen öffnen wollte, größer wurde, gelang es Bertling mit dem kleinen Kurbelwerkzeug, den Schließzylinder, den sie mit dem sogenannten Diamanten – einem Einbrecherwerkzeug – geöffnet hatte, zu drehen und die Tür zu öffnen.

»Geht ihr hoch in die Wohnung, wir schauen uns den Keller an«, wies Achill die Kollegen an.

Ohne weitere Diskussionen rannten die beiden Neustadter Beamten die Treppe hoch. Bertling und Achill bogen Richtung Kellertreppe ab. Von unten hörten sie, wie eine Stahltür vor ihnen schwer ins Schloss fiel.

»Hier sind sie«, schrie Achill, während er immer zwei Stufen auf einmal nahm und die Treppe hinunterfegte. »Hoffentlich kriegen wir die Tür auf.«

Nach zwölf Stufen hatte er die Tür erreicht. Bertling stand unmittelbar hinter ihm. Er ergriff den Türgriff und wollte die Tür öffnen. Nichts. »Mist, die geht in unsere Richtung auf, zurück!«, schrie er, machte einen Schritt rückwärts und stieß gegen Bertling, die nicht schnell genug aus dem Weg war.

Als sie durch die Tür waren, schloss sich eine weitere deutlich steilere Sandsteintreppe an, die in einen dunklen Schlund hinabführte.

Mühsam tastete er nach einem Lichtschalter.

Bertling zückte ihre Taschenlampe und richtete den Lichtkegel vor sich. »Komm, die reicht«, rief sie.

Sie leuchtete auf den Boden, und beide arbeiteten sich dieses Mal etwas langsamer die steile Treppe mit ihren unterschiedlich breiten und hohen Stufen hinunter. Von unten hörten sie scharrende Schritte auf Steinboden.

Als sie endlich unten waren, kamen sie in einen quer verlaufenden Korridor, von dem auf beiden Seiten je eine Tür abging.

»Mist«, zischte Bertling.

»Zuerst rechts, ich meine, die Schritte waren dort. Ich geh vor, du sicherst«, schnarrte Achill. Beide zückten ihre Dienstwaffen.

»Jetzt haben wir sie, das ist eine Sackgasse«, triumphierte Achill. Er drückte den Lichtschalter, und einige altmodische, mit Drahtgittern geschützte ovale Kellerleuchten tauchten das schlauchförmige uralte Tonnengewölbe in ein trübes gelbliches Licht. Darin reihten sich etliche von den vielen Jahren hier fast schwarze ovale Stück- und Doppelstückfässer aneinander.

»Ein alter Weinkeller und verdammt lang für das Haus, das muss drüber hinausgehen«, merkte Achill an.

Beide betraten nun mit Tuchfühlung an ihren Rücken mit vor sich gestreckten Dienstwaffen den Raum. Achill ging vor, und Bertling sicherte ihm mit vorgehaltener Waffe den Rücken. Langsam tasteten sie sich voran. Ihre Schritte hallten von den kahlen, von einer Mischung aus grauen Spinnweben und den üblichen Kellerpilzen alter Weinkeller bewucherten gewölbten Sandsteinwänden wider.

»Achtung, verschlossene Deckenluke«, zischte Achill leise. »Vom Boden nicht erreichbar«, fügte er hinzu.

Immer wieder duckte er sich, um unter die auf alten Holzbohlen lagernden Fässer zu schauen. Mehrfach, immer da, wo die Abstände zwischen den schwarzbraunen Kolossen etwas größer waren, bog er mit Bertling im Schlepp ab und lugte in die schmalen Zwischenräume. »Nichts, da passt niemand durch.«

»Scheiße, was ist das?«, schrie er einmal erschreckt auf, als sich eine tief hängende Matte aus Spinnweben über seine Stirn legte.

Rasch und effektiv arbeiteten sie sich so bis ans Ende des Raums vor.

»Sauber«, flüsterte er Bertling zu.

»Scheiße, wo sind die hin?«, erwiderte sie.

»Hier ist definitiv kein zweiter Ausgang. Vielleicht haben wir uns getäuscht und sie sind im anderen Keller. Los, komm, Verena, bevor sie sich wieder nach oben davonmachen.«

Beide hasteten zum Eingang, um sich das vom Korridor nach links abgehende Tonnengewölbe vorzunehmen.

Die Ausdehnungen des Gewölbes schienen identisch zu sein. Hier war allerdings die Beleuchtung mit Neonröhren ausgestattet, die sich mit vielfachem Klicken in Betrieb setzten, als Achill den Schalter betätigte. Auch dieser nun in bläuliches Licht gehüllte Kellerraum wirkte für das überschaubare Haus darüber deutlich zu lang.

Im Unterschied zum anderen Gewölbe gab es hier keine Weinfässer. Hier waren zu beiden Seiten mehrere mit alten Dachlatten-Gittern abgeteilte Räume. »Das scheinen die Kellerräume zu den Wohnungen zu sein«, zischte Achill.

Auf gleiche Weise wie vorhin schoben sie sich Rücken an Rücken mit gezückten Waffen in den Raum. Vor jedem der Kellerabteile blieben sie kurz stehen und spähten mithilfe von Bertlings Taschenlampe durch die rohen Dachlatten hinein.

Alle Abteile waren fast leer. Offensichtlich hatten die steile Zugangstreppe und die Feuchte die Bewohner davon abgehalten, allzu viel Plunder hier unten zu lagern.

Wieder kamen sie ohne besondere Erkenntnisse am ebenfalls türlosen Ende des Gewölbes an.

»So eine Scheiße, das gibt's doch nicht. Beide Keller sind Sackgassen, die müssen hier irgendwo sein«, schnarrte Achill und rieb sich erschöpft übers Gesicht. »Wo können die sich nur …«

»Moment!«, unterbrach ihn Bertling und gebot ihm mit Richtung Ohr erhobenem Zeigefinger zu horchen.

Sie hörten vom Gewölbeeingang kommend ein gleichmäßiges Summen.

»Hörst du das auch? Was ist das?«, flüsterte Bertling.

»Hm«, Achill legte die Hände wie einen Schalltrichter an die Ohren und setzte sich langsam zur Tür in Bewegung.

»Ob es hier eine Belüftung gibt?«, sinnierte sie.

»Nein, Mist, das ist ein Elektromotor.« Achill fing an, Richtung Ausgang zu rennen. »Es wird lauter, kommt von da drüben«, schrie er alarmiert.

Bertling folgte ihm. »Was hat das zu bedeuten?«

»Eine Winde«, schon war Achill um die Ecke und stürzte in den Weinkeller. »Da!«, schrie er fassungslos und wies auf die Deckenklappe, durch die gerade eine Art Gondel nach oben gezogen wurde. »Scheiße, die haben uns gelinkt«, tobte er außer sich.

51 KELLERGEISTER

Donnerstag, 27. April 2023, 14.35 Uhr, acht Minuten zuvor

Rita hatte kurzerhand Sallys Hand ergriffen und zog sie wie ein unschlüssiges Kind hinter sich die Kellertreppe hinab.

»Schnell, hier nach rechts!«, zischte sie stimmlos und schob Sally, die mit schmerzverzerrtem Gesicht folgte, in das Gewölbe des Weinkellers.

Sie kannte sich hier aus und verzichtete bewusst darauf, das Licht anzuschalten. Lediglich das Handydisplay reichte aus, um sich zu orientieren. Vor mehreren Fässern blieb sie stehen und schaute nach dem jeweiligen Putzloch. War es verschlossen, quittierte sie das mit einem gezischten »Scheiße« oder »Mist«.

In der Mitte der langen Fassreihe wurde sie fündig. »Da hinein«, zischte sie und wies auf die offene Fasstür eines großen ovalen Doppelstückfasses. Sally gehorchte. Obwohl sie wusste, wie man sich zu bewegen hatte, um durch das kleine, an eine oben abgerundete Tür erinnernde Putzloch zu klettern, verursachte die nötige Verdrehung ihres Oberkörpers höllische Schmerzen an ihrer gebrochenen Rippe.

Als sie drinnen war, hörte Rita die Schritte von Bertling und Achill auf dem Steinfußboden des Flurs. Sie drückte Sally die Fasstür, die am Boden vor dem Fass gelehnt hatte, in die Hand und kroch nun selbst ins Innere. Sie hörte, wie Achill Bertling anwies, seinen Rücken zu sichern, und sah den Schein der Taschenlampe, der für ein paar Sekunden wilde Lichtkegel in den Keller warf.

Gerade in dem Augenblick, als Achill die Deckenbeleuchtung aufflammen ließ, schob sie leise die Fasstür von innen in die Öffnung und presste sie darauf.

Von nun an waren sie taub. Die dicken Holzbohlen hielten jedes Geräusch von außen ab.

Rita betete, dass die beiden Beamten nicht merkten, dass die Fassschraube ohne Fassriegel – also den kurzen Querbalken –, mittels dem die Fasstür normalerweise auf den Fassboden angepresst wurde, fehlte.

Sie setzte darauf, dass es sich die beiden aus Vorsicht verkneifen würden, sich an der Fasstür eines Fasses zu schaffen zu machen und zu riskieren, dass es womöglich auslief.

Sie warteten, und Rita hörte, wie Sally vor Angst und Schmerzen leise vor sich hin wimmerte.

Erst jetzt wurde ihr bewusst, dass auch ihre Hände, Ellbogen, Knie und alles, was sonst noch Kontakt zur Fasswand gehabt hatte, schmerzten. Die Kristalle des Weinsteins, die sich an der Innenseite angelagert hatten, perforierten wie Sägezähne ihre Kleidung und Haut. Sie leckte sich über die besonders schweren Abschürfungen an den Händen und schmeckte Reste des Weines und Blut.

Nicht zu wissen, was um sie herum geschah, beunruhigte Rita. Sie bat Sally, die Fasstür fester in die Öffnung zu pressen, erhob sich, drückte vorsichtig ihr Ohr an die Vorderseite des Fasses und lauschte. Sie hörte, wie sich Schritte entfernten und schließlich gar nichts mehr zu hören war.

»Mach die Fasstür einen Spalt auf«, wies sie Sally an.

»Geht nicht«, erwiderte Sally atemlos, nachdem sie sie aufdrücken wollte.

Rita bückte sich und versuchte es selbst. Die Tür steckte fest.

»So ein Mist, wir werden hier drin ersticken«, wimmerte Sally.

Rita nahm nun die Fingernägel zu Hilfe und schob sie zwischen Tür und Fass. Die löste sich langsam. Offensichtlich war sie durch die Reste der wächsernen Fassdichte, die noch am Rand anhaftete, verklebt gewesen. Gerade noch konnte sie verhindern, dass die hölzerne Tür ins Fassinnere rumpelte.

Draußen war es wieder stockfinster, Rita hörte nichts, was auf die Anwesenheit der beiden Polizisten hinwies. »Los! Wir müssen raus«, flüsterte sie.

Zuerst kroch Rita heraus, horchte und half dann Sally mit ihrer lädierten Rippe nach draußen.

»Gibt es so was wie eine Hintertür?«, fragte Sally.

»Ja.« Rita aktivierte die Taschenlampen-App und leuchtete damit die Decke ab. »Dort oben«, sagte sie und wies auf eine etwa drei Quadratmeter große rostige Metallplatte in einer betonierten Aussparung in der Gewölbedecke.

Sally stöhnte. »Das war's dann wohl.«

Rita ließ den Schein der Lampen weiter durch den Raum tanzen. »Ah, da ist die Lösung.«

Sie ging einige Schritte und stoppte vor einem an einem Kabel von der Decke hängenden Plastik-Würfel und drückte eine der Tasten darauf.

Wie von Geisterhand schwangen zwei metallene Türflügel zur Seite. Etwas Licht fiel in den Keller. Rita betätigte nun eine andere Taste auf dem Würfel. Dieses Mal bewegte sich mit leisem Surren die Gondel eines Lastenaufzugs nach unten.

Als er auf dem Fußboden stoppte, drängte Rita Sally hinein, quetschte sich neben sie und betätigte wieder einen Schalter. Langsam kroch das stählerne Vehikel nach oben.

»Hoffentlich packen wir es, bevor sie merken, dass wir sie ausgetrickst haben.« Das Gefährt bewegte sich quälend langsam, und das Surren der Seilwinde hallte von den Wänden des Gewölbes wider. Vom Nachbarkeller hörte man nun wieder Schritte näher kommen. »Beil dich, du blödes Ding«, murrte Rita.

Die Gondel war noch nicht zum Stillstand gekommen, da drückte Rita Sally mit einem beherzten Schub an ihren Hintern, um den letzten halben Meter zu überwinden. Dann folgte sie selbst. Das Letzte, was sie von unten hörte, war Achills Fluchen.

52 ERKENNTNISSE

Donnerstag, 27. April 2023, 14.53 Uhr

Achill und Bertling stürzten die Treppe nach oben und rannten aus der Gartentür, durch die die beiden Kollegen vorhin gekommen waren. Außer einem beschaulichen kleinen Garten mit gepflegtem Rasen, Blumenrabatten, einer Terrasse mit Tisch und Gartenstühlen war da nichts. Es gab nicht mal so etwas wie ein Gartentor oder einen sonstigen Ausgang auf die Straße. Auch kein Gegenstück zur Seilwinde und der Kellerklappe.

»Wie sind da unsere Kollegen reingekommen?«, fragte Achill an Bertling gerichtet.

Sie zuckte mit den Schultern.

»Mir hänn am Nachbarhaus geklingelt und sinn iwwer den Gardezaun«, antwortete statt ihrer einer der beiden Beamten, die unbemerkt hinzugestoßen waren, mit leichtem Dialekteinschlag.

»Gab's droben was Besonderes?«, fragte Achill zurück.

»Awwa. Is ä Single-Wohnung mit bezogenem Gästebett.«

»Sei's drum. Darum können wir uns später noch kümmern. Sie sind durch den Keller davon, er ist gewaltig und weit größer als das Haus. Ist jemand von euch hier vom Ort?«

Der zweite der Beamten, der bisher geschwiegen hatte, drängte sich nun hinter seinem Kollegen in den Vordergrund.

»Das kommt hier ab und zu vor. Die Keller hier sind viel älter als die Häuser darauf, sie gehörten ursprünglich zu den Weingütern da hinten.« Er wies mit der Hand auf die alte Sandsteinmauer, die den Garten nach hinten begrenzte. »Sie werden nicht mehr oder nur noch sporadisch genutzt. Sind zu schwer zu erschließen und zu tief, heute will man Keller, die zu befahren sind. Die meisten Winzer sind ausgesiedelt und haben neue Kelterhallen gebaut.«

»Los, können Sie uns auf dem kürzesten Weg dorthin bringen, wo der Hauskeller seine Deckenklappe hat?«

»Ich versuch's«, sagte der Beamte und ging voraus.

Im Vorbeigehen sprach Achill den anderen Polizisten an. »Sie bleiben hier und stellen sicher, dass sie nicht wieder in die Wohnung zurückkehren.«

Im Laufschritt eilten sie die Straße entlang, dann um die Ecke, nur um 50 Meter weiter wieder in der gleichen Richtung, aus der sie gekommen waren, in die Parallelstraße einzubiegen.

Hier befanden sich ausschließlich alte Winzerhöfe mit ihren klassischen Rundbogentüren.

»Die finden wir nie mehr«, unkte Bertling und fing sich einen bösen Blick von Achill ein.

»Hier müsste die Rückseite des Hauses sein«, sagte Achill, der die Kartenapp seines Smartphones zu Hilfe genommen hatte, um sich zu orientieren.

Das große Hoftor war geöffnet. Sie traten ein und marschierten in den mit Kopfsteinen gepflasterten Hof.

»Was suchensen hier?«, fuhr sie eine alte Frau mit schwarzem Kopftuch an, die auf einer Bank vor dem Haus saß.

»Kriminalpolizei Ludwigshafen«, stellte Bertling klar und wedelte vor der Alten mit ihrem Dienstausweis.

»Unn was suchen Sie von Ludwigshaffe hier? Hott's in Neistadt kä Bolizei?«

»Doch, der Herr hier zum Beispiel«, zischte Bertling genervt und wies auf den Streifenpolizisten, der sie begleitete.

»Hat es hier einen alten Weinkeller mit Lastenaufzug?«

»Hajo.«

»Hätten Sie die Güte, uns den Eingang zu zeigen?«

»Hajo.« Die Alte nahm ihren Rollator, der neben der Bank parkte, löste umständlich die Bremsen und wendete.

Achill rieb sich mit beiden Händen über das verschwitzte Gesicht.

»Ist vielleicht Ihre Tochter oder Ihr Sohn da?«, startete Bertling den Versuch, das Ganze zu beschleunigen.

»Der isch noch nidd dehäm.«

Achill ging einige Meter voraus, da er keine Ahnung hatte, in welchem der wie zusammengewürfelten alten Nebengebäude der Aufzug war, blieb aber in Hörweite.

In schneckengleicher Langsamkeit zitterte der Rollator der Alten über das holprige Kopfsteinpflaster.

Bertling, die es wohl längst aufgegeben hatte, noch jemanden zu finden, huschte ein Grinsen übers Gesicht. Während ihr Chef immer wieder zur Eile antrieb.

Ein regionaltypisches »Ä aldi Frah isch kenn D-Zuuch« war die einzige Reaktion der Alten. Kerzengerade, wenn auch mit heftigen Vibrationen, die ihre schlaffe Haut an den Armen wie Pudding wackeln ließ, stapfte sie Richtung einer Doppeltür.

Achill, der nun glaubte, das Ziel zu kennen, ging voraus und zerrte an der Flügeltür, die sich mit einem Scharren öffnete.

»Die missense hochhewe, die schläft ä bissel uffm Bodde.«

Schon war Achill im Innern und sah das, was er vermutet hatte. Die Gondel des Lastenaufzuges stand bodenbündig auf dem Beton des wohl als Kelterhalle dienenden Raumes.

Er inspizierte alles, ließ die Gondel ab, um zu überprüfen, dass sie auch im Keller des Nachbarhauses herunterkam.

»Uffbasse, die bleibt oft stecke«, raunzte die Alte, der es wohl nicht gefiel, dass Achill ohne Rückfrage den Aufzug in Bewegung setzte.

»Hier war es«, sagte er, als er wieder hochkam. An die Alte gerichtet, fragte er: »Betreiben Sie hier ein Weingut?«

»Hajo, gonz bestimmt unn mit dem do«, dabei wies sie auf ihren Rollator, »fahr ich die Trauwe zuwwer aus de Wingert.« Die Alte schien es zu amüsieren, die Geduld vorwitziger Ludwigshafener Polizisten zu strapazieren.

Achill schnaubte. »Und wer bewirtschaftet dann den Keller?«

»Die ähnd Hälft nutzen die vumm Nachbarhaus als Gerimpelkeller, und die onner Hälft hänn so zwä junge Hobbywinzer vunn uns gemiet.«

»Danke. Ist Ihnen vor zehn Minuten jemand aufgefallen, der da rauskam?« Er wies auf die Tür, durch die sie zum Lastenaufzug gekommen waren.

»Nä, isch war uff 'm Klo.«

Als sie im Begriff waren, den Hof zu verlassen und wieder das Haus passierten, meldete sich plötzlich eine kratzige Stimme aus einem der Fenster. Sie gehörte zu einem alten Mann mit Zigarette, der dort aufs Fensterbrett gelehnt saß und wohl alles mitangehört hatte.

»Ich hab da jemand vor zehn Minuten g'sähne. Die Nachbarin von dort drüben, die Rita, wo immer so scheckische Tee-Shirts o hat, ist mit euner Fremden rausgekommen und mit dem Auto, wo in der gemietete Garage parkt, wie de Deiwel fortgerast.«

»Danke, Sie haben uns damit sehr geholfen«, erwiderte Achill.

Als sie schon wieder auf der Straße waren, hörten sie, wie sich die Alte empört an ihren Nachbarn wandte. »Des heddscht dänne Bulle doch nidd uff die Nas binne misse, die Ridda isch doch so ä glori jungi Frah und geht immer fer misch eikaafe.«

*

André hatte von all dem nichts mitbekommen. Seine Gedanken kreisten nur um eine Sache. Wie konnte er seine Hypothese zum Tathergang möglichst überzeugend belegen und Sally damit entlasten.

Vielleicht würde sich dadurch auch das Verhältnis zu Rita aufhellen.

Auf dem Heimweg war er noch bei einem Speyerer Waffenhändler vorbeigefahren und hatte sich mit einer Pistolenattrappe ausgestattet. In Ermangelung des genauen Waffentyps hatte er sich für eine eher kleinere, leichtere Waffe entschieden. Mehrfach hatte er sich erkundigt, ob Größe und vor allem das Gewicht dem Original entsprach.

Der Händler hatte dies bejaht.

53 GROSSES BESTECK

Donnerstag, 27. April 2023, 14.43 Uhr, zehn Minuten zuvor

»Fahr du, ich muss nachdenken«, sagte Rita völlig außer Atem zu Sally, als sie das Garagentor geöffnet hatte.

»Und wohin?«

»Egal, nur weg hier – am besten Richtung Neustadt.«

»Und die hier? Wird sie uns verraten, wenn die Bullen rüberkommen?« Sally wies auf eine ältere Frau mit Kopftuch auf der Bank.

»Macht sie nicht, die ist in Ordnung – Alt-68erin, die hat's nicht so mit Bullen.« Rita winkte ihr beim Vorbeifahren zu.

Als sie zwei Straßen weiter waren und ihnen offensichtlich niemand folgte, wurde Rita ruhiger, und die für sie so typische Abgebrühtheit kehrte zurück. »Ich denke, wir sollten mit der Bahn fliehen. Damit können wir sie ablenken. Fahr Richtung Neustädter Hauptbahnhof.«

»Mit der Bahn? Was wird das – Abhauen mit Verspätung? Und so, wie wir aussehen?« Rita schaute an sich hinab. Ihre Bluse war völlig mit Rotweinflecken übersät.

»Du hast recht. Mein Outfit ist auch hinüber.« Erst jetzt bemerkte Rita, dass ihre Ellbogen geblutet hatten und die Ärmel ihres Shirts mit Blutflecken getränkt waren. Auch der Rest ihrer Kleidung war fleckig und stank nach Rotwein. »Wir brauchen was zum Wechseln, aber hoch in die Wohnung können wir nicht mehr.«

»Shit, dann sind wir geliefert. In ein Geschäft können wir, ohne Aufmerksamkeit zu erregen, auf keinen Fall.«

»Und wie wär's damit?«, fragte Rita grinsend und wies auf einen überquellenden Kleidersammlungscontainer am hinteren Ende eines Supermarktparkplatzes, den sie gerade passierten.

»Dein Ernst? Das ist eklig.«

»Das hier auch.« Rita hob ihr den durchgebluteten linken Shirt-Ärmel hin.

»Park davor, ich lad ein, was ich zu fassen kriege, damit wir Auswahl haben.«

Sally stellte den Wagen vor dem Container ab und ließ die Kofferraumklappe auffliegen.

Rita sprang aus dem Auto, bediente sich an den auf dem Boden stehenden Plastiksäcken und füllte damit den Kofferraum, bis sie kaum noch die Klappe schließen konnte.

»Ich hoffe, da ist was für uns dabei. Fahr da oben an den Waldrand.«

*

André war froh, dass Irina nicht zu Hause war und ihn bei dem, was er vorhatte, nicht mit ihren lästigen Fragen störte. Er wollte niemanden in seine, wie er selbst fand, skurrile Theorie einweihen, ehe ihm die Rekonstruktion des Tathergangs gelungen war.

Er packte all seine Erwerbungen auf den Tisch in der kleinen Werkstatt in der Garage, setzte sich davor und überlegte, wie das, was er beabsichtigte, abzulaufen hatte.

Schnell kam er zum Ergebnis, dass er, bevor er an die Umsetzung ging, um alles passfähig zu machen, noch einmal an den Tatort musste, um sämtliche Details einzufangen.

*

Kaum waren sie außer Hörweite, begann Achill mit der Koordination dessen, was nun zu passieren hatte.

»Verena, du besorgst das Auto-Kennzeichen von dieser Rita Bundschuh und schreibst Fahrzeug und Halterin zur Fahndung aus. Dann versuch, ihre Handynummer rauszukriegen, und lass es orten. Ich werde Verstärkung und die Spurensicherung anfordern. Die sollen sich Wohnung und Keller noch mal genau ansehen. Sie warten am Haus und weisen die Kollegen ein«, sagte er zuletzt, an den Streifenbeamten aus Neustadt gerichtet. »Wenn die Unterstützung da ist, befragen Sie die Nachbarn nach dieser Rita und bringen in Erfahrung, wohin die beiden fliehen könnten: Auslandskontakte, Zweitwohnsitze, Wochenendgrundstücke und so weiter, Sie wissen schon.«

*

Sie kippten kurzerhand den Inhalt der Altkleidersäcke in den Kofferraum und wühlten in dem Kleiderberg. Alles, was indiskutabel war, packten sie wieder zurück in die Säcke.

»Ich komm mir vor wie donnerstags im Discounter an der Kleiderschütte«, sagte Rita grinsend und hielt Sally eine etwas altmodische geblümte Bluse an. »Na, sieht doch gut aus, Fräulein.« Dazu fand sich noch eine passende Cordhose.

»Zum Glück nichts, was ich über den Kopf ziehen muss, das würde meine Rippe nicht mehr aushalten.«

Auch Rita wurde fündig. Einen fast bodenlangen dunklen Rock und ein passendes grünes Sweatshirt. »Boah, für einen Schönheits-Contest würde das nicht reichen, aber für ein paar Stunden passt's. Ich werde meine Sachen drunter lassen, man weiß ja nie, welche Tierchen in dem Zeug wohnen. Müffelt jedenfalls kräftig.«

Sally ließ sich durch Ritas unbeschwerte Art sogar zu einem Lächeln hinreißen.

Obwohl sie nun beide ausstaffiert und in die gebrauchten Sachen geschlüpft waren, wühlte Rita weiter in dem Kleiderchaos, das ihren Kofferraum füllte, und stopfte einige Teile in eine alte Sporttasche, die noch im Wagen lag.

»Was suchst du jetzt noch?«

»Lass dich überraschen. Die Dame von Welt wechselt auf Reisen gerne mal das Outfit.«

Sally schüttelte den Kopf. »Was hast du überhaupt jetzt vor?«

»Ganz einfach, wir werden verreisen.«

*

André war derweil an der Rheinpromenade in Speyer – dem Fundort Körbers – angekommen.

Wie so häufig in dieser Jahreszeit und bei gutem Wetter war hier die Frequenz an Spaziergängern und Touristen hoch. André bemühte sich, alles, was er tat, beiläufig aussehen zu lassen. Zu viele kannten ihn hier von seiner Arbeit als Gästeführer. Er wollte auf keinen Fall riskieren, jemandem aufzufallen und in ein Gespräch verwickelt zu werden. Den Wagen hatte er auf dem Parkplatz vorm Kanu-Club just an der Stelle, wo Körbers Wagen geparkt hatte, abgestellt.

Mit seinem Smartphone fotografierte er immer, wenn die Luft rein war, alle Umgebungsdetails.

Anschließend ging er mit ausladenden Meterschritten die Distanz zum Rheinufer ab – besonders auch die Betontreppe, die hinunter bis unmittelbar ans Flussufer führte.

»22,5 Meter«, murmelte er leise vor sich hin und notierte fein säuberlich die Zahl in einem kleinen schwarzen Notizbuch.

Eines war ihm aufgrund der vielen Besucher klar geworden. Er musste, um bei seiner Rekonstruktion nicht aufzufallen, bis tief in die Nacht warten. Er rümpfte die Nase, das alles bei Dunkelheit zu tun, war nicht gerade ein Kinderspiel. Und er hatte nur einen Versuch, ging der schief, musste er wieder ganz von vorne anfangen.

*

Achill und Bertling leiteten alles Erforderliche in die Wege. Zu der bereits bestehenden Fahndung nach Sally Wassler schickten sie auch die Fahndung nach Rita Bundschuh und ihrem Wagen raus. Auch die Wohnung Ritas, die mit Ausnahme des benutzten, aber wieder hergerichteten Gästebettes keine Besonderheiten aufwies, hatten sie sich flüchtig angeschaut. Der Kollege der Neustadter Polizei fand überdies ein Patientenhemd im Mülleimer.

»Also Fakt ist: Diese Rita hat Sally geholfen, aus dem Krankenhaus zu fliehen. Da steht ihr einiges an Ärger ins Haus«, verkündete Achill nicht ohne Stolz.

Bertling verdrehte die Augen. »Dazu müsste man sie erst mal haben. Und André wird dir die Augen auskratzen. Ihm zu folgen, war auch nicht gerade ein Freundschaftsdienst, und womöglich hätte er sowieso sichergestellt, dass wir Sally einfach so kriegen. Der begünstigt doch nicht die Flucht einer Mörderin, wenn er nicht etwas vorzuweisen hat.«

Achill schluckte. »Na ja, Dienst ist eben Dienst. Da müssen private Interessen hintenanstehen.«

»Ob das André auch so sieht? Ich fühle mich jedenfalls schlecht. Und dann noch Rita. Wie steht er nun vor ihr da?«

»Ist halt ein sogenannter Kollateralschaden. Und sein Liebesleben geht uns nun wirklich nichts an.«

Bertling schüttelte unzufrieden den Kopf. »Du Ekel.«

*

Rita hatte noch etwas auf ihrem Smartphone nachgeguckt, legte es weg und wandte sich hektisch an Sally. »So, jetzt los. Ich fahr weiter.«

»Und wohin?«

»Erst mal zum Neustadter Hauptbahnhof. Um 16.36 Uhr geht unser Zug.«

»Äh, ich versteh gerade nur Bahnhof. Welcher Zug? Wohin?«

Rita lachte schelmisch. »Ins schöne Frankreich nach Wissembourg.«

»Wie jetzt, im Ernst?«

»Ja, klar.«

»Die werden doch bestimmt schon nach deinem Auto fahnden, und am Bahnhof gibt es Kameras.«

»Eben. Lass dich überraschen. Ich versprech dir, die kriegen uns nicht.«

*

André hatte nun alles, was er brauchte. An seiner kleinen Werkbank kürzte er Leinen, band und knotete. Mehrfach wog er die Pistolenattrappe in seiner Hand. Ob sie zu schwer war? Heute Nacht musste es klappen. Wie Frank erzählt hatte, kam er in ernste Schwierigkeiten, wenn er bis morgen seinem Vorgesetzten keine stichhaltigen Ergebnisse liefern konnte.

Der Gedanke, wie er vielleicht schon morgen Rita die erlösende Botschaft für Sally mitteilen konnte, ließ ihm die Knie weich werden. Ob sie ihn wirklich nur benutzt hatte, um Sally zu helfen, oder gab es da noch Gefühle für ihn?

*

»So, meine Gute, das muss jetzt superschnell gehen. Ich parke hier, wir laufen schnurstracks in den Bahnhof und kaufen die Fahrkarten am Schalter. Und dann können wir nur hoffen, dass dieser Zug nach Frankreich pünktlich ist.«

»Wie? Du willst hier direkt vorm Bahnhof parken? Da stehen wir aber auf dem Präsentierteller, und die haben uns sofort. Und dann noch am Schalter mit einem Bahnangestellten. Geht das nicht am Automaten?«

»Vertrau mir.« Rita stieg aus dem Wagen, ging an den Kofferraum und schnappte sich die vorhin gefüllte Sporttasche mit den Ersatzkleidern. »So, jetzt los, beeil dich.«

Sally folgte ihr mit skeptischem Gesichtsausdruck Richtung Haupteingang. Als sie im Bahnhofsgebäude waren, zupfte sie Rita am Ärmel. »Im vorderen und dem hinteren Eck gibt es Kameras, schau bloß nicht hoch.«

Rita lachte. »Und ob ich da hinschaue«, demonstrativ ließ sie ihren Blick schweifen und schaute in die Kameras vor und hinter ihnen.

»Spinnst du? Willst du, dass sie uns kriegen?«

»Vertrau mir.«

Sie marschierten schnurstracks zum Infoschalter, und Rita orderte zwei Fahrkarten nach Wissembourg und zahlte mit der EC-Karte.

»Spinnst du, warum nicht in bar? Das können die doch nachvollziehen.«

Rita grinste nur und schob Sally hinaus auf den Bahnsteig.

Dort warteten sie bange fünf Minuten, bis der Zug kam.

*

»Vom Krankenhaus habe ich Ritas Handynummer bekommen. Und der Richter hat endlich der Handyortung zugestimmt. Hab den Ortungsauftrag an den Mobilfunkbetreiber weitergegeben. Ich hoffe, dass die Gas geben«, sagte Bertling, während sie noch immer in Ritas Wohnung waren und auf die ersten Ergebnisse der Kriminaltechniker warteten, die drinnen und im Keller ihre Arbeit machten.

*

Entschlossen schob Rita Sally in den Zug. Sie nahmen nicht Platz, sondern stellten sich in einen verwaisten Wagenübergang. Glücklicherweise hielt sich das Passagieraufkommen in Grenzen, und der Zug fuhr alsbald an.

»Und jetzt?«, fragte Sally verwirrt.

»Das da anziehen, ich geh derweil mal für kleine Mädchen.« Sie grinste spöttisch, schnappte die Sporttasche und wandte sich zum Gehen.

»Du hast Nerven, bleib nicht so lange.«

Nach wenigen Minuten kam eine Frau mit langem weitem Popelinemantel und dunklem Kopftuch, das so gebunden war, dass kaum etwas vom Gesicht freiblieb, zurück.

Sally wandte sich schnell ab und vermied jeden Blickkontakt. Es musste ja nicht sein, dass die von ihr Notiz nahm und dies später den Bullen erzählen konnte.

»Jetzt du«, zischte die Verkleidete und drückte ihr die Sporttasche entgegen.

»Du?«, fragte Sally verwirrt.

»Wer sonst?«, prustete Rita. »Da vorne in der Toilette kannst du dich umziehen.« Dabei wies sie in den Waggon, in dem sie vorhin verschwunden war. »Beeil dich, wir fahren in sechs Minuten in Landau ein.«

Nach fünf Minuten, der Zug war gerade dabei, für die Einfahrt im Landauer Hauptbahnhof abzubremsen, kam Sally ebenfalls in langem dunklem Mantel und tief ins Gesicht gezogenem Kopftuch zurück.

»Schnell, du steigst jetzt gleich hier aus und ich weiter hinten im Zug. Man darf uns nicht zusammen sehen. Wir treffen uns da, wo früher der *Kaufhof* war. Schnell und nicht nach oben in die Kameras schauen.« Rita zupfte noch Sallys Kopftuch etwas weiter in ihr Gesicht und ging ohne Hast Richtung Zugende davon.

*

»Wir haben sie«, jubilierte Bertling, als sie auf Achill zugelaufen kam.

»Wo? Wieso?«, fragte Achill.

»Eine Funkstreife der Neustadter Polizei hat Ritas Wagen auf dem Bahnhofsvorplatz gefunden.«

»Die fliehen mit dem Zug. Jetzt müssen wir nur noch rauskriegen, in welche Richtung.«

»Das haben die Kollegen schon. Es gibt Kameraaufnahmen von den beiden in der Bahnhofshalle. Und der Angestellte am Schalter kann sich erinnern, dass er den Frauen auf dem Überwachungsvideo Fahrkarten verkauft hat.«

»Und wohin?«

»Wusste er nicht mehr so genau, aber sie haben mit der EC-Karte bezahlt. Kann ja nur Ritas Karte sein. Das müsste sich in Kürze rekonstruieren lassen. Die Neustadter Kollegen lassen sich das Kassenjournal ausdrucken.«

»Shit, wir verlieren zu viel Zeit«, murrte Achill. »Wir können nicht auf gut Glück alle Bahnhöfe in den vier Himmelsrichtungen eng überwachen.«

*

Völlig außer Atem lief Sally aus dem Seiteneingang des Landauer Bahnhofs. Sie versuchte, das langsam und unauffällig zu tun, obwohl ihr Herz wummerte wie ein Presslufthammer.

Ohne Rita an ihrer Seite fühlte sie sich schwach und verlassen. Sie bewunderte sie für ihren Optimismus und ihr resolutes Auftreten. Sie wusste immer, was zu tun war, während sie sich selbst am liebsten in eine Ecke kauern würde. Ihre Rippe schmerzte bei jeder Bewegung, ein untrügliches Zeichen, dass die Wirkung der Schmerztabletten, die ihr Rita gegeben hatte, nachließ.

Für einen Augenblick kämpfte sie damit, sich einfach am Bahnhofschalter zu melden und den Mann an der Info zu bitten, die Polizei zu verständigen. Sie konnte nicht mehr.

*

»Habt ihr was?«, fragte Achill einen der Kriminaltechniker, als er in Ritas Arbeitszimmer kam und sah, wie einer davon auf Ritas Laptop herumtippte und offensichtlich das Passwort geknackt hatte.

Der zog nur die Augenbrauen hoch und schnaubte. »Nee, wir haben nichts und so, wie's aussieht, werden wir auch nichts Besonderes finden. Auf dem Laptop sind nur die üblichen Dinge, ein paar private Briefe, einige Fotos, ein E-Mail-Account. Die hat das spontan getan, da gibt's keine Absprachen und keine Korrespondenz zwischen ihr und dieser Sally. Es gibt nichts, was auf eine geplante Flucht hindeutet.«

In diesem Augenblick eilte Bertling ins Zimmer. »Der Provider hat sich gemeldet. Sie haben das Handy mehrfach trianguliert. Es ist in Bewegung, und zwar von Neustadt ausgehend Richtung Süden. Das, was die Kollegen noch vom Neustadter Bahnhof nachgeliefert haben, passt dazu. Sie haben sich Fahrkarten nach Wissembourg besorgt.«

»Mhm, die setzen sich nach Frankreich ab – logisch. Und ich wette, danach geht's weiter in Sallys Heimat nach Spanien«, erwiderte Achill.

Bertling nickte.

»Wir müssen sie unbedingt kriegen, bevor sie über die Grenze sind. Bis wir die Franzosen dazu gebracht haben einzugreifen, sind sie über alle Berge.«

Während Achills letzten Worten tippte Bertling schon etwas in ihren Tablet-PC. Nach ein paar Klicks begann sie, laut vorzulesen. »Die sind mit dem 16.36-Uhr-Zug gefahren …« Sie blickte kurz auf ihre Armbanduhr. »Dürften vor sieben Minuten Landau passiert haben. In 24 Minuten wird ihr letzter deutscher Halt in Schweighofen sein. Fünf Minuten später sind sie schon in Frankreich.«

»Shit, das wird eng. Das schaffen nur noch die Bad Bergzaberner Kollegen. Für uns wird das auf keinen Fall reichen.«

»Ja, so sehe ich das auch.«

»Ich werde sie bitten, den Zug zu stoppen und nach den beiden zu durchsuchen«, sagte Achill und griff nach dem Smartphone.

54 TAUCHGANG

Donnerstag, 27. April 2023, 17.15 Uhr

Als Sally am vereinbarten Ort vor dem ehemaligen Kaufhofgebäude unweit des Bahnhofes ankam, wurde sie unvermittelt in eine Ecke am Ende des Bauzaunes gezogen.

»Psst, ich bin's nur«, beruhigte Rita sie.

»Sind sie hinter uns her?«

»Nein, nicht direkt. Natürlich suchen sie uns. Ich vermute, dass sie gerade damit beschäftigt sind, sich mit ihren Elsässer Kollegen herumzustreiten, wie der Zugriff in Wissembourg aussehen soll. Das wird 'ne Menge Ärger und Diskussionen geben.« Rita grinste dabei spöttisch.

»Aber wieso, warum sollten sie nicht hier nach uns suchen?«

»Weil wir offiziell noch im Zug sitzen. Besser gesagt auf der Zugtoilette.«

»Wie? Ich versteh grad gar nichts.«

Rita lachte. »Na ja, wenn du's genau wissen willst. Mein angeschaltetes Handy liegt dort tief unter den Papierhandtüchern im Abfallbehälter.«

»Du meinst, sie haben es geortet?«

»Klar doch, das ist immer das Erste, das sie tun, wenn sie jemanden kriegen wollen.«

»Und jetzt?«

»Hmm, die gute Nachricht ist, dass wir für die nächste halbe Stunde hier vor ihnen Ruhe haben werden, da sie uns noch im Zug vermuten. Aber dann müssen wir untergetaucht sein.«

»Was meinst du mit untergetaucht? Wo sollen wir nur hin?«

»Ich bin mir nicht sicher, ob wir das überhaupt müssen. Vielleicht meinte das André ja ernst, dass er dich raushaut und beweisen kann, dass du deinem Ex nicht die Birne zu Matsch geschossen hast.«

Sallys Züge verfinsterten sich. Offensichtlich missfiel ihr die Wortwahl.

»Sorry, das war grob von mir.«

»Aber dieser Arsch hat uns an die Polizei verraten. Der war nur bei dir, um sie zu uns zu führen«, platzte es aus Sally heraus.

»Ich bin mir da nicht so sicher. Um sie zu uns zu führen, hätte er einfach nur meine Adresse an sie weitergeben müssen. Das hätte gereicht. Vielleicht hat er es ja wirklich gut gemeint, und sie sind ihm gefolgt.«

»Hmm.« Sally schien Ritas Schlussfolgerung nicht zu trauen.

»Der ist viel zu eitel, diesen Fall nicht selbst lösen zu wollen. Der zeigt nicht jemanden an, wenn es einen Fall komplett zu lösen gilt. Da ist er wie ein Terrier, der erst dann loslässt, wenn er die komplette Lösung hat.«

*

André war fertig mit seinen Vorbereitungen. Er hatte alles, was er brauchte, in einen großen Plastikbeutel gepackt. Um nicht gesehen zu werden, musste er sich eine Zeit aussuchen, die tief in der Nacht lag. Er hatte entschieden, gegen 3 Uhr loszugehen.

*

Achill hatte das Jagdfieber gepackt. Mit Blaulicht und Martinshorn steuerte er das Zivilfahrzeug mit Bertling neben sich mit halsbrecherischer Geschwindigkeit nach Süden auf den Grenzort Schweighofen zu.

»Übertreib's nicht. Du wirst es nicht schaffen, den Zug einzuholen. Von hier nach Schweighofen braucht man normal 'ne Dreiviertelstunde.«

»Normal, normal, das hier ist nicht normal, wir verfolgen eine entkommene Mordverdächtige«, zischte Achill ungehalten und startete ein riskantes Überholmanöver, um an einem Lkw vorbeizukommen.

Bertling schüttelte mit säuerlichem Gesichtsausdruck den Kopf.

»Ruf noch mal bei den Bad Bergzaberner Kollegen an, ob sie es rechtzeitig schaffen.«

»Das wäre dann schon das dritte Mal.«

»Egal, sie sollen den Zug umstellen und gewährleisten, dass niemand aussteigt.«

Bertling schüttelte erneut den Kopf und wählte auf ihrem Smartphone die entsprechende Nummer.

»Die werden es sicher schaffen, haben wohl zehn Mann zusammengekratzt und die Bahn angewiesen, die Zugtüren auf keinen Fall zu öffnen.«

Achill stöhnte. »Die Bahn, die Bahn – sich auf die zu verlassen, ist wie *Lotto* zu spielen.«

*

Sally und Rita hatten sich entschlossen, mit dem Bus weiterzufahren. Sie wollten zunächst etwas Raum zwischen sich und die Bahnstrecke Neustadt-Wissembourg bringen und hatten sich für die Direktverbindung von Landau Richtung Speyer entschieden. Dort standen ihnen verschiedene Optionen offen. Man konnte über Schifferstadt oder Ludwigshafen wieder an die Weinstraße zurück oder via Mannheim eine der großen ICE-Strecken ins Ausland nutzen. So jedenfalls Ritas Argumentation.

*

Achill glich einem Bullterrier im Blutrausch. Seine Fahrmanöver wurden immer waghalsiger.

»Du fährst jetzt manierlich, oder ich steige aus!«, herrschte ihn Bertling an. »Du bist ja wie von Sinnen.«

»Ach was«, entgegnete er trotzig, nahm aber dennoch den Fuß etwas vom Gas.

Vor ihnen waren schon die ersten Häuser von Schweighofen in Sicht.

»Wir müssen durch den Ort, der Bahnhof liegt dahinter an der Bahnstrecke im Grünen«, sagte Bertling, ihr Tablet auf den Knien.

Achill brummte ungehalten. Ihm missfiel die Vorstellung, nun noch einen Ort im Kriechtempo durchqueren zu müssen.

»Es ist übrigens kein richtiger Bahnhof. Es ist einfach nur ein kleines offenes Wartehäuschen direkt an der eingleisigen Strecke.«

»Wenigstens das und nicht noch ein überfüllter Bahnhof mit einer Kompanie von Fahrgästen.«

Bertling grinste. Sie hatte ein Foto des Bahnhofs auf ihrem Tablet-Display vor sich. »Du wirst eher die Sorge haben, ihn zu finden, so klein, wie der ist.«

Als sie den Ort durchquert hatten und auf dem Sträßchen durch die Felder rauschten, packte es Achill erneut. »Und wo ist er nun, dein Bahnhof?«

»Mann, du nervst. Noch 500 Meter.«

Tatsächlich erreichten sie kurz darauf eine Stelle, an der mehrere Streifenwagen parkten.

Achill ließ den Wagen kurzerhand am Straßenrand stehen und rannte in Richtung der Bahnstrecke. Bertling hatte Mühe, ihm zu folgen.

Ganz im Kontrast zu seiner Hektik standen auf dem kleinen Bahnsteig einige gelangweilte Polizisten herum. Zwei hatten es sich auf einer Bank im Wartehäuschen bequem gemacht. Zwei weitere saßen auf einem Baumstamm gegenüber dem Bahnsteig auf der anderen Seite der einspurigen Strecke.

»Was wird das hier? Habt ihr ihn durchfahren lassen?«, blökte Achill zornig.

Der angesprochene Beamte zog die Augenbrauen hoch. Er wirkte genervt von der Attacke des Ludwigshafener Großstadtpolizisten. »Hajo, bis ma noch unnerwägs unser Friehstück gekaaft hän, war er schunn durch«, sagte er ruhig im typischen Südpfälzer Dialekt. Seine Kollegen lachten und schienen den verärgerten Blick Achills zu genießen.

»Echt jetzt?«, fragte Bertling und kam damit einem Wutausbruch Achills zuvor.

»Nä, nadierlich nidd. Mir stehen uns do schun ä halwie Stund die Bä in de Bauch. Die Bohn, unser Unnernehmen Zukunft, hott mol widder Verspedung.« Er schaute auf die Armbanduhr. »Er misst in fünf Minudde do soi.«

Achill schluckte das, was er eigentlich sagen wollte, hinunter und fuhr mit ruhigerer Stimme fort. »Also, wir suchen zwei Frauen Mitte 40. Ich will, dass an jeder Tür des Zuges mindestens ein Beamter steht. Niemand steigt aus, ehe wir fertig sind. Kollegin Bertling und ich, denen die Personen persönlich bekannt sind, werden durch den Zug gehen, sie finden und festnehmen.«

»Geht klar«, antwortete der Polizist etwas gequält.

In diesem Augenblick war ein leises Pfeifen von den Schienen der Bahnstrecke zu vernehmen.

»Achtung, er kommt«, sagte Achill und schaute nach rechts die Schienen entlang.

»Awwer vunn do«, entgegnete der Beamte und wies nach links.

Achill grunzte säuerlich.

Tatsächlich war links von ihnen, einige 100 Meter entfernt, die Schnauze eines Zuges zu erkennen, der gerade mit dem typischen Kreischen der Bremsen seine Ankunft ankündigte.

»Wir steigen vorne ein und gehen nach hinten durch«, sagte Achill, an Bertling gewandt. »Und Sie lassen niemanden raus, noch nicht mal den Schaffner, bis ich Ihnen das ausdrücklich erlaube.«

Der Polizist nickte nur. Offensichtlich hatte er Mühe, sich eine spitze Bemerkung zu verkneifen.

*

»Ich wusste es, du willst nur von ihm hören, dass er uns nicht verraten hat, auch wenn es uns hinter Gitter bringt. Deine Beziehung zu ihm steht vor unserer Sicherheit«, murrte Sally. Offensichtlich hatte sie dazu ihre letzten

Kräfte mobilisiert, denn während der Busfahrt hatte sie vor sich hin gedöst und mit schmerzverzerrtem Gesicht ihre Hand auf die lädierte Rippe gelegt.

»Quatsch, ich glaube nur an das Gute in ihm, und er ist der Einzige, der dich da wirklich raushauen kann.«

Sally verzog grimmig das Gesicht. »Wenn du dich da mal nicht täuschst. Ohne ihn würde ich gemütlich bei dir auf der Couch liegen. Und so …« Sie schaute gequält. »Ich hab Schmerzen, bin hungrig und ekle mich gerade vor mir selbst in diesen widerlich stinkenden Klamotten.« Sie zupfte an ihrem alten, zerknitterten Mantel. »Mir ist es mittlerweile fast egal, ob sie mich zu fassen kriegen. Schlimmer ist es im Gefängnis auch nicht.«

»Hör auf, so was zu sagen. Wir gehen jetzt da rein und bitten ihn um Hilfe. Er ist nicht so, wie du denkst.«

Obwohl sie nur wenige Meter vor Andrés Haus standen, war Sally stur und blieb wie ein störrisches Kind stehen.

»Dir geht's doch nur darum, deine komische Romanze mit ihm wieder aufleben zu lassen.«

»Von der du profitierst. Ist dir nicht klar, dass ich nur deinetwegen in dieser Lage bin? Also komm schon!«

*

Achill prüfte seine Dienstwaffe und postierte sich mit Bertling im Rücken direkt vor der Waggontür des ersten Wagens. Als sie sich öffnete, stand innen ein Schaffner der Bundesbahn vor ihm.

»Was haben Sie vor?«, fragte er.

Achill schob ihn, ohne ihn eines Wortes zu würdigen, aus dem Weg. Er schnarrte nur: »Alle bleiben drin!«, ehe er und Bertling ins Innere traten.

Die Fahrgäste – allesamt Tagesausflügler – staunten nicht schlecht, als beide mit den Worten »Polizeikontrolle« den Fahrgastraum betraten.

Langsam, jeden, der es nicht ohnehin schon tat, auffordernd, sie anzusehen, gingen sie von Platz zu Platz. Achill hatte sich den rechten Sitzreihen zugewandt, Bertling den linken.

In einem Fall war sich Achill unsicher und gab Bertling, die Rita besser kannte als er, ein Zeichen, sich eine Frau in Wanderoutfit genauer anzuschauen. Aber Bertling gab ihm durch ein Kopfschütteln zu verstehen, dass er falschlag.

Mit jedem Waggon, den sie durchstreiften, steigerten sich Achills Unbehagen und seine schlechte Laune.

In jedem Waggonübergang machte er mit Flüchen seinem Unmut Luft.

Sie hatten nur noch einen Waggon vor sich, aber unmittelbar vor ihnen lag das verschlossene Toilettenabteil. Der Besetzthinweis am Türschloss ließ bei ihm Hoffnung aufkeimen. Er klopfte. »Aufmachen bitte, Polizeikontrolle.«

»Muss das sein?«, hörte er eine Frauenstimme von innen. »Geht jetzt nicht.«

»Sofort aufmachen!«, sagte er nun drängender, während Bertling die Augen verdrehte und ihm die Hand auf den Unterarm legte.

Man hörte, wie das Schloss ein scharrendes Geräusch von sich gab. Kurz darauf öffnete sich die Tür. Eine junge Frau streckte erschreckt den Kopf heraus, auf der Toilette saß ein kleiner Junge. »Mann, Sie sind unmöglich«, zischte sie.

»’tschuldigung.« Achill wandte sich ab.

Auch im letzten Waggon wurden sie nicht fündig.

»Verdammte Scheiße!«, schrie Achill, während sie durch die Waggontür ins Freie traten.

Bertling zog es vor zu schweigen. Sie hatte keine Lust, Achills Unmut auf sich zu ziehen.

»Kannst du noch mal den Provider bitten zu triangulieren, oder haben es unsere Leute endlich geschafft, dieses verdammte Smartphone zu hacken und die GPS-Daten auszulesen?«

Bertling hatte schon das Smartphone am Ohr und telefonierte mit ihrem Kollegen Jonas, bei dem im Präsidium die Fäden dieser Polizeiaktion zusammenliefen. Sie wandte sich ab, um sich Achills giftigen Äußerungen zu entziehen, der nun seinen Frust an den anderen Beamten ausließ.

*

Ritas Knie wurden weich. Sie zögerte, ehe sie Andrés Klingelknopf betätigte, tat es aber dann doch. Wie würde er reagieren, würde es eine kalte Abfuhr geben, oder lauerte sogar einer von Andrés Bullenfreunden hier auf sie?

Sie hörte undeutlich, wie im Haus eine Frauenstimme »Alter Mann, deine Flamme steht vor der Tür« flötete.

Kurz darauf ertönte der Summer, und sie konnten in den kleinen Hof eintreten. Wieder musste sie Sally wie einen sturen Maulesel hinter sich herziehen.

André kam ihr mit erstauntem Blick auf dem Hof entgegen. »Wie seht ihr denn aus?«, fragte er und musterte ihren seltsamen Aufzug.

»So wie eben Leute aussehen, die du an die Bullen verpfeifst.«

Das in Andrés Gesicht geschriebene Erstaunen steigerte sich und schien es nun mit riesigen Fragezeichen zu überziehen.

»Ich … ich hab doch nicht … Wie kommst du darauf? Ich würde so was nie tun.«

Rita grinste spöttisch. »Und warum hat uns dann dein Busenfreund Achill, kurz nachdem du da warst, wie Tiere gehetzt?«

André schluckte. »Ich hab keine Ahnung. Wieso wusste er …? Du meinst, ich hätte …?«

»Könnten wir dieses angeregte Gespräch vielleicht drinnen fortsetzen? Ich darf dich erinnern, wir werden gesucht. Oder wartet in deinem Haus die Polizei auf uns?«

»Nein, natürlich nicht.«

»Was jetzt?«, fragte Rita süffisant schmunzelnd.

»Natürlich bitte ich euch rein, und natürlich wartet da nicht die Polizei auf euch, nur Irina, meine Mieterin, ist da. Du kennst sie ja.«

»Ja klar, die junge Dame mit den Rasierklingen auf der Zunge.«

André hatte allmählich seine Fassung wiedergefunden und grinste seinerseits. »Ich fürchte, es zieht immer solche Frauen in meine Umgebung.«

»Das mit den Rasierklingen hab ich gehört«, zischte Irina mit gespieltem Ärger, als sie eintraten. »Wow, Waste-Fashion«, spottete sie, als sie die beiden musterte.

»Also, bevor ich euch etwas anbiete, ist es mir sehr wichtig klarzustellen, dass ich euch nicht verpfiffen habe. Ich schwöre es dir.« André strich Rita dabei liebevoll über den Oberarm.

Rita nahm diese Geste mit einem dankbaren Lächeln zur Kenntnis.

»Ganz im Gegenteil, ich arbeite auf Hochtouren daran, deine Unschuld zu beweisen«, sagte er, an Sally gerichtet. »Ich hoffe, dass dieser Spuk morgen um diese Zeit vorbei ist.«

»Darf ich euch was zu trinken und zu essen anbieten, während das Empathiewunder hier neben mir noch mit der Sachverhaltsklärung beschäftigt ist?«

»Das ist lieb von dir, aber wir möchten dich nicht in die Sache reinziehen, du bist gerade im Begriff, eine Mordverdächtige zu bewirten«, warf Rita ein.

»In irgendwas mit reingezogen zu werden, gehört mittlerweile zu meinem Standardrepertoire. Und wenn mein Mitbewohner hier sagt, du wärst unschuldig, dann glaube ich ihm.«

Sally schluckte. Eine Träne rollte ihr über die Wange. »Danke.«

Während André sich aufmachte, Getränke und allerhand Essbares auf den Tisch zu zaubern, blickte Irina mitleidig auf das Outfit der beiden Frauen. »Wollt ihr euch frischmachen und was Anständiges anziehen?«

Sally nickte und schaute Irina dankbar an.

»Geh du zuerst«, erwiderte Rita an Sally gerichtet. »Und vielleicht findet ihr ja noch ein paar Schmerztabletten für sie, ihre Rippe macht ihr Probleme.«

»Sorry dafür«, sagte André, der sich angesprochen fühlte. Schließlich hatte er ihr diese Blessur bei der Rettungsaktion aus dem Weintank zugefügt.

Als Sally und Irina nach oben verschwunden waren, stellte sich eine seltsame Atmosphäre ein. Rita und André standen sich schweigend gegenüber. Als sich ihre Blicke trafen, rollte Rita, die sonst nichts erschüttern konnte, eine Träne über die Wange. André errötete. Ohne etwas mit dem Auftauchen Achills bewusst zu tun zu haben, war es ihm peinlich, dass er nun dastand, als sei er ein Spitzel und Verräter.

»Ich … ich …« Ehe er weitersprechen konnte, ging Rita auf ihn zu und legte ihm den Zeigefinger über die Lippen.

»Ich vertraue dir, und diese Berührung vorhin fühlte sich gut an.« Sie trat noch einen Schritt auf ihn zu und küsste ihn unvermittelt auf den Mund.

André war überrascht. Er erwiderte ihren Kuss und legte beide Arme fest um sie.

*

»Der Zugriff auf das Smartphone und die GPS-Standortdaten hat geklappt.« Bertling hielt Achill ihr Tablet unter die Nase.

Sie zog das Satellitenbild mit der roten tropfenförmigen Zielmarke darauf größer, sodass sie beide den Standort von Ritas Handy problemlos identifizieren konnten.

»Das ist hier, genau hier«, tönte Achill mit einer Mischung aus Verwunderung und Empörung. »Aber wieso ist sie denn nirgends?«

»Na ja, sie war wohl so clever, das Smartphone irgendwo im Zug zu deponieren und auszusteigen.«

»So ein Mist. Die ist nicht dumm«, kommentierte Achill.

»Oder sie liest gerne Krimis, mittlerweile kannst du dort ja zu allem etwas finden.«

»Das heißt, sie sind irgendwo zwischen Neustadt und hier ausgestiegen. Und haben nun rund eine Stunde Vorsprung. Das bedeutet: Das Suchgebiet reicht vom Westen in Kaiserslautern bis Mannheim im Osten oder Bad Bergzabern im Süden bis Worms im Norden. Also kurz gesagt, die komplette Pfalz.«

»Oder sie sind irgendwo geblieben und haben sich versteckt«, ergänzte Bertling.

»Ohne fremde Hilfe wird es mittelfristig schwierig für die zwei. Sie haben nun kein Smartphone mehr, auch mit Bargeld wird es nicht so üppig sein, Karten können sie nicht einsetzen, und spätestens jetzt haben sie Hunger und Durst. Zudem ist Sally auch noch gesundheitlich angeschlagen.«

Bertling nickte und wischte auf ihrem Laptop hin und her. »Hier ist die Bahnstrecke, von Neustadt bis hierher. Wo würdest du aussteigen?«

Achill schaute aufs Display und folgte mit dem Finger der Strecke auf dem Netzplan. »Ich denke, die kleinen Bahnhöfe ohne Anschlussverbindungen können wir ausschließen. Dann bleiben nur Landau und Winden. Von Winden kann man nach Karlsruhe kommen und von Landau nach Karlsruhe, Pirmasens und Kaiserslautern.«

»… und mit einer Busdirektverbindung nach Speyer«, ergänzte Bertling mit bedeutungsvoller Miene.

»Du meinst …?«

»Na ja, eigentlich ja, aber nach unserem Auftauchen in Hambach denkt sie bestimmt, André hätte sie verpfiffen.«

»Stimmt«, bestätigte Achill. »Also können wir das ausschließen.«

»Und was ist, wenn sie nur das Handy im Zug deponiert haben und direkt in Neustadt wieder ausgestiegen sind?«

»Das hätten wir auf dem Überwachungsvideo in Neustadt sehen müssen.«

»Okay, dann schließen wir das auch aus. Bleibt noch die Möglichkeit, dass sie irgendwo nach Neustadt den Zug verlassen haben und einfach die Fahrtrichtung gewechselt haben. Das heißt, jetzt vielleicht in Deidesheim oder Bad Dürkheim untergetaucht sind. Sally müsste dort ortskundig sein.«

Achill räusperte sich. »Hmm, dann hätten sie nach Neustadt zurückfahren müssen und dort umsteigen. Alle Züge, die von Süden kommen, enden hier.«

»Unwahrscheinlich. Sie haben in Neustadt so viele Spuren gelegt, denk nur an das abgestellte Auto und die Fahrkarten und so weiter. Sie mussten ahnen, dass wir dort alles auf links drehen.«

Achill nickte. »Das stimmt. Bleibt noch, dass sie an irgendeinem verträumten Bahnhof ausgestiegen sind, eine Stunde gewartet haben und dann wieder in den folgenden Zug nach Wissembourg eingestiegen sind.«

»Na ja, solange wir den hier auf dem Gleis festhalten, ist der Weg auch versperrt.« Bertling wies mit der Hand auf den Zug hinter ihnen.

»Den müssen wir aber fahren lassen. Wir können ihn nicht ewig hier festhalten.«

»Ich kläre das.« Achill drehte sich zu den Beamten aus Bad Bergzabern um. »Bitte durchsucht den Zug nach einem herrenlosen Smartphone, so was liegt normalerweise in den Mülleimern oder irgendwelchen herrenlosen Taschen. Wenn ihr es gefunden habt, lasst den Zug weiterfahren und bringt es ins Polizeipräsidium nach Ludwigshafen. Den nachfolgenden Zug nach Wissembourg solltet ihr hier ebenfalls stoppen und nach den Verdächtigen durchsuchen. Meine Kollegin hier wird euch die Fotos der Zielpersonen gleich mailen. Von ihr erhaltet ihr auch unsere Kontaktdaten. Ich will über alle weiteren Erkenntnisse kurzfristig informiert werden. Wir werden uns in Landau umschauen.«

Der Beamte nickte mit mürrischem Gesichtsausdruck, verbiss sich aber jeden Kommentar.

Als sich Bertling und Achill zum Gehen wandten, hörten sie noch, wie der angesprochene Beamte mit den Worten »die Schnösel aus Ludwigshaffe wänn, dass ma ehr Erwed machen und ä Schmartfon suchen« seine Leute instruierte.

Bertling grinste. »Ich schätze, du hast dir heute hier keine Freunde gemacht.«

»Muss ich auch nicht. Dienst ist Dienst und muss nicht immer jedem gefallen.«

»So kann man's natürlich auch sehen«, erwiderte sie, schüttelte den Kopf und grinste schief.

*

Nach einer Viertelstunde kam Sally geduscht und in frischen Kleidern nach unten.

An Rita gewandt sagte sie: »Irina war so lieb, mir ein paar Kleider zu leihen.«

»Leider sind wir bei den Schmerzmitteln nicht so gut sortiert«, sagte Irina und legte eine fast leere Blisterpackung auf den Tisch neben Sallys Teller.

»Jetzt du«, sagte André zu Rita. »Ihr müsst so schnell wie möglich wieder von hier weg. Es ist zu gefährlich. Ich würde mich nicht wundern, wenn Achill hier nachher noch vorbeischneien würde. Ich bin die einzige Verbindung zu euch, die er hat.«

Rita nickte und folgte Irina nach oben, während sich

Sally an den Lebensmitteln und Getränken auf dem Tisch bediente.

*

»Und was hast du jetzt genau vor?«, fragte Bertling, als sie wieder im Auto saßen.

»Na ja, ich denke, wir sollten mal am Landauer Bahnhof mit dem Aufsichtspersonal sprechen und uns die Aufnahmen der Überwachungskameras ansehen. Könntest du bitte Jonas im Präsidium anrufen und ihn bitten, sich die Überwachungsaufnahmen vom Bahnhof in Winden anzuschauen.«

Achill entging nicht, dass Bertling demonstrativ auf ihre Armbanduhr schaute.

»Dann macht er eben ein paar Überstunden, hier geht's um die Wurst.«

*

Unterdessen war auch Rita geduscht und neu eingekleidet heruntergekommen. Um nicht direkt erkannt zu werden, hatte Irina sie und Sally mit Sonnenbrillen und Kappen ausgestattet.

»Siehst pfiffig aus«, sagte André breit lächelnd an Rita gewandt.

Irina gab sich wenig Mühe, ein Kopfschütteln zu verbergen.

»Was habt ihr vor, wo werdet ihr übernachten?«, fragte André besorgt. Ihm gefiel es ganz und gar nicht, die beiden Frauen wegschicken zu müssen.

Rita setzte an, etwas zu sagen, aber Sally kam ihr zuvor.

»Ich brauche ein vertrautes Umfeld, ich will in kein Hotel. Wir fahren nach Deidesheim und schlafen in unserem Wingerthäusel.«

»Wie, ihr habt ein Wingerthaus? Aber da wird man euch doch zuerst suchen?«, warf André ein.

»Nein, es gehört uns nicht. Eigentümer ist ein früher mit Kuno befreundeter Winzer. Er hat schon lange den Weinbau aufgegeben und ist mittlerweile fast 90 Jahre alt. Er hat es uns überlassen, und Kuno hat ihm als Gegenleistung immer ein paar Kisten Wein zu Martini geschickt. Aber alles nur per Handschlag, nichts Offizielles.«

»Hmm, und wie sieht's da aus?«, fragte Rita.

»Ganz gut, wir haben es uns einigermaßen wohnlich eingerichtet. Es gibt darin einen Tisch, ein paar Stühle und ein Bett. Dazu einen Kühlschrank und fließendes Wasser. Wahrscheinlich stehen da auch noch ein paar Weinflaschen rum.«

»Und gibt es so was wie Nachbarn?«, schaltete sich nun wieder André ein.

»Nein, natürlich nicht. Es steht mitten in den Weinbergen, mindestens einen Kilometer von den letzten Häusern entfernt unterhalb des Zugangs zum Sensental.«

»Hmm. Klingt nicht schlecht. Lasst uns alles, was ihr für ein oder zwei Tage braucht, zusammenpacken, und ich fahr euch hin.«

»Aber …«, setzte Rita an.

»Nichts aber. So machen wir's«, unterbrach André sie.

»Ich meine, was ist, wenn sie dir wieder folgen oder dich sonst wie orten? Vielleicht haben sie ja dein Auto mit GPS-Sendern verwanzt.«

André schluckte bei dem Gedanken, dass ihm Achill so einen Sender untergejubelt haben könnte.

»Rita hat recht. *Ich* fahr euch hin«, mischte sich Irina ein.

»Kommt gar nicht infrage, beim letzten Mal, als du dich so weit vorgewagt hast und sie dich geschnappt haben, hätten sie dich beinahe ausgewiesen.«

Nun war es Irina, die schluckte.

»Ich werde fahren, und du leihst mir dein Auto.«

*

Jonas hatte sich breitschlagen lassen, noch nach Winden zu fahren und die Videoaufnahmen der Überwachungskameras am Bahnhof einzusehen.

Achill und Bertling waren mittlerweile in Landau angekommen. »Bevor wir zur Aufsicht gehen und sie bitten, uns die Videos zu zeigen, werden wir uns ein Bild von der Gesamtanlage machen«, verkündete Achill und marschierte im Stechschritt durch die völlig überdimensionierte Bahnhofshalle aus den Sechzigern, als der Landauer Bahnhof noch ein bedeutenderer Knotenpunkt gewesen war. Heute schien er fast wie eine Fassade aus einer für Filmaufnahmen aufgebauten Westernstadt, bei denen man hinter den Gebäudefronten kaum noch etwas vorfand. Durchschritt man ihn, landete man quasi auf einem Stoppelacker, auf dem drei armselige Plattformen zwischen den Gleisen verliefen.

Wachsam hielt Achill nach den Überwachungskameras Ausschau. Zweimal sprach er auf den Bahnsteigen herumlaufende Bahnangestellte an und zeigte ihnen die Fotos von Rita und Sally. Er erntete aber nur Kopfschütteln.

Kurz darauf saßen sie im Büro der Aufsichtsführenden. »Wir würden uns gerne die Videoaufnahmen anschauen, die die Einfahrt und Abfahrt des Zuges von Neustadt nach

Wissembourg um 15.57 beziehungsweise 15.58 Uhr zeigen.«

»Haben Sie eine richterliche Verfügung?«, gab die Frau missgelaunt zurück.

»Die brauchen wir nicht. Es ist Gefahr in Verzug. Es geht um eine flüchtige Mordverdächtige«, erwiderte Achill ebenfalls übellaunig.

»Aber …«, setzte die Bahnangestellte an, wurde aber von Achill harsch unterbrochen.

»Möchten Sie persönlich die Verantwortung dafür übernehmen, dass möglicherweise gerade eine Mörderin in einem Ihrer Züge ihr Unwesen treibt?«

Die Dame schluckte. »Moment.« Sie wandte sich einem Bildschirm zu und tippte etwas ein.

Sekunden später flimmerte ein grobkörniges Bild einer auf einen leeren Bahnsteig gerichteten Kamera auf. Oben im Display war die Uhrzeit 15.50 Uhr eingeblendet. Sie klickte mit der Mouse auf einen Button, der mit »schneller Vorlauf« beschriftet war. Langsam füllte sich der Bahnsteig mit einer Handvoll Fahrgästen. Die Anzeige rauschte an ihnen vorüber, bis 16.04 Uhr endlich ein Zug einfuhr.

»Hatte ein bisschen Verspätung«, kommentierte die Angestellte.

»Bitte jetzt langsamer laufen lassen«, bat Bertling und starrte wie gebannt auf den Bildschirm.

Ein paar Fahrgäste stiegen aus, andere ein. Einen offensichtlichen Match mit Rita und Sally gab es nicht. Es gab weder zwei Frauen, die gemeinsam ausstiegen, noch sah jemand einer der beiden ähnlich.

»Hmm«, brummte Achill enttäuscht.

»Könnten Sie das noch mal wiederholen?«, bat Bertling, und die Angestellte folgte der Aufforderung.

»Geht's in Zeitlupe?«

Die Fahrgäste stiegen nun quälend langsam ein und aus, aber noch immer ergab sich keine Übereinstimmung.

»Shit«, knurrte Achill.

»Könnten Sie noch mal?«, fragte Bertling. »Mir ist da was aufgefallen.«

Wieder begann die Sequenz von vorne. »Stopp!« Die Bahnangestellte stoppte die Wiedergabe, und das Bild gefror. »Hier, diese Frau, die aussieht wie eine Muslima«, sagte sie und wies mit dem Fingernagel auf die angesprochene Person.

»Was willst du da sehen? Das ist offensichtlich eine Muslimin mit Kopftuch, und sie schaut Richtung Boden. Vom Gesicht erkennt man rein gar nichts.«

»Stimmt, aber sie hielt beim Aussteigen die Hand auf die Rippen gepresst, als hätte sie Schmerzen.«

Die Angestellte spielte die Sequenz noch zweimal ab und tatsächlich hielt die Aussteigende die Hand unterhalb der Brust auf den Leib gepresst.

»Hmm, könnte sein. Aber warum ist sie allein?«

»Lassen Sie uns noch mal ganz langsam die gesamte Sequenz anschauen. Vielleicht gibt es ja noch so eine Verkleidete«, bat Bertling.

Wieder flimmerte die Sequenz in Zeitlupe über das Display.

»Da«, schrie nun Achill und wies auf eine ebenso gekleidete Frau am anderen Ende des Zuges. Auch ihr Gesicht war nicht zu erkennen. »Das sind sie«, triumphierte er.

*

Unterdessen hatten die beiden Frauen ein kräftiges Mahl zu sich genommen. Sally hatte gleich alle Schmerztabletten auf einmal geschluckt. Man sah ihr an, dass der strapaziöse Tag die Schmerzen an ihrer Rippe wieder angefacht hatte.

Während sie sich stärkten, hatten Irina und André alles Mögliche für sie eingepackt – Verpflegung, Getränke, Hygieneartikel und Unterwäsche zum Wechseln.

»So, wir sollten jetzt los«, drängte André, als Rita die Gabel ablegte. Irina drückte ihm ihren Zündschlüssel in die Hand. »Aber heil zurückbringen, alter Mann.«

*

»Wir brauchen die Aufnahmen aller sinnvollen Verbindungszüge ab hier, die kurz nach dieser Szene weggefahren sind.«

»Ich hab gleich Feierabend«, beschwerte sich die Bahnangestellte.

»Dann sollten Sie sich beeilen, uns das entsprechende Material zu zeigen.«

»Also, da hätten wir den 16.25-Uhr-Zug nach Neustadt, den 16.28er nach Annweiler und den 16.38er Richtung Karlsruhe. Mehr Richtungen gibt es hier nicht. Eine Stunde später wiederholt sich alles«, erläuterte sie und ließ die beiden ihren Missmut spüren.

»Okay, dann starten wir mit dem Zug nach Karlsruhe«, wies Achill sie an.

*

Indessen waren André und die beiden Frauen in Deidesheim am besagten Wingerthäuschen angekommen.

»Wow, das ist ja ein Schmuckstück«, sagte André und

ließ seinen Blick über das hübsche kleine Sandsteinhaus mit den gotischen Tür- und Fensterlaibungen gleiten.

Er wies die Frauen an, im Wagen sitzen zu bleiben, und ging um das Gebäude herum. Er klopfte an die Haustür. Als sich niemand meldete, warf er noch einen Blick über die gut einsehbaren Wege zum Ort und in die Weinberge. Als er sich sicher war, dass ihnen keiner gefolgt und das Haus unbewohnt war, ließ er sie aussteigen.

*

Die Sichtung der grieseligen Videoaufnahmen war eine trostlose Angelegenheit gewesen. Und dies bezog sich sowohl auf die brennenden Augen, die sich bei längerem Hinstarren auf das schlechte Filmmaterial einstellten, als auch auf die fehlende Ausbeute.

Das Passagieraufkommen war nachmittags überschaubar, und alle drei stimmten überein, dass man weder Fahrgäste, die den beiden Frauen ähnelten, noch irgendwelche bis zur Unkenntlichkeit Verkleideten gefunden hatte.

»Das war wohl nix«, fasste Achill zusammen. »Jetzt müssen wir uns die Busse anschauen.«

»Ich hab jetzt Feierabend«, protestierte die Bahnangestellte.

»Gut, dann müssen wir das komplette Videomaterial beschlagnahmen und jetzt aufs Präsidium mitnehmen. Das gibt aber einen riesigen Schreibkram«, drohte Achill.

Die Bahnangestellte seufzte und klickte einige Dateiordner weiter, bis sie zu den Kameras des rechts vorm Bahnhofsgebäude liegenden kleinen Busbahnhofs kamen.

»Alle?«, fragte sie niedergeschlagen.

»Wir fangen mit dem Bus nach Speyer an«, antwortete Achill. »Wieder die Abfahrt, nachdem der Zug aus Neustadt angekommen war.«

Sie gehorchte, und kurz darauf sahen sie, dieses Mal wenigstens etwas weniger grobkörnig, das lang gezogene Dach des Busbahnhofs auf dem Bildschirm.

»Hier vorne, an der Ecke zur Straße hin, fährt er ab.« Sie unterstrich das Gesagte mit ihrem rot lackierten Fingernagel, der auf die betreffende Stelle zeigte. Noch war der Bus nicht da, und ein paar Fahrgäste warteten. Sie beschleunigte das Tempo. Allmählich tröpfelten weitere Reisende ein.

»Da!«, schrie Achill und wies auf eine Frau mit langem Mantel und tief ins Gesicht gezogenem Kopftuch. »Das ist die von vorhin, wieder starrt sie auf den Boden.«

»Und da kommt die andere und stellt sich möglichst weit weg von ihr«, triumphierte nun Bertling.

»Das sind sie wirklich«, stimmte nun auch die Bahnangestellte zu, ob aus ehrlicher Erkenntnis oder nur in der Hoffnung, endlich in den lang ersehnten Feierabend gehen zu können, blieb offen.

»Und wann war das?«, fragte Achill.

»16.29 Uhr, und der Bus braucht 46 Minuten bis zum Speyerer Hauptbahnhof, also bis 17.15 Uhr«, antwortete sie wie aus der Pistole geschossen.

Bertling schaute auf die Zeitanzeige ihres Tablets. »Jetzt ist es 18.05 Uhr. Das heißt, bis wir in einer halben Stunde in Speyer ankommen, ist es 18.35 Uhr, und sie haben dann 80 Minuten Vorsprung.«

»Mist. Eine lange Zeit, da kann viel passieren«, ergänzte Achill. »Dann mal los!«

55 LAZARETT

Donnerstag, 27. April 2023, 18.35 Uhr

»Und der Schlüssel?«, fragte André.

Sally kam ihm zuvor. Sie fischte im Blumentopf vor der Tür, zog einen altmodischen großen Bartschlüssel heraus und schloss die schwere Holztür auf.

Von innen quoll die typische feuchte, leicht muffige Luft heraus, wie sie häufig alten Gebäuden innewohnt.

Zu Andrés Erstaunen war das Häuschen aber ansonsten recht wohnlich eingerichtet. Ein schwerer Holztisch, zwei Stühle mit Bastgeflecht und ein breites Schlafsofa, das bequem auch zwei Personen Platz bot, aber aktuell mit großen Kissen als Sofa zum Sitzen hergerichtet war. Daneben auf einem Sideboard ein kleines UKW-Radio. In der Ecke stand ein geräumiger Schrank, der neben Bettzeug und Wolldecken auch ein Minimum an Verpflegung wie Salz, Zucker, einige Konserven und sonstige Basics beinhaltete. Die kleine Küchenzeile unterm Fenster hatte einen Kühlschrank, ein steinernes Waschbecken und einen zweiflammigen Gaskocher.

»Nicht schlecht«, gestand Rita, und ihr anfänglich skeptischer Gesichtsausdruck verflüchtigte sich.

»Ja, ist aus unseren besseren Zeiten. Wir hatten früher hier schöne Stunden verbracht. Es war wie Urlaub, wenn wir hier waren. Wegzufahren konnten wir uns eh nicht leisten.«

André sah, wie sie diese Worte schmerzten. Sie schien mit den Tränen zu kämpfen. Er fragte sich, was diese sanfte Frau so alles unter einem knorrigen, streitsüchtigen Typen wie Kuno Körber hatte erleiden müssen. Wahrscheinlich genug, dass es ausreichte, ihm den Tod zu wünschen.

Ein Grund mehr, seine Theorie konsequent zu verfolgen und die Polizei davon zu überzeugen.

»Ich hoffe, ihr habt nichts dagegen, wenn ich mich jetzt hinlege. Meine Rippe schmerzt sehr, und ich fühle mich elend. Es war heute alles zu viel für mich.«

»Warte, ich mach das mit dem Bettzeug«, erwiderte Rita.

André wurde bewusst, dass er den beiden am ehesten half, wenn er jetzt ging.

»Wie kann ich dich erreichen?«, fragte er Rita.

»Indem du herkommst. Ich musste mein Smartphone, um die Bullen zu täuschen, leider im Zug liegen lassen.«

»Hmm, nicht ideal. Man könnte mir folgen. Ich bringe dir morgen Nachmittag ein Smartphone mit einer Prepaidkarte, bestenfalls hat es bis dahin geklappt, die Polizei von Sallys Unschuld zu überzeugen.«

»Ich wünsche mir so sehr, dass dieser Spuk bald endet und ich wieder bei Ute sein kann«, sagte Sally weinend. Bei jedem Schluchzen presste sie ihre Hand auf die Rippe und verzog schmerzvoll das Gesicht.

*

Es klingelte an der Tür. Irina schreckte von ihrem Laptop auf. Sie hatte sich geistesabwesend durch ein Vorlesungsskript geklickt und gehofft, sich dadurch von den üblen Gedanken, die sie nach dem Aufbruch der drei geplagt hatten, abzulenken. Die Sache gefiel ihr nicht und roch nach Ärger.

Bevor sie sich erheben konnte, ertönte die Klingel ein weiteres Mal.

Sie hastete nach unten. Konnte das schon André sein? Sie schaute auf ihre Armbanduhr. Verdammt, nein.

Sie riss den Hörer von der Sprechanlage und meldete sich. »Frank und Verena, lass uns rein!«

Irina schluckte. Franks Stimme klang hart und verhieß nichts Gutes.

Sie öffnete, und die beiden marschierten eiligen Schrittes über den Kies des kleinen Hofes.

Irina kannte diesen ernsten Gesichtsausdruck an Frank. Er setzte ihn immer auf, wenn er im Fahndungsmodus war. Verena folgte ihm mit besorgter Miene.

»Wo ist André?«, fiel er, ohne sie zu begrüßen, mit der Tür ins Haus.

»Öh, er hat noch eine Gästeführung«, log Irina.

»Um diese Zeit?«

»Ja, Führung mit Weinprobe. Du weißt ja, sein neuestes Steckenpferd«, versuchte Irina, die durch ihr Zögern bei der ersten Antwort verlorene Glaubwürdigkeit wiederherzustellen.

»Dürfen wir reinkommen?«

»Warum nicht?« Irina bemühte sich, ihre Antwort so beiläufig wie möglich klingen zu lassen, obwohl sie wusste, was auf sie zukommen würde. Ob es drinnen noch Spuren vom Besuch der beiden gab? Ja, die benutzten Kleider, die noch in einer Mülltüte im Bad lagen, oder das gebrauchte Geschirr.

Achill quetschte sich an Irina vorbei durch die Tür nach innen, während ihr Verena einen bedauernden Blick zuwarf.

Er schritt durch den Flur in die Küche und unternahm noch nicht mal den Versuch, die Formen des Anstands zu wahren und seine Neugier zu verbergen.

Bei der Spüle stoppte er und starrte auf das schmutzige Geschirr, das dort noch auf das Einräumen in die Spülmaschine wartete.

»Besuch gehabt?«

»Nein, wieso?«

»Na ja, trinkt ihr immer zu zweit aus vier Gläsern?«

»Nacheinander schon. Du weißt ja, wie André ist. Er würde nie frisches Wasser zu einem abgestandenen Rest von vor zwei Stunden schütten.«

»Hmm«, brummte er unzufrieden.

»Und du siehst ja, es gibt nur zwei Teller, Herr Kriminalhauptkommissar.«

»Frank, lass gut sein«, pfiff ihn Bertling zurück.

»Und das da?« Achill hielt ihr den leeren Schmerztablettenblister entgegen.

»Hatte Schmerzen, Frauen haben das manchmal, wenn … du weißt schon, was.« Irina hoffte, ihn mit dieser Antwort einzubremsen.

»… wenn sie sich eine Rippe gebrochen haben«, ergänzte er und grinste wölfisch.

Irina schluckte.

»Ich wette, wenn ich euren Müll durchsuche, finde ich auch noch zwei Mäntel und zwei Kopftücher.«

Irina schluckte abermals.

»Frank, lass das!«, sagte Bertling mit Nachdruck in ihrer Stimme.

Achill zögerte. »Glaub nicht, ich weiß nicht, was hier gespielt wird«, zischte er zornig.

*

André hatte Deidesheim schon weit hinter sich gelassen. Seine Gedanken fuhren in seinem Kopf Karussell. War es richtig, die beiden sich selbst zu überlassen?

Und Irina, wieder hatte er sie in eine Geschichte hineingezogen, die für sie gefährlich werden konnte. Und wie stand es um Achill, hatte er ihm tatsächlich hinterherspioniert?

Würde es ihm heute Nacht gelingen, seine Hypothese glaubwürdig zu untermauern? Egal mit welcher Frage er sich beschäftigte, jede Antwort hinterließ in seinem Magen einen kalten, schweren Kieselstein, der ihm auf die Eingeweide drückte. Ihm wurde flau. Hatte er wieder einmal seine Nase zu tief in einen Fall gesteckt, und drohte nun alles wie ein Kartenhaus über ihm einzustürzen?

Die ganze Fahrt quälten ihn diese trüben Gedanken, die Landschaft, die Stadt, alles flog an ihm vorbei, ohne dass er davon Notiz nahm, bis er zu Hause eintraf.

Etwas benommen trat er ein.

»Na, die wertvolle Fracht abgeliefert?«, hörte er Achill in einer selten bei ihm beobachteten bitteren Ironie tönen.

André, jäh aus seinen Gedanken gezerrt, riss fragend die Augen auf. »Wie? Was meinst du? … Was machst du überhaupt hier?«

»Nach dem Rechten sehen. Oder sollte ich besser sagen, einem Fluchthelfer auf den Zahn fühlen.« Achill grinste schief.

Bertling verzog schmerzvoll das Gesicht. Mit einem »Hallo erst mal, André«, versuchte sie, die Situation zu entschärfen.

»Hallo«, antwortete André, noch immer in höchster Konfusion.

»Wie war deine Gästeführung mit Weinprobe?«, bemühte sich nun auch Irina, den bizarren Auftritt zu retten.

»Wie? Was? Ach die … ja, klar, war ganz nett.«

Achill lachte kalt. »Und die zwei Damen sind auch versorgt?«

»Welche Damen?«

»Soll ich das Haus durchsuchen, bis ich die Mäntel und Kopftücher finde, oder gibst du es freiwillig zu?«

»So, mir reicht's jetzt!«, schrie Bertling. »Ich geh jetzt, mir ist das zu peinlich hier. Und du kommst mit, aber sofort.« Sie erhob sich, packte Achill am Arm und zerrte ihn weg. »Dich muss man ja vor dir selbst schützen.«

Achills Gesicht war zornig verzerrt. Man sah ihm die miteinander streitenden Gedanken und Gefühle förmlich an.

»Das ist deine letzte Chance. Ich werde mich von dir wegversetzen lassen. Du bist ja verrückt.«

Widerwillig folgte er ihr.

»Und ihr, falls ihr Hilfe braucht, bin ich für euch und die beiden Frauen da. So vertrauensvoll, wie wir es immer gehandhabt haben.«

Achill schluckte und lief puterrot an. Offensichtlich schossen Schamgefühle in ihm empor.

*

»Es tut höllisch weh. Ich kann nicht mehr.« Eine Hand presste Sally auf ihre Rippe, die andere ruhte auf ihrer Stirn. »Ich glaub, ich hab jetzt auch noch Fieber.«

»Du bräuchtest was gegen die Schmerzen und die Entzündung. Ich hab schon alles durchsucht, aber es gibt nichts dergleichen hier«, antwortete Rita mit sorgenvollem Gesicht.

Sally schlug matt die Augen nieder.

»Ich hab stattdessen das da gefunden.« Rita hielt einen Karton so hin, dass Sally hineinsehen konnte. »Wieso gibt es hier Weinflaschen vom Weingut Wassler, und was ist das da?« Sie hob ihr einen Trichter und einen Glasbehälter mit einer bräunlich trüben Substanz entgegen. »Hab reingerochen, riecht nach Essig.«

Sally schluckte. »Oh Gott, hatte er es noch immer nicht weggeräumt. Die Reste der Manipulation von Utes Weinen und der Grund, warum ich ausgezogen bin, als ich hier das Zeug gefunden hatte. Ich wollte nicht länger mit diesem Arsch …«

*

»Was ist nur in dich gefahren? Du hast dich benommen wie der letzte Macho-Bulle. Zum ersten Mal in unserer Zusammenarbeit schäme ich mich für dich«, platzte es aus Bertling heraus, als sie im Wagen saßen.

»Aber der versteckt sie – eine flüchtige Mörderin.«

»Erstens ist sie keine Mörderin, und zweitens weiß ich das auch. Und?«

»*Und?* … Sind wir Polizeibeamte oder was sonst?«

»Wir sind Andrés und Irinas Freunde.«

»Das erlaubt uns aber nicht, Mordverdächtige laufen zu lassen.«

»Glaub mir, André hatte die Lage voll im Griff, ehe du dazwischengefunkt hast. Er hat dir versprochen, bis morgen den Fall aufzuklären, aber dir scheint das völlig egal zu sein. Hast du etwa eine Idee, wie es abgelaufen sein könnte und wer der Täter oder die Täterin ist?«

»Nein, aber wir hatten wenigstens eine Verdächtige.«

Bertling lachte schief. »Die es 100-prozentig nicht war.

Wo bleibt deine Menschenkenntnis? Sieht so etwa eine Mörderin aus, die kaltblütig ihrem Ex den Kopf wegschießt?«

»Nein«, gab Achill widerwillig zu.

»Also, warum steigerst du dich dann so da rein, sie zu erwischen? Du hast heute völlig unnötig Horden von Polizisten aufgemischt. Glaubst du, du bekommst für dieses Theater einen Orden? Metzger wird nur noch mehr kochen, du machst dich unmöglich.«

»Aber …«

»Nichts aber. Das Konzept, dem du folgen solltest, heißt Vertrauen. Hat dich André je enttäuscht?«

»Nein. Aber dieses Mal ist es anders. Hier ist seine Flamme, diese Rita, im Spiel, was ist, wenn er all das nur tut, um bei ihr den Helden spielen zu können?«

»Hör doch auf damit. Er ist und bleibt ein rational denkender Mensch mit scharfem Verstand. Und wenn du ihn in Ruhe lässt, wird er dich nicht enttäuschen.«

Achill schwieg.

Bertling fragte sich, ob ihre Moralpredigt wirkte oder ob er nur keine Lust mehr auf weitere Diskussionen hatte.

»Ich werde auf jeden Fall ein pflichtbewusster Beamter bleiben, darauf habe ich meinen Diensteid abgelegt. Basta!«

*

»Wow. Verena imponiert mir. Starke Frau«, sagte André.

Irina lachte. »Du tust so, als hättest du es erst heute bemerkt.«

»Und erst die anwesende starke Frau, hätte sie dir nicht den Rücken freigehalten …«

»Wie? Wer?«

Irina lachte. »Das hab ich heute Abend schon dreimal von dir gehört. Offensichtlich vernebelt dir deine Flamme den Verstand.«

»Was heißt hier Flamme?«

»Oah, das sieht pfiffig aus«, äffte sie ihn nach und schüttelte den Kopf.

»Zu mir hattest du, als ich zum ersten Mal diese Kappe aufhatte, gesagt, ich sähe aus wie ein Junge.«

»Das ist doch was anderes.«

Irina lachte. »Klar, die Flamme unter der Kappe ist was anderes als diese lausige Studentin.«

»Aber …«

»Nichts aber. Hast du gesehen, wie sie in meinen Jeans gesteckt hat? Eingeschnürt wie ein Rollbraten.«

»Das kannst du doch nicht vergleichen. Sie hat eben weibliche Formen.«

»Ach ja, das wird ja immer besser. Hab ich etwa männliche?«

»Seit du sie kennst, bist du eifersüchtig auf sie.«

»Eifersüchtig. Pahh. Auf so eine alte Schnepfe. Du tust ja gerade so, als wär ich scharf auf dich, alter Mann.«

»Nein, du könntest ja meine Tochter sein und irgendwie bist du es auch.« Er strich ihr über die Schulter und umarmte sie. »Komm, lass uns aufhören zu streiten.«

»Aber nur, wenn du mich heute Nacht mitnimmst zu deiner Hypothese.«

André überlegte kurz. »Okay, abgemacht. Stell dir den Wecker auf 2 Uhr.«

56 NACHTWÖLFE

Freitag, 28. April 2023, 0.55 Uhr

»Ich kann nicht mehr«, stöhnte Sally.

Rita legte ihr die Hand auf die Stirn. Sie hatte tatsächlich Fieber – ihr Kopf, ihre Hände, alles an ihr glühte. Offensichtlich hatten während ihrer wilden Flucht die Bruchenden der Rippe das Gewebe darum verletzt, und nun gab es eine Entzündung. Im Krankenhaus wäre das kein Problem. Ein entzündungshemmendes Medikament und ein gutes Schmerzmittel, und in zwei Tagen wäre der Spuk vorbei. Aber hier, wo nichts von alledem zur Verfügung stand …

Rita ging zum Schrank und holte eines der Handtücher, die darin lagen. Sie befeuchtete es mit kaltem Wasser und legte es gefaltet auf die schmerzende Stelle.

Sally zuckte zusammen und erschauderte. »Ich brauch Medikamente. Bitte«, flehte sie.

*

André war schon weit vor der vereinbarten Zeit auf den Beinen. Er hatte kein Auge zugemacht. Zu sehr kreisten die Gedanken in seinem Kopf. Es musste klappen, sonst würde alles über ihm in Trümmer fallen. Spätestens dann würde Achill überhaupt nicht mehr lockerlassen. So wie er sich heute aufgeführt hatte, würde er nicht mal vor einer

Verhaftung seines Freundes zurückschrecken. Was war nur in ihn gefahren?

André stieg aus dem Bett und zog sich an. Er würde alles noch einmal überprüfen. Es konnte nicht sein, dass es am Schluss an einem losen Knoten scheiterte.

*

Auch Rita fand keine Ruhe. Was, wenn Sally etwas zustieß? Sie war es, die sie aus der Obhut des Krankenhauses gerissen hatte. Sie trug für das alles die Verantwortung.

Ihre Schuldgefühle steigerten sich von Minute zu Minute. Sie musste ihr helfen, koste es, was es wolle.

Sally schlief unruhig, wollte sich immer wieder umlagern, aber jedes Mal verzog sie schmerzvoll das Gesicht.

Rita beschloss zu handeln. Und das sofort. Eilig kritzelte sie: »Bin in die Stadt zur Apotheke, hoffe, sie hat Nachtdienst. Bin um spätestens 2 Uhr zurück.«

Sie zog sich an, fand im Schrank eine dicke Winterjacke, die wohl Kuno Körber gehört hatte, und setzte sich die Mütze von Irina auf.

Sie verließ das Haus und trottete den asphaltierten Weinbergweg, nur erhellt durch das fahle Mondlicht, hinab in Richtung Ortskern.

*

Auch Achill fand keinen Schlaf. Längst war er aufgestanden und hatte sich angezogen, wenn er auch nicht recht wusste, warum. Hatte er sich wirklich falsch verhalten, wie es ihm Bertling vorgehalten hatte? Sicherlich war sein Auftritt bei Irina etwas martialisch gewesen. Aber im Kern war es doch seine Aufgabe, Verbrechen zu bekämpfen, Flüchtige zu finden und dingfest zu machen – Freundschaft hin oder her.

Ihm war klar, dass André aus hehren Motiven heraus handelte, aber ob ihm dieses Mal nicht die Zuneigung zu Rita seine Sinne vernebelte?

Immer wieder sah er die Bilder vor sich, wie Rita und Sally, als Musliminnen getarnt, aus dem Zug gestiegen waren. Handelten so Unschuldige? Es wirkte auf ihn eher wie eine abgekartete Sache zwischen cleveren Kriminellen.

Es war deutlich zu erkennen gewesen, wie Sally ihre Hand auf die Rippe presste. Sie war angeschlagen, hatte Schmerzen.

Er beschloss, ins Büro zu fahren, um zu retten, was zu retten war.

*

André hatte das Material fein säuberlich ins Auto geladen, alles war minutiös vorbereitet und zum Echteinsatz bereit. Er schaute schon zum x-ten Mal auf seine Armbanduhr: 1.55 Uhr. Wann kam Irina endlich aus den Federn?

Kurz darauf hörte er, wie sie mit knackenden Gelenken die Treppe herunterschlurfte.

Sie gähnte herzhaft, als sie ihn passierte. »Wow, der alte Mann im Ermittlungsfieber. Rette sich, wer kann.«

»Wow, die junge starke Frau, gewaltsam von der Matratze abgenabelt«, gab er missgelaunt zurück. »Beil dich.«

Irina lachte. »Und wo ist mein Cappu, wo sind die Brötchen und Andrés original Klosterhonig?«

»Bin ich etwa Hotelier oder Barista?«

»Anstatt herumzustreichen wie ein einsamer Wolf, hättest du was zur Beschleunigung beitragen können.«

»Und wo sollte ich jetzt um diese Zeit Brötchen auftreiben?«

Irina stöhnte theatralisch. »Das in der Speisekammer mit den Schubladen ist keine Kommode für deine Socken, sondern ein üppig gefüllter Gefrierschrank. Darin hat es auch Aufbackbrötchen.«

»Egal, zu spät«, brummte André, holte Milch aus dem Kühlschrank und schlurfte zu seiner italienischen Siebträgermaschine, um Irina wenigstens mit einem Cappuccino zu versorgen.

Als er ihn vor sie stellte, schaute sie mit ernstem Gesicht zu ihm auf. »Und welchen Plan hast du für heute Nacht?«

Am Anfang etwas unwillig, legte er Irina seine Gedanken offen.

»Ganz schön abgespaced. Auf so eine abgefahrene Idee kannst auch nur du kommen. Wenn das schiefgeht, wirst du die Lacher auf deiner Seite haben. Ich sehe schon die Schlagzeile in der Rheinpost, wenn das floppt: ›André Sartorius, der Mister Bean Speyers‹.«

»Du bist wieder mal ganz schön motivierend. Mach schon, ich will los.«

*

»Dein Ernst jetzt? Deine Großfahndung gestern fanden viele hier schon nicht sonderlich clever. Man spricht von wildem Aktionismus. Die Deutsche Bahn hat Beschwerde eingelegt. Den Zug und die Fahrgäste 30 Minuten lang festzuhalten und den Fahrplan der Südpfalz damit komplett durcheinanderzubringen, kam nicht besonders gut an. Und jetzt das noch. Das wird wieder Ärger geben«, hielt ihm Kriminalhauptkommissar Scherer, ein langjähriger Kollege und Freund, der gerade die Nachtschicht im Kriminaldauerdienst im Polizeipräsidium Ludwigshafen ableistete, entgegen.

»Trotzdem, bitte erledigt das für mich. Es ist brandeilig«, sagte Achill in dienstlichem Ton.

»Aber auf deine Verantwortung. Eine Sache, die mit so viel Ärger verbunden sein kann, ohne die Einwilligung des Staatsanwaltes, will ich nicht verantworten.«

»Klar doch, mach schon.«

*

Der Weg durch die Weinberge in den Ort kam Rita unendlich lang vor. Trotz Körbers dicker, viel zu großer Winterjacke fror sie. Der fehlende Schlaf und die Anstrengungen des gestrigen Tages zehrten an ihr. Sie hatte das Gefühl, als hätte man Sandsäcke um ihre Waden gebunden.

Dabei war es nicht mehr weit, bis sie die *Rathausapotheke* erreicht hätte. Ob sie Glück haben würde und man ausgerechnet heute dort Notdienst hätte? Eigentlich war das eher unwahrscheinlich, aber sie war es Sally schuldig, es wenigstens zu versuchen. Immer noch besser, als tatenlos zuzusehen, wie sie sich quälte.

*

Unterdessen waren André und Irina am Rheinufer angekommen. Er parkte den Wagen just an der Stelle, an der Körbers Pkw gestanden hatte. Die Fahrerscheibe ließ er, wie damals an Körbers Wagen, komplett herunterfahren.

Glücklicherweise war es hier nicht so dunkel, wie er befürchtet hatte. Die Scheinwerfer der hoch über ihren Köpfen über die Salierbrücke fahrenden Autos tauchten die Szenerie in ein mattes Licht.

»Bitte lauf vor auf die Promenade und schau, ob die Luft rein ist«, wies er Irina an, während er den Kofferraum öffnete, um seine Konstruktion auszuladen.

*

»Gerade fertig geworden«, gab ihm Scherer telefonisch durch. »Du kannst froh sein, dass es heute ruhig war und alle vom Kriminaldauerdienst und zwei Kollegen, die von der Streife zurückgekommen sind, mithelfen konnten. Wir finden 's zwar immer noch scheiße, aber das ist deine Sache.«

»Danke, Bernd. Du hast dir ein gescheites Mittagessen verdient, wenn das hier vorbei ist.«

»Besser 'ne Ladung Pizza für das komplette Team«, erwiderte Scherer.

*

Rita drückte an die Tür der *Rathausapotheke*, die fest geschlossen blieb. Innen war alles dunkel. »Mist«, zischte sie vor sich hin.

Sie suchte das Schild, auf dem die Notdienstapotheken vermerkt waren.

Tatsächlich, die *Rathausapotheke* war heute nicht an der Reihe, also war auch Klingeln zwecklos. Heute hatte die *Schlosswiesenapotheke*, ebenfalls in Deidesheim, Dienst.

Wenigstens das, dachte sie. Doch wo war diese Apotheke? Reflexartig fasste sie sich an die Gesäßtasche, dort wo sonst ihr Smartphone steckte. Mist, ohne ihr Smartphone fühlte sie sich nackt. Für einen Augenblick stand sie still und grübelte. Sie meinte sich zu erinnern, im Umfeld des Supermarktes eine Apotheke gesehen zu haben. Es durfte ungefähr einen halben Kilometer von hier sein.

*

Irina kam zurück an den Wagen, hinter dem André bereits alles akribisch ausgelegt hatte, so wie man es brauchen würde.

»Die Luft ist rein, *Mission Riverboat* kann beginnen«, flötete Irina, die das Ganze für Andrés Begriffe wieder einmal reichlich gelassen nahm.

57 SHOWDOWN

Freitag, 28. April 2023, 2.35 Uhr

Rita hatte sich richtig erinnert. Im gleichen Gebäude wie der Supermarkt war eine Apotheke untergebracht. Obwohl insgesamt recht finster, brannte über einem kleinen Ausgabefenster mit Sprechanlage eine Art Nachtlicht. Rita zog sich die Kappe tiefer ins Gesicht und stellte den Kragen der Winterjacke auf, der ihr übers Kinn reichte. Sie ging auf das Ausgabefenster zu und klingelte.

Sie musste nicht lange warten, bis ein junger Apotheker hinter der Scheibe erschien. Er wirkte ausgeschlafen, nicht so, als ob sie ihn mit ihrem Klingeln geweckt hätte.

»Guten Morgen, was kann ich für Sie tun?«

»Ich bräuchte ein starkes Analgetikum und ein Antiphlogistikum«, antwortete sie im typischen Krankenhaus-Slang und bereute es sogleich.

»Also ein Schmerzmittel und ein entzündungshemmendes Medikament?«, übersetzte der Apotheker, wohl um sich rückzuversichern, dass seine Kundin auch wusste, was sie da bestellte.

»Genau. Und beides möglichst stark.«

»Haben Sie ein Rezept?«

»Nein, ich kann es aber morgen gerne nachreichen«, log Rita.

»Das geht leider nicht. Wenn es zu starke Schmerzen

sind, schlage ich Ihnen vor, in der Notaufnahme vom Krankenhaus in Bad Dürkheim vorzusprechen.«

»Danke, aber so dramatisch ist es nun doch nicht.«

»Um was geht es denn?«, fragte der Apotheker.

»Nur eine starke Prellung«, log Rita.

»Sind Sie die Patientin?«

»Nein, meine Tochter«, log sie erneut.

»Aha.« Der Mann drehte sich um und verschwand im Inneren der Apotheke.

Rita fragte sich derweil, ob sie zu viel preisgegeben hatte. Sie hätte das mit der Stärke der Medikamente nicht so überbetonen sollen.

Unruhig trat sie von einem Fuß auf den anderen. Muss der das Medikament erst herstellen, fragte sie sich, als der Weißkittel nach zwei Minuten noch immer nicht zurück war.

*

André drückte Irina ein dünnes langes Seil in die Hand. »Bitte mach das, von uns aus gesehen flussabwärts, hinter der Rheinbrücke irgendwo am Ufer fest. Aber anständig, das muss was aushalten. Und das lose Ende bringst du zur Ufertreppe und wartest auf mich.«

»Aye, aye, Sir.« Demonstrativ schlug sie die Hacken zusammen und marschierte etwa 30 Meter flussabwärts.

André trug indessen zwei mit Schnur aufeinandergebundene Hartschaumplatten die Treppe hinunter ans Ufer. Dort angekommen, legte er sie auf einer der unteren Stufen ab und befestigte das Hanfseil daran, das er im *Raiffeisenmarkt* gekauft hatte. Dann wartete er, bis Irina mit dem losen Seilende erschien.

»Dein Seil ist nur ein Sicherungsseil, das es in der Tatnacht nicht gegeben hat.«

»Aha«, erwiderte Irina etwas verwirrt.

André knotete nun auch Irinas Sicherungsseil an die Hartschaumplattenkonstruktion.

Mit dem losen Ende des Hanfseils stieg er nun zum Wagen empor. Dort knotete er die in eine Plastiktüte verpackte Pistolenattrappe daran, die er im Wageninnern auf dem Fahrersitz ablegte.

Er ging zu Irina zurück und gab ihr letzte Instruktionen. »Wenn ich pfeife, setzt du das Hartschaumplattenfloß ins Wasser, so weitab vom Ufer, wie du kannst. Es wird so weit schwimmen, bis es vom Sicherungsseil, das du unterhalb der Brücke festgemacht hast, gehalten wird.«

Dann ging er zurück zum Wagen, öffnete vorsichtig die Fahrertür, aus der das Seil ragte, und setzte sich auf den Fahrersitz.

*

Achill brachte die Untätigkeit, zu der er verdammt war, fast um. Rastlos ging er in seinem Büro auf und ab oder schaute gedankenverloren durchs Fenster über die nächtliche Stadt.

Als sein Smartphone vibrierte, erschrak er bis ins Mark. »Wir haben einen Hinweis aus Deidesheim. Eine Funkstreife ist unterwegs«, schnarrte Scherer ins Telefon. »Ich komm hin. Halt mich auf dem Laufenden.«

*

Rita war einerseits froh, endlich die Linderung für Sallys Leiden in dem kleinen Tütchen an ihrem Handgelenk baumeln zu haben. Andererseits graute ihr vor dem langen Weg nach oben zum Wingerthäuschen. Es zog, und der kalte Nachtwind stach wie Nadeln auf die Haut ihres Gesichtes ein und ließ die übernächtigten Augen tränen.

*

André umklammerte mit der rechten Hand die kleine Plastiktüte. Er spitzte die Lippen zu einem Pfiff.

Die Leine zitterte, dann hob sie sich vom Boden, und André spürte, wie Zug daraufkam. Vorsichtshalber nahm er seine linke Hand hinzu, um das Seil auf Höhe der Fensteröffnung zu halten.

Deshalb Körbers Hand auf der Fensterbrüstung, durchzuckte es ihn.

Mit der Rechten setzte er nun die Pistole an seine Schläfe, bis er den Druck der Mündung spürte.

»Peng«, flüsterte er vor sich hin und ließ sich nach hinten in den Sitz rutschen. Dann öffnete er langsam den Griff seiner Hände um das Griffstück der Pistole und das Seil auf der Fensterbrüstung.

Die verpackte Waffe glitt über seinen Schoß und schließlich über die offene Linke durch das geöffnete Wagenfenster.

Er starrte auf seine auf der Brüstung liegende Hand mit den seltsam abgespreizten Fingern. »Wie bei Körber«, flüsterte er zu sich selbst und war sich mit einem Mal todsicher, dass es genau so abgelaufen sein musste.

Dann schlug die Waffe auf dem asphaltierten Boden vor dem Auto auf und glitt mit einem scharrenden Geräusch mit erstaunlicher Geschwindigkeit Richtung Rheinufer davon.

Irina musste eilig aus dem Weg springen, um nicht die auf den Stufen der Betontreppe herunterspringende Waffe zu blockieren. Nur Sekundenbruchteile später glitt sie mit einem Glucksen in den Fluss.

Von oben kam André gerannt. »Los, ans Sicherungsseil, nicht dass wir sie verlieren.«

Dabei rannte er auf der Promenade unter der Rheinbrücke hindurch zu dem Pfahl, an den Irina das Sicherungsseil, das sich bereits spannte, geknotet hatte.

Er erfasste es und zog kräftig daran. Das Floß kam rasch näher. Er zog es aus dem Wasser, und nach einigen bangen Sekunden kam auch der Plastikbeutel mit der Pistole zum Vorschein, den sich Irina griff und sicher ans Ufer brachte.

»Melde gehorsamst, *Mission Riverboat* erfolgreich abgeschlossen«, sagte Irina, baute sich vor ihm auf, reichte ihm den Plastikbeutel mit der Waffenattrappe und schlug die Hacken zusammen.

Erst als André alles überprüft hatte und feststellte, dass Floß und Pistole die kurze Flusskreuzfahrt unversehrt überstanden hatten, stellte sich auch bei ihm so etwas wie Erleichterung ein. Mit einem lauten »Ja!« klatschte er Irina mit einem breiten Grinsen ab.

*

Rita war gerade im Begriff, die Weinstraße in der leichten Kehre auf Höhe des *Weingutes Winning* zu überqueren, als sie vor sich laute Motorengeräusche hörte. Sie blieb stehen, orientierte sich.

Schon sauste vor ihr ein Streifenwagen um die Ecke. Bremsen quietschten.

Sie drehte sich um. Auf der Fassade des *Weingutes Reichsrat von Buhl* brachen sich blaue Lichtreflexe. Ein weiterer Streifenwagen. Er hielt knapp vor ihr.

»Polizei! Bleiben Sie stehen«, schallte es aus dem Lautsprecher. Schon standen zwei Beamten mit gezogener Waffe vor ihr. »Ich will Ihre Hände sehen! Hoch damit! Lassen Sie das fallen!«

Rita stand steif – wie zur Salzsäule erstarrt – da.

Von hinten hörte sie eine barsche Frauenstimme: »Handflächen zeigen. Hinlegen. Los!«

Erst jetzt reagierte sie. Ließ die Apothekentüte fallen und ging auf die Knie.

»Auf den Bauch legen, Hände nach hinten!«

Die Polizistin kniete auf ihrem Rücken und verdrehte ihr schmerzhaft die Arme. Die Schlösser der Handschellen ratschten in eine peinvoll enge Position und klemmten die Haut ihrer Handgelenke ein.

»Sie sind festgenommen. Sie werden verdächtigt, der dringend mordverdächtigen Sally Wassler bei der Flucht geholfen zu haben.«

Rita stöhnte und presste ein ärgerliches »Aua, das tut weh! Passen Sie doch auf« heraus.

»Sie haben das Recht, einem Arzt vorgeführt zu werden. Sie können zur Sache schweigen, müssen aber Angaben zu Ihrer Person machen. Auf Wunsch können Sie einen Anwalt hinzuziehen. Sollten Sie keinen Anwalt kennen, können wir Ihnen einen Pflichtverteidiger besorgen«, fuhr die Beamtin, die noch immer auf ihr kniete, unbeirrt fort.

»Mir würde es zunächst schon reichen, wenn Sie nicht

auf mir knien würden«, zischte Rita, während die Beamtin sie nach Waffen abtastete.

Als sie fertig war, zerrte man sie auf die Füße. Einer der anderen durchsuchte das Apothekentütchen.

»Sie haben kein Recht dazu«, schnarrte Rita mit Blick auf das Tütchen.

»Ich muss sicherstellen, dass sich darin keine Waffe befindet.«

Rita schüttelte missbilligend den Kopf.

»Ich heiße Rita Bundschuh. Bitte verständigen Sie meine Anwältin, weitere Angaben werde ich nicht machen«, verkündete sie, das Gesicht noch immer schmerzverzerrt.

»Die heißt?«, fragte einer der Beamten, der wohl der Sprecher der Gruppe war.

»In der Tasche meiner Jeans ist ein Zettel.«

Die Polizistin griff hinein und zauberte ein zerknittertes Papier mit einem Namen und einer Telefonnummer hervor.

»Doktor Ilonka Bolz-Bräsig«, las sie laut vor.

*

Achill war schon im benachbarten Wachenheim angekommen, als der Anruf von Scherer hereinkam.

»Die Haßlocher Kollegen haben diese Rita Bundschuh mitten in Deidesheim erwischt. Sie hatte die Medikamente noch bei sich. Der Apotheker hatte uns, während sie noch vor dem Nachtschalter stand, benachrichtigt. Du hattest einen guten Riecher.«

»Und Sally Wassler?«, fragte Achill.

»Keine Ahnung, diese Rita sagt nix. Die scheint gut vorbereitet, hatte schon die Adresse ihrer Verteidigerin einstecken und weiß, dass sie die Aussage verweigern kann.«

Achill schlug mit der Hand aufs Lenkrad. »Shit! Und wer ist die Anwältin?«

»Eine Frau Doktor Ilonka Bolz-Bräsig.«

»Auch das noch. Die schon wieder.«

»Hmm«, entgegnete Scherer, der nicht recht wusste, wie er mit Achills Wutausbruch umgehen sollte.

»Und wo genau haben sie sie erwischt?«

»Auf dieser großen Kreuzung vorm *Weingut Winning*, in der Kurve. Doof ist, dass man von dort quasi überall hinkommt. Die Kollegen können nicht sagen, wohin sie unterwegs war.«

»Mist, Mist, Mist!«, brüllte Achill. Er würde nachher wieder mit fast leeren Händen vor Polizeipräsident Metzger stehen.

58 MORGENRÖTE

Freitag, 28. April 2023, 8.35 Uhr

»Diese Bolz-Bräsig war schon um 7.30 Uhr hier. Offensichtlich wollte sie mit Rita sprechen, bevor du sie dir für die Befragung holst«, erläuterte Bertling, als Achill gegen 8.30 Uhr wieder zurück im Büro war.

Er war übernächtigt und niedergeschlagen. Die Nachricht über diese Anwältin trieb ihm dazu noch eine unnatürliche Röte ins Gesicht. »Ist ja auch ihr gutes Recht«, erwiderte er und versuchte, es belanglos klingen zu lassen, obwohl es ihm ganz und gar nicht einerlei war.

Rita schwieg beharrlich, und Sally hatten sie wieder nicht erwischt. Obwohl die Kollegen noch Deidesheim komplett abgefahren hatten und auch den Anwesen von Körber und Wassler einen Besuch abgestattet hatten, blieb sie verschwunden.

Und die Aussicht, wegen dieser Rita, die in Wirklichkeit nur ein unbedeutender Beifang war und deren Festnahme nichts zur Lösung des Falls beitragen würde, wieder einen Zusammenstoß mit dieser spröden Juristin zu riskieren, ärgerte ihn maßlos.

»Übernimmst du das oder soll ich?«, fragte Bertling vorsichtshalber.

»Nein, nein, ich will mir das nicht entgehen lassen.« Er grinste freundlos, raffte seine Unterlagen zusammen und machte sich in Richtung Verhörzimmer auf.

*

Auch André waren die Spuren der fast vollständig durchwachten Nacht deutlich anzusehen. Seine Augen waren rot gerändert, sein Haar stand in alle Richtungen ab. Er hatte sich einen doppelten Espresso zubereitet, den er nun in kleinen Schlucken trank.

»Der alte Mann hat mal wieder seinen Bad-Hair-Day«, feixte Irina, als sie zu ihm in die Küche kam.

»Ganz und gar nicht. Ich habe den Fall gelöst, und in Kürze wird sich alles aufklären, und der Spuk für Sally und ihre Frau ist endgültig vorbei.«

»... und natürlich auch für deine Flamme. Welch heldenhafter Sieg.«

»In der Tat. Es war schon eine harte Nuss.«

»Und was hatte das mit dieser Katzenklappe eigentlich auf sich?«, fragte Irina.

André grinste. »Na ja, das war der Ausgangspunkt meiner Überlegungen. Wenn Körber jeden Abend um 20.15 Uhr den Kater rausgelassen hat, dann habe ich mich gefragt, warum er das am Abend vor seinem Tod nicht auch getan hat. Er wusste, dass er nicht zurückkommen würde, und nur wenn das Tier im Haus sein würde, wenn die Polizei kommt, konnte er sicherstellen, dass man sich um eine neue Bleibe für den Kater kümmern würde. Wäre er draußen gewesen, hätten ihn Verena und Frank nie gefunden.«

»Ja, das leuchtet ein, aber ...?«

André grinste gönnerhaft und fuhr fort: »Wenn er wusste, dass er nicht zurückkommen würde, stand für mich fest, dass es Selbstmord war.«

Irina schwieg einen Augenblick, um das alles zu begreifen. Dann lachte sie. »Im Ernst jetzt?«

»Wie, *im Ernst*?«

»Na, glaubst du das wirklich alles? Ich meine, dass dein grandioses Marinemanöver geklappt hat, sagt noch überhaupt nichts darüber aus, ob es auch in der Tatnacht so abgelaufen ist.«

»Na, ich bitte dich. Es erklärt sich doch von selbst. Ute Wassler und Körber lagen im Streit. Was er auch tat, sie war erfolgreicher, und er war der ewige Verlierer. Seinem rettungslos verpfuschten Leben ein Ende setzen und dabei auch seine Widersacherin und Rivalin mit ins Verderben zu reißen, war doch ein perfekter Plan.«

Irina räusperte sich. »Echt jetzt?«

»Es war ein vorgetäuschter Mord. Das wird Kriminalgeschichte schreiben. Darauf muss man erst mal kommen. Jemanden zu ermorden und einen Selbstmord vortäuschen, das ist ein alter Zopf. Aber das Ganze umgekehrt zu machen, ist geradezu genial«, ereiferte sich André.

»Und das auch noch aufzuklären, wirkt nobelpreisverdächtig. Gibt es eigentlich einen Nobelpreis in Kriminalistik?«, erwiderte sie mit gespielter Hochachtung.

»Nein, leider nicht, aber im Kern hast du natürlich recht.«

»Ich schätze, man wird Straßen nach dir benennen, und es wird zum Zwangsinhalt aller forensischen Studiengänge weltweit. Du solltest ein Buch darüber veröffentlichen.«

»Echt, meinst du? Ich werde darüber nachdenken.«

Irina konnte sich nicht mehr beherrschen und prustete los. »Tut mir echt leid, aber ich kann deine Euphorie nicht teilen. Auf so einen abgefahrenen Plan kommt doch niemand.«

»Wieso, es ist die einzige Möglichkeit, eine Tatwaffe posthum verschwinden zu lassen.«

»Und wieso hat er keinen Heliumballon verwendet?«,

insistierte Irina. »Hab das mal in einem Krimi im Fernsehen gesehen.«

»Weil das Unsinn ist. Du solltest nicht alles glauben, was im Fernsehen kommt. Ich habe das natürlich auch geprüft. Um das Gewicht der Waffe, der Schnur und des Ballons selbst zu heben, brauchst du gut einen Kubikmeter Helium, und dann hast du noch nicht die Zugkraft, die nötig ist, die Waffe sicher aus der Hand des Opfers zu zerren. So ein Ballon wäre riesig. Ich würde mal überschlagsweise sagen, der hätte anderthalb Meter Durchmesser. Man müsste ihn vor Ort umständlich aufblasen. Solch riesige Ballons fallen auf, sind extrem unhandlich und schwer zu beschaffen. Das mit der Strömung ist viel einfacher. Im Übrigen müsste man das auf einem Terrain machen, wo es keine hohen Bäume gibt, die das überschatten.«

»Aha …«, erwiderte Irina ungläubig.

»Es passt doch alles. Hast du dich nicht gefragt, warum Körber ausgerechnet an den Rhein gefahren ist, wo ihm die ganze Pfalz offenstand, warum es Faserspuren an seinem Wagenfenster gegeben hat, und wieso er sich für eines der leichtesten Pistolenfabrikate entschieden hat?«

»Na, ich bin ja gespannt, wie du das alles deinem Freund Achill erklären wirst. Er wirkt ja zurzeit nicht besonders entspannt und ergebnisoffen. Wenn du Pech hast, sitzt du schneller in Untersuchungshaft, als du schauen kannst. Vor allem, wenn er noch immer in der Stimmung wie gestern ist. Er war ganz schön arschig zu dir. Und wenn Verena nicht gewesen wäre, dann …«

»Aber er hat die Aufklärung des Falls dringend nötig, sonst macht ihm sein Polizeipräsident die Hölle heiß.«

*

Sally hatte durchgeschlafen. Ritas kalter Wickel hatte ihr gutgetan, und das Fieber war deutlich zurückgegangen. Es ging ihr wesentlich besser als am Abend zuvor, vor allem die pochenden Schmerzen in ihrem Brustkorb hatten sich deutlich gelegt. Sie hatte nur Hunger und Durst. Was bei ihr ein gutes Zeichen war. »Rita, Rita?«, rief sie guter Dinge.

Nichts. Sie hörte weder eine Antwort noch nahm sie irgendwelche anderen Geräusche wahr. Auch die Tür schien fest verschlossen. »Schläfst du noch?«

Nichts.

Vorsichtig, ohne ihre Rippe zu strapazieren, setzte sie sich auf und ließ den Blick durch den Raum schweifen – nirgendwo ein Hinweis auf Rita.

Sie sah einen Zettel auf dem Tisch, erhob sich und ergriff ihn.

»Bin in die Stadt zur Apotheke, hoffe, sie hat Nachtdienst. Bin spätestens um 2 Uhr zurück.«

Wie süß von Rita, dachte Sally, schaute dann aber auf die Uhr im alten UKW-Radio: 8.40 Uhr. Ob das stimmte? Sie blickte aus dem Fenster, es war hell, die Sonne stand deutlich über dem Horizont. Einerlei, ob die Uhrzeit korrekt war, es waren seit der geplanten Rückkehr um 2 Uhr schon etliche Stunden vergangen.

Panik durchfuhr sie. Hatte Rita sie im Stich gelassen, nein, dazu hätte es keines Zettels bedurft. »Sie haben sie geschnappt«, flüsterte sie vor sich hin.

Ihre Beine wurden weich. Sie war allein. Womöglich hatte sie Ritas merkwürdiger Freund wieder verraten. Sie wankte ans Fenster, starrte hinunter zum Ort, Blaulichter flackerten, in der Ferne hörte sie einen Hubschrauber.

*

»Ich möchte vorwegschicken, dass die Durchsuchung der kleinen Plastiktüte meiner Mandantin ohne richterlichen Beschluss illegal war, insofern besteht ein Verwertungsverbot für eventuell aus dem Inhalt gewonnene Rückschlüsse.«

»Wir mussten davon ausgehen, dass sich darin eine Waffe befunden hat«, rechtfertigte sich Achill.

Bolz-Bräsig feixte. »Soso, in einem noch nicht mal 100 Gramm schweren Tütchen. Bestimmt ein Maschinengewehr oder eine Panzerfaust. Meine Mandantin ist Krankenschwester und kein islamistischer Topterrorist.«

Rita, die dem Ganzen bisher teilnahmslos gelauscht hatte, grinste spöttisch.

»Aber …« Achill fühlte sich in die Ecke gedrängt, natürlich hatte diese durchtriebene Person recht.

»Wir können das hier abkürzen«, begann Bolz-Bräsig und richtete sich im Stuhl auf.

»Erstens, meine Mandantin wird auch weiterhin von ihrem Aussageverweigerungsrecht Gebrauch machen. Zweitens, sie wird mit mir diesen Raum verlassen. Es gibt keinen triftigen Haftgrund. Sie hat einen festen Wohnsitz, es besteht keine Flucht- oder Verdunklungsgefahr. Drittens, der Haftbefehl gegen Frau Sally Wassler wird aufgehoben. Seien Sie mal ehrlich, Sie glauben doch selbst nicht, dass sie kaltblütig einen Mann umlegt, zu dem sie nach der Scheidung keinerlei Beziehungen mehr hatte. Und zu ihr passen würde es auch nicht. Auch sie wird Ihnen zur Verfügung stehen und nicht verreisen. Im Übrigen ist sie gesundheitlich und nervlich angeschlagen und muss dringend stationär behandelt werden.«

»Es ist das gute Recht Ihrer Mandantin zu schweigen. Aber ich fürchte, ich kann Ihnen diese Wünsche nicht erfüllen. Es steht Ihnen frei, Ihre Einlassungen gegenüber dem Haftrichter zu äußern oder einen Antrag auf Haftverschonung zu stellen.«

*

Sally kam sich verlassen vor. Erst die Trennung von Körber, dann von Ute, und nun hatte man ihr auch Rita genommen. Sie war angeschlagen, über kurz oder lang würde sie ihre Vorräte auffrischen müssen. Und dieser Sartorius war ein gewissenloser Lump und Polizeispitzel. Er würde nicht kommen, um ihr die versprochenen Sachen, wie zum Beispiel das Smartphone, zu bringen. Das Einzige, was er mitbringen würde, wären die Bullen. Es war ohnehin ein Wunder, dass sie noch nicht hier waren. Ob Rita im Ort solchen Widerstand leistete, dass dieses Aufgebot an Blaulicht und der Hubschrauber nötig waren, um sie zu fassen? Hoffentlich riskierte sie nichts, hoffentlich stieß ihr bei alldem nichts zu.

Sie musste hier weg. Es war nur eine Frage von Minuten, bis sie auch hier nach ihr suchten. Rita hatte dafür einen – wie sie es nannte – »Plan B«. Würde es hier zu heiß werden, würden sie sich im Wald verstecken, bis die Luft wieder rein war. Aber ob das überhaupt Sinn machte, wenn eine Rückkehr hierher gar nicht mehr möglich war?

Es gab nur eine geringe Hoffnung. Würde es Rita schaffen zu entkommen, würde sie an ihrem Treffpunkt auf sie warten.

*

»Ruf Verena an, sie wird dir helfen – lass Achill da raus«, mahnte ihn Irina mit allem Nachdruck.

»Wie kommst du darauf, dass sie es ihm nicht sofort sagt?«

»Hast du nicht ihre Blicke gesehen? Sie hat sich für diese Aktion gestern geschämt. Glaub mir, Frauen spüren so was.«

»Aha«, erwiderte André, nicht ganz überzeugt.

Ohne auf eine Entscheidung von ihm zu warten, hatte Irina schon ihr Smartphone aus der Gesäßtasche ihrer Jeans gezogen und Verenas Nummer gewählt.

»Hi, Verena, bist du alleine im Büro? – Okay, bestens, ich stell mal laut. André hört mit.«

»Hallo, André. Sorry für gestern. Frank ist gerade etwas überspannt.«

»Ist mir kaum aufgefallen.« André grinste schief.

»Können wir dir wenigstens vertrauen?«

»Ich denke, ja«, erwiderte Verena.

»Was heißt, du denkst?«

»Na ja, wenn ihr Sally nicht gerade ins Ausland schaffen wollt und wir auf der gleichen Seite stehen, ja.«

»Wir brauchen deine Unterstützung und einen Zeitpuffer von ein paar Stunden, mehr nicht, dann ist der Fall gelöst, Sallys Unschuld bewiesen, und Frank kann sich wieder abregen«, mischte sich André ein.

»Aha«, erwiderte Bertling ohne Begeisterung. »Und worin soll meine Unterstützung bestehen?«

»Wir brauchen dich hier in Speyer mit einem Team der Kriminaltechnik.«

»Ach so, wenn's nur das ist. Und natürlich ohne dass Frank davon was mitkriegt.«

»So ist es«, erwiderte André ernst, ohne auf Bertlings ironischen Unterton einzugehen.

»Und wie soll das gehen? Man kann hier nicht einfach so über die Ressourcen der KT verfügen, ohne einen triftigen Grund und die entsprechenden Unterschriften zu haben.«

»Die Begründung ist, dass man am Tatort in Speyer etwas übersehen hat.«

»Aha. Etwas, das du natürlich mit deinen Mikroskop-Augen gefunden hast.«

»Sagen wir so, durch eine gründliche Rekonstruktion des Tathergangs weiß ich, dass es da sein muss.«

»Ah, ich verstehe, du hast mal wieder was herausgefunden, das die Polizei übersehen hat.«

»So ist es. Oder sagen wir besser, ich habe die richtigen Schlüsse gezogen.«

Bertling hob die Stimme. »Ich hasse euch alte weiße Männer. Der eine meint, pöbelnd durchs Leben gehen zu müssen, und der andere weiß einfach alles.«

»Was soll ich daran ändern, wenn es eben so ist«, erwiderte André eine Spur hilflos.

Irina lachte. »Wow, demütig wie eine Betschwester. Ich bin beeindruckt. Für den Spruch ist am Sonntag ein Hunderter im Klingelbeutel des Klosters fällig.«

»Wenn die Sache klappt … und Achill mit einsteigt, könnte das ein Anfang sein.«

»Boah, bevor das hier abgleitet: Was sollen denn die Leute von der KT finden?«

»Sie werden weitere Faserspuren des Seils und Lackspuren der Waffe finden – hoffe ich jedenfalls.«

»Können wir das ›hoffe ich jedenfalls‹ als einen Funken Restdemut würdigen?«, fragte Irina.

»Ist doch mir egal, Hauptsache, ihr kommt. Verena – mir ist es ernst, und Frank wird es den Kopf retten. Was treibt er eigentlich gerade wieder?«

Für einen Augenblick wurde es stumm am anderen Ende der Leitung. »Du wirst es ja eh erfahren. Sie haben Rita geschnappt.«

»Was?«, schrie André außer sich. »Hat er mir schon wieder nachspioniert?«

»Nein, davon habe ich ihn unserer Freundschaft wegen und des Vertrauens in dich abgehalten. Es war normale Polizeiarbeit. Er hat alle Apotheken mit Notdienst mit Fotos von Rita und Sally versorgt und sie angewiesen, auf Kundinnen zu achten, die Schmerzmittel kaufen wollen. Und dabei ist uns Rita ins Netz gegangen.«

»Das … das ist zum Kotzen. Sie ist die Einzige, die sich für die arme Sally aufopfert, und ihr geht so mit ihr um. Wo ist sie?«

»Frank verhört sie gerade.«

»Ich … ich komme …«

»Nein, wirst du nicht. Sie hat eine gute Anwältin, die kümmert sich um alles, und wenn Frank mit ihr fertig ist, wandert sie in die JVA in Untersuchungshaft, und da sind Besuche vorerst nicht möglich.«

»Wie heißt diese Anwältin? Wer ist es? Ich will mit ihr sprechen?«, tobte André noch immer.

»Ich dürfte das nicht sagen. Ich sage es dir nur, wenn du mir im Gegenzug versprichst, hier nicht im Präsidium aufzutauchen.«

»Sag schon – versprochen«, antwortete André mit Resignation in der Stimme.

»Frau Doktor Ilonka Bolz-Bräsig aus Frankfurt. Und pass auf, sie ist nicht sonderlich gut auf Männer zu sprechen und das wird nach dem Verhör mit Frank nicht besser werden – fürchte ich.«

»Danke. Wirst du mir hier wenigstens helfen?«, fragte André nun kleinlaut.

*

Sally hatte hastig ein paar Lebensmittel, etwas Wasser und eine Wolldecke zusammengerafft und notdürftig verpackt. Ob sie damit eine Nacht im Freien überstehen würde, bezweifelte sie. Käme Rita nicht bald, wäre das Spiel aus. Sie wusste das, und sie würde diesen vielleicht letzten Weg konsequent beschreiten. Warum nur hatte sie dieser Bullenspitzel aus dem Weintank gezogen, ohne ihn hätte sie längst alles hinter sich und wäre von all diesen irdischen Leiden erlöst. Warum nur hatte er sie gerettet, um sie doch nur zu verraten?

Sie ließ die Tür ins Schloss fallen, schaute sich kurz um und trat den Weg nach Norden in Richtung des Weinortes Forst an.

*

Mit rot glühenden Wangen kam Achill ins Büro gehastet. Bertling hatte gerade den Hörer nach dem etwas schwierigen Gespräch mit Irina und André aufgelegt und war nicht weniger erregt. Sie fühlte sich alles andere als wohl in ihrer Haut.

Achills Gedanken kreisten aber nur um seine eigenen Nöte. »Sie schweigt wie ein Fisch!«, platzte es aus ihm heraus. »Und diese Bolz-Bräsig ist die Pest.«

Bertling stellte sich gerade vor, wie Achill in seinem momentanen Gemütszustand von einer Emanze in die Grenzen gewiesen worden war, und konnte sich ein Grinsen nicht verkneifen.

Aber auch dies schien Achill zu entgehen. Ohne ein weiteres Wort zu verlieren, hatte er sein Smartphone aus dem Jackett gezogen und hörte seinen Anrufbeantworter ab.

Bertling gab vor, sich in ihren Bildschirm zu vertiefen. Es war ihr nicht nach einem Gespräch mit ihrem zornigen Kollegen zumute.

»Sie haben sie noch nicht gefunden. Man durchkämmt den Ort und hat einen Heli oben, aber bisher gibt es keine Spur«, fasste er zusammen, was man ihm aufs Band gesprochen hatte.

»Hmm«, erwiderte Bertling gespielt abwesend und hoffte, damit das Gespräch zu beenden.

»Ich muss da hin. Ich werde denen Beine machen«, zischte er, schnappte seine Dienstwaffe und erhob sich ohne Verabschiedung.

Bertling schaute nicht auf.

*

André hatte nach dem Gespräch mit Bertling nicht gezögert und die Homepage von dieser Doktor Bolz-Bräsig gegoogelt.

»Was ist denn das? Eine Homepage in Pink. Rechtliche Vertretung nur von Frauen. Juristische Schwerpunkte: Sexualstraftaten, Gewalt gegen Frauen und Familienrecht«, las er Irina vor.

Sie lachte. »Wow, die Nummer muss ich mir merken, falls du mir mal wieder die Tür aufhältst oder mich Fräulein nennst.«

Ohne von Irina Notiz zu nehmen, wählte er die auf der Homepage angegebene Telefonnummer.

»Die wird wohl kaum in 15 Minuten nach Frankfurt gefahren sein.« Irina schüttelte den Kopf.

Am anderen Ende meldete sich eine Sekretärin. André nannte seinen Namen und fragte nach Doktor Bolz-Bräsig.

»Moment, wie war doch gleich Ihr Name?«, fragte die Frau nach.

»Sartorius, André Sartorius.«

»Ah, danke. Gerade habe ich nach Ihnen gegoogelt. Gästeführer?«, fragte sie etwas verächtlich.

»Ja, der bin ich, und wieso …«

»Ilonka, also ich meine Frau Doktor Bolz-Bräsig, ist auf dem Weg zu Ihnen, sie wollte, dass ich sicherstelle, dass Sie zu Hause sind.«

»Das bin ich. Darf ich fragen, mit welcher Absicht sie kommen möchte?«

Die Sekretärin lachte. »Natürlich nur mit den besten Absichten. Lassen Sie sich überraschen.«

*

Obwohl Sally nicht allzu schnell vorwärtskam, strengte sie das Laufen an. Sie war außer Puste.

Tiefes Ein- und Ausatmen schmerzte an ihrer Rippe.

Doch die immer wieder näher kommenden und sich dann wieder entfernenden Geräusche des Helikopters, der scheinbar unaufhörlich über Deidesheim kreiste, trieben sie vorwärts wie ein gehetztes Tier. Was, wenn sich das Ungetüm entschließen würde, hier in den Weinbergen oberhalb der Orte Deidesheim und Forst nach ihr zu suchen? In den Weinbergen gab es keine Deckung.

Doch nicht mehr lange und sie würde in den schützenden Wald abbiegen können.

*

André lief unruhig durch seinen Garten. Auch hier, wo er sonst in Situationen wie dieser Abkühlung für das überdrehte Räderwerk in seinem Kopf fand, wollte sich keine Beruhigung einstellen.

Hektisch schaute er auf die Armbanduhr. In einer Stunde wollte Bertling mit ihren Kollegen von der Spurensicherung an der Uferpromenade sein. Die Anwältin hatte sich noch nicht gemeldet. Was wollte sie nur von ihm? Sollte er als Zeuge für Rita aussagen – ihre Unschuld bezeugen? Aber was, wenn sie ihn nach dem Verbleib von Sally fragte? Eigentlich hätte er vor dem Rendezvous mit der Polizei lieber noch nach ihr geschaut, als hier sinnlos zu warten. Was würde sie tun, alleine, ohne Rita?

Er spürte, wie die Ungewissheit seine Magensäure überschäumen ließ, die seine empfindlichen Magenwände traktierte.

59 RENDEZVOUS

Freitag, 28. April 2023, 11.05 Uhr

Achill war in Deidesheim angekommen und ließ sich vom Einsatzleiter der Bereitschaftspolizei, die hier mit einem Zug die örtlichen Kräfte unterstützte, briefen.

»Wir haben zunächst die Wohn- und Winzeranwesen des Opfers sowie dieser Sabine Wassler durchsucht. Dann nahmen wir uns die beiden Vinotheken vor. In allen Fällen wurden wir weder fündig noch gab es Anzeichen, dass die Flüchtige sich dort vor Kurzem aufgehalten haben könnte.«

Achill nickte. Er war blass. Die fehlende Nachtruhe und die Angst vor einem Scheitern hatten sich wie ein weißer Mehltaufilm über seinen Teint gelegt.

»Wir befragen großflächig alle Anwohner der folgenden Straßenzüge.« Er hielt Achill eine Straßenkarte vor, in der ein etwa 500 Meter breiter Halbkreis um die Stelle gezirkelt war, an der man Rita aufgegriffen hatte.

»Wie kommen Sie auf diesen Radius? Theoretisch hätte sie ja noch eine Wanderung von wer weiß wie lange vor sich haben können.«

»Stimmt, aber irgendwo mussten wir ja anfangen. Wir wissen nur, dass sie nach dem Apothekenbesuch in nordwestlicher Richtung gelaufen ist. Also scheidet die südöstliche Richtung aus.«

Achill nickte. »Und der Helikopter?«

»Macht vor allem Krach. Und soll sie in ihrem Versteck halten. Wenn sie ihren Standort verlegt, sind wir ganz aufgeschmissen, weil sich dann der Suchradius weiter vergrößert.«

»Verstehe. Und außerhalb des Ortes? Gibt es Aussiedlerhöfe, Jagdhütten und Ähnliches?«

»Uns ist nichts Diesbezügliches bekannt. Natürlich könnte sie unter freiem Himmel … aber in Anbetracht ihres Gesundheitszustandes halten wir das für unwahrscheinlich.«

»Mhh«, brummte Achill unzufrieden. »Halten Sie mich auf dem Laufenden, wenn Sie etwas finden.«

*

André blickte erneut auf die Uhr: 11.05 Uhr. Um 11.30 Uhr würde Bertling mit ihren Kollegen von der KT an der Rheinpromenade eintreffen. Er musste hier spätestens um 11.20 Uhr aufbrechen, wollte er sie nicht verfehlen und riskieren, dass sie unverrichteter Dinge wieder abzogen.

In diesem Augenblick fuhr eine Elektrolimousine mit Frankfurter Kennzeichen vor.

Ihr entstieg eine hagere, knochige Frau mit strengem blondem Kurzhaarschnitt. Er eilte zur Hoftür, um sie einzulassen und wertvolle Sekunden zu sparen.

»Herr Sartorius?«, fragte sie mit gezwungenem Lächeln, das fast schneller wieder verschwunden war, als man es realisieren konnte.

»Ja, so ist es«, antwortete er, etwas durch ihren todernsten Gesichtsausdruck eingeschüchtert.

»Sie sind ein Freund dieses seltsamen Kriminalhauptkommissars Achilles oder so ähnlich?«

André nickte.

»Sie sollten bei der Auswahl Ihrer Freunde etwas achtsamer sein. Ein grober Lackel.« Sie schüttelte den Kopf, ihr Gesicht wirkte angeekelt.

»Wir sind zurzeit nicht gerade das, was man ›auf einer Wellenlänge sein‹ nennt.«

»Ich hoffe das für Ihre Freundin Rita. Und sollten Sie es nicht sein, reiße ich Ihnen den Arsch auf, wenn Sie verstehen.«

André suchte vergeblich nach Anzeichen, dass das ein missratener Scherz gewesen war.

»Ich meine das ernst.« Sie musste wohl seinen Blick richtig gedeutet haben.

»Das, was Frau Bundschuh da tut, ist höchst ehrbar. Ich will nicht, dass sie noch mehr Schaden nimmt.«

André schluckte. »Ich auch nicht. Wie kann ich ihr helfen?«

»Na ja. Ihr wohl akut nicht, aber sie hat da ein anderes nicht näher aufgeführtes Problem, bei dem sie dringend und wohl auch sehr eilig Ihre Hilfe benötigt, wenn Sie mich verstehen.«

André nickte. Er hatte gerade das Gefühl, als würde er von einem Lkw gestreift. »Und wie kann ich das?«

Sie reichte ihm wortlos einen gefalteten Zettel. »Ich habe das nicht gelesen und werde es auch nicht lesen. Nachfragen können Sie sich also sparen.«

André nahm den Zettel, der wohl von einem Gesprächsprotokollbogen von Bolz-Bräsigs Kanzlei abgerissen war. »Treffpunkt schnellstmöglich am verbotenen See.«

»Was heißt das?«, platzte es impulsiv aus ihm heraus.

»Was haben Sie an meiner Einführung missverstanden, als ich sagte, Sie sollten sich Nachfragen sparen?«

André schluckte eine Erwiderung herunter.

»Ich gehe davon aus, dass ich meinen Auftrag erledigt habe. Was Sie draus machen, ist Ihre Sache. Im Übrigen war ich nie hier, und dieser Zettel existiert nicht. Sollten Sie das nicht kapieren, dann … na ja, Sie wissen schon. Und eines noch: Frau Bundschuh war das sehr wichtig, und sie wirkte sehr besorgt.«

Mit einem Gesichtsausdruck, der keinerlei Regung zeigte, machte sie auf dem Absatz kehrt und stieg, ohne ihn noch eines weiteren Blickes zu würdigen, in ihre Limousine.

*

Sally war nun oberhalb des Weinortes Forst angekommen. Die Kirche, die ihr als Orientierungspunkt diente, war nun direkt rechts von ihr. Noch ein kleines Stückchen weiter und oberhalb auf der linken Seite würde der Weg hoch in den Wald ins Margarethental abgehen. Der Wald würde sie vor dem noch immer wie eine plumpe Hummel über Deidesheim kreisenden Hubschrauber verbergen.

*

Achill war, nachdem er von der Kreuzung, an der man Rita gefasst hatte, einige 100 Meter ziellos durch den Ort gegangen war, wieder zum Einsatzwagen der Bereitschaftspolizei zurückgekehrt.

Ungefragt setzte er sich an den kleinen Tisch darin, der dem Zugführer als Einsatzzentrale diente.

»Und wenn sie da hochwollte?«, fragte er und markierte mit der Fingerspitze den Landwirtschaftsweg hoch in die Weinberge.

»Um was zu tun? Was sollte sie da? Die Weinberge bieten ihr keinen Blickschutz und auch keine Möglichkeit, sich zu verstecken«, erwiderte der Zugführer.

»Und das da?« Achill wies auf ein kleines graues Karree an einer Kreuzung zweier Weinbergwege. »Das muss doch ein Gebäude sein, oder?«

Der Zugführer rief einen der örtlichen Polizisten herein und ließ ihn ebenfalls am Tisch Platz nehmen. »Wissen Sie, was das da ist?«

»Des iss ä Wingertheisel«, erwiderte er in breitem Pfälzer Dialekt.

»Ein Weinberghaus?«, übersetzte der Zugführer fragend.

»Hajo«, bestätigte der Beamte.

»Ist das bewohnt?«, platzte Achill dazwischen.

»A woher donn.«

»Heißt was?«, fragte der Zugführer, dem offensichtlich die dialektdurchsetzte Einsilbigkeit des Mannes auf die Nerven ging.

»Das heißt, es ist nicht bewohnt, wurde früher aber gelegentlich als Wochenendhaus genutzt«, wiederholte er nun in gekünstelt klingendem Hochdeutsch.

»Aha«, erwiderte Achill bedeutungsvoll.

»Und von wem?«, bohrte der Zugführer weiter.

»Ah vumm Körber, awwer der braucht's jo jetzt nimmie.«

Achill fuhr hoch und stieß sich an der niedrigen Wagendecke den Kopf. »Und wann wollten Sie uns das sagen?«

»Ah, 's hot jo miemond g'frocht.«

»Und als wir Körbers Haus durchsucht haben, sind Sie nicht auf die Idee gekommen, uns das zu sagen?«, ereiferte sich nun auch der Zugführer.

»Ah, des g'hert jo nidd dem Körber. Der hot's nur frieher benutzt.«

Achill ging nun mit vor Zorn verzerrtem Gesicht wie ein Hund in einem viel zu kleinen Käfig in dem engen Transporter auf und ab. »Stellen Sie einen Trupp Ihrer Leute zusammen, wir fahren da jetzt sofort hin.«

*

»Müssen wir nicht gehen?«, fragte Irina, und André blickte wieder mit in Falten gelegter Stirn auf die Armbanduhr. Es war 11.15 Uhr. Wenn sie nicht in den nächsten fünf Minuten losfuhren, würden sie nach Bertling an der Promenade eintreffen. Sie hatte ihnen eingebläut, dass sie ohne Einwilligung von Achill die Leute von der Kriminaltechnik angefordert hätte und es schnell gehen müsse. Sollte Achill davon Wind bekommen, ohne dass sie fündig geworden waren, würde er alleine schon aus Trotz die Aktion sofort abbrechen.

»Wo soll das sein, der verbotene See?«, brummte André vor sich hin. »Ich hab nie von so einem See gehört.«

Obwohl er mehr mit sich als Irina sprach, antwortete sie, der er den Zettel vorhin schon gezeigt hatte. »Kann ja wohl nicht weit von diesem Weinberghaus weg sein. Ein Auto hat sie ja nicht. Oder?«

»Wer?«

Irina lachte. »Na, wer wohl. Rita kann es ja nicht sein. Die atmet ja gerade gesiebte Luft in der JVA.«

»Du meinst Sally?«

Irina schüttelte den Kopf. »Drück mal auf ›Neustarten‹, dein Prozessor hat sich wohl aufgehängt.«

»Aber da an dem Häuschen ist kein See.«

André zog sein Smartphone, wischte und klickte, bis ein Satellitenbild der Umgebung von Deidesheim auf dem Display zu erkennen war. »Der einzige See oder besser Tümpel, den es in Deidesheim gibt, ist hier am Park.«

»Der Tümpel im Park wird ja wohl kaum verboten sein.«

André nickte. »Verboten …« Er rieb sich das Kinn und schob das Satellitenbild etwas weiter nach rechts. »Ja klar, das muss er ein. Sie meint den Basaltsee – den abgesperrten.«

Er schaltete das Handy in den Standby-Modus und steckte es ein. »Ich muss weg. Ich muss dorthin, sofort. Es ist brandgefährlich dort.«

Irina stellte sich ihm in den Weg. »Und Verena, ist dir nicht bewusst, dass sie gerade wegen dir ihren Job riskiert?«

André zögerte, wich zurück, trat wieder einen Schritt vorwärts Richtung Wagen. »Aber wenn sich Sally etwas antut, ist alles vorbei. Du musst das mit Verena machen. Du warst gestern dabei.«

»Das kannst du nicht machen, das ist deine bescheuerte Idee. Ich glaub nicht mal daran.«

»Dann tu eben so!«, rief André über seine Schulter. »Gib mir deinen Autoschlüssel. Nimm du mein Auto, im Kofferraum ist das Floß und alles, was du brauchst. Mach es genauso wie gestern. Hörst du, genauso.«

*

Der Zugführer hatte neben dem ortskundigen Polizisten noch drei seiner Leute aufsitzen lassen und preschte mit Achill auf dem Beifahrersitz durch die Weinberge in Richtung Wingerthäuschen davon.

»Wir müssen es aufbrechen, haben Sie eine Ramme?«, fragte Achill, der danach fieberte, endlich in Aktion zu kommen.

*

»Unn wo bleibt er, Ihr sogenannter Informant?«, beschwerte sich der Leiter der Kriminaltechniker – ein hagerer, freudlos wirkender Mann. »Aber die Unnerschrift von Ihrem Chef brauchen wir schon noch. Wir sind eine eigene Kostenstelle und können nedd ohne formale Anforderung und Kostenüwwernahme aktiv werre.«

Bertling versuchte, ihre Erregung so gut es ging zu überspielen. »Sperren Sie schon mal die Promenade von der Rheinbrücke bis 50 Meter vor der Fundstelle ab.«

»Wir sinn von der Kriminaltechnik und keine Schupos.«

»Bitte«, schob Bertling fast flehend nach.

Widerwillig machten sich die drei Spezialisten ans Werk und sperrten mit Flatterband das von Bertling vorgegebene Areal ab.

»Awwer um die müssen Sie sich kümmern«, sagte der Kriminaltechniker und wies auf eine zeternde Frau mit Kinderwagen, der es offensichtlich missfiel, dass ihre Spazierroute so jäh unterbrochen worden war.

Bertling atmete nur geräuschvoll aus. Wenn das hier floppte, dann gute Nacht.

*

Irina raste unterdessen mit Andrés Wagen aufs sogenannte Helmut-Kohl-Ufer mit dem charakteristischen Flaggenmast zu.

Bevor sie den Fußgängerbereich erreichte, bog sie rechts zum Kanu-Club ab. Sie hatte vor, Andrés Wagen wieder genauso wie gestern an der Stelle zu parken, an der auch Körbers Auto zum Tatzeitpunkt gestanden hatte.

*

André war nicht mehr weit von Deidesheim entfernt. Schon von Weitem registrierte er den Hubschrauber und die überall flackernden Blaulichter.

Er beschloss, Deidesheim zu meiden und den Weg über die nördliche Nachbargemeinde Forst zu wählen, von der man auf direkter Route zu den Basaltseen gelangte.

*

Sally hörte, wie die Helikoptergeräusche näher kamen. Offensichtlich kreiste er nun über den Weinbergen westlich von Deidesheim – direkt da, wo ihre nächtliche Zuflucht gewesen war. War man ihr so dicht auf den Fersen?

Der Weg hoch zu ihrem Ziel war steil. Jeder ihrer tiefen Atemzüge bescherte ihr weitere Schmerzen. Sie war am Ende ihrer Kräfte. War nicht alles sinnlos? Hier oben war sie vielleicht für ein paar Stunden sicher. Aber was dann? Ohne Rita war sie verloren.

*

Bertling hastete auf Andrés Wagen zu. Am Steuer saß Irina.

»Wo hast du André gelassen?«, entfuhr es ihr, als Irina die Fahrerscheibe herunterkurbelte.

»Hat was anderes vor«, antwortete sie lakonisch. Sie konnte ja schlecht erzählen, in welcher Mission er gerade unterwegs war.

Bertling schluckte, ihre Züge verhärteten sich. »Spinnt der denn jetzt auch? Ich organisiere hier einen großen Auflauf für ihn, und der Herr ist gerade unpässlich oder hat anderes zu erledigen. Wenn Achill davon Wind kriegt, bekomme ich den größten Einlauf aller Zeiten verpasst.« Eine ungewohnte Röte schoss in ihr sonst eher blasses Gesicht.

»Er ist nicht einfach nur so unterwegs, er … Aber du willst es besser nicht wissen, was er gerade treibt.«

Bertling schüttelte den Kopf. »Nein, darüber will ich mir nicht auch noch den Kopf zerbrechen. Und was passiert hier jetzt?«

»Wir zwei schaffen das«, sagte Irina. Sie versuchte, ihrer Stimme maximale Entschlossenheit zu verleihen, obwohl sie eher der Überzeugung war, dass diese Geschichte hier ein Jahrhundertflop werden würde.

»Sie können hier doch nicht einfach absperren. Das ist hier eine touristische Route, wie sollen wir sonst mit den Schiffstouristen zum Dom kommen«, echauffierte sich gerade ein älterer Herr, dessen an einem Band befestigter Ausweis ihn als Gästeführer auswies und hinter dem ein wild gemischter Haufen Schiffstouristen mit weit aufgerissenen Augen wartete.

»Auch das noch, ein Kollege von André«, zischte Bertling.

»Ich lad schon mal aus«, sagte Irina und ging zum Kofferraum.

Der Chef der Spurensicherer beobachtete sie argwöhnisch und kam auf sie zu, als sie das Hartschaumfloß auf dem Boden abstellte. »Was wird'n des?«, fragte er in einer Mischung aus Erstaunen und Verärgerung.

»Tatrekonstruktion«, erwiderte Irina in der gespielten Gleichgültigkeit, als sei es ihr Beruf, Tathergänge zu rekonstruieren.

»Aha, do bin ich aber g'spannt.«

Bertling zog die Augenbrauen hoch, als sie von den Verhandlungen mit dem Gästeführer zurückkam. »Die Gruppe hat entschieden, hierzubleiben und uns zuzusehen. Sind Amerikaner, sie finden es ›very exciting‹.«

»Na dann«, sagte Irina kopfschüttelnd. »Warum nicht auch noch das. Wenn's schon scheiße läuft, sind auch ein paar internationale Zuschauer willkommen.«

»Und jetzt?«, fragte Bertling und blickte zweifelnd auf die seltsamen Schnüre und Hartschaumplatten.

»Wir rekonstruieren die Tat«, sagte Irina selbstbewusst.

»Einen Kopfschuss mit Hartschaumplatten und Schnüren, na dann.«

»Wenn du bitte dieses Sicherungsseil dort unten an diesem Pfosten am Rheinufer fest verknoten könntest. Mit dem anderen Ende des Seils kommst du am Ufer entlang bis zum Fuß dieser Treppe.«

Bertling schüttelte den Kopf, tat aber, was Irina angeordnet hatte.

Der Teamleiter der Kriminaltechniker setzte an, etwas zu sagen.

Irina grätschte dazwischen und drückte ihm das Floß in die Hand. »Da die Treppe runter und fest mit dem Seil, das die Kriminaloberkommissarin bringt, verknoten – aber anständig.«

Der Mann wirkte völlig überfahren. Dass er sich nun noch von dieser jungen Zicke Anweisungen geben lassen musste, schien ihn völlig aus der Bahn zu werfen. Wahrscheinlich sann er gerade darüber nach, wer Irina war, dass sie sich das rausnahm. Ob das so eine LKA-Schnepfe war? Aber warum hatte sie sich dann nicht anständig vorgestellt?

Irina selbst legte die in der Plastiktüte verpackte Pistole, die mit dem Hanfseil fest verknotet war, auf den Fahrersitz, zog die Schnur durchs offene Seitenfenster und ging ihrerseits mit dem Seilende zum Fuß der Treppe.

»Sie do, Fräulein, was werd'n des, wann's ferdisch isch? Ihr wollt doch wohl nidd des Styroporzeig in unsern schäne Roi schmeiße?« Dieses Mal kam der Zwischenruf von der dem Flaggenmast zugewandten Seite der Uferpromenade. »Isch kenn Sie üwrischends, mir waren Kolleesche, do wie die denn Kohl beerdischt hänn.«

»Wow, Gratulation, dein Busenfreund, dieser Kurt Kerbel«, sagte Irina, an Bertling gewandt, die gerade schmerzverzerrt ihr Gesicht verzog.

»Könnten Sie das übernehmen? Könnte sein, dass man mir das übelnimmt, wenn ich ihn umbringe«, sagte Bertling, an den Spurensicherer gewandt, der gerade ihr Leinenende an das Floß geknotet hatte.

*

Sally hatte es geschafft. Rechts von ihr erhob sich ein rund zwei Meter hoher solider Zaun, der den nördlichen der Basaltseen vom Weg absperrte. Durch den Zaun und das Blätterwerk der Bäume dahinter hatte man einen schemenhaften Blick in diesen runden 100 Meter tiefen und sich 200 Meter im Durchmesser erstreckenden Basaltfelsenkrater. Sie musste nur kurz suchen, um die Stelle zu finden, an der der Zaun niedergetreten war, um verbotenerweise in das gefährliche, von potenziellen ungesicherten Absturzstellen wimmelnde Gelände hineinzuschlüpfen.

*

André war, von Forst kommend, die Weinberge hindurch bis zum Wanderparkplatz am unteren Ende des Margarethentals gefahren. Dort stellte er Irinas Wagen ab.

Er war hier schon oft zum Wandern gewesen und wusste, dass ihm nun noch eine rund einen Kilometer lange Wanderung den steilen Weg hinauf zu den beiden Basaltseen bevorstand. Die Seen waren das Ergebnis eines bis in die 1980er-Jahre hinein hier betriebenen Basaltabbaus.

Wie Vulkankrater bohrten sich die beiden Steinbrüche in die Erde. Heute hatten sich die Krater mit Wasser gefüllt. Weshalb man im Volksmund stets von den Basaltseen sprach.

*

Die Vorbereitungen waren abgeschlossen. Einer der Spurensicherer, die bis eben noch untätig in ihrem Kleinbus gewartet hatten, hielt das Hartschaumfloß bereit, um es auf Anweisung Bertlings ins Wasser zu lassen. Sein Kollege stand am Sicherungspfahl flussabwärts, um es nach der kurzen Fahrt wieder herauszufischen. Irina saß im Wagen auf dem Fahrersitz, die verpackte Pistole in der rechten Hand und mimte Körber. Der Teamleiter und Bertling standen auf der Promenade, um den Schleppweg der Pistole zu beobachten.

Nun ging alles sehr schnell. Bertling nickte dem Kollegen mit dem Floß zu. Irina sah den dezenten Wink nicht, wurde überrascht und der starke Zug auf dem Seil riss ihr die Pistole noch auf dem Schoß aus der Hand, sie verfing sich am Griff der Fahrertür.

»Look, they're playing gangster and cop«, kommentierte der Gästeführer der Amerikanergruppe, was ihm fragende Blicke der amerikanischen Gäste einbrachte.

Der Leiter des KT-Trupps rollte mit den Augen. »Schnapsidee, lasst uns gehen«, war sein knapper Kommentar.

Irina spürte, wie ihre Wangen heiß wurden.

*

Der schmale verwilderte Waldpfad hinter dem Zaun war alles andere als einfach begehbar. Mehrfach hatten Brombeerzweige sich in Sallys Kleidung verfangen oder ihr die Handrücken zerkratzt. Einmal gleich hinter dem Zaun war sie auf einem steilen rutschigen Wegstück, das über eine Bodenwelle führte, gestürzt. Der feuchte Boden hatte deutliche Spuren auf ihren Jeans und an den Ellbogen hinterlassen. Und noch etwas hatte die jähe Erschütterung bewirkt: ein Knacken in den Rippen und wild aufflammende Schmerzen – stärker als je zuvor. Sie schienen wie stählerne Hämmer von innen gegen ihren Brustkorb zu schlagen. Immer kurzatmiger, vor Pein gebeugt und die Hand auf ihre Rippen gepresst, schlich sie vorwärts.

*

André war losgelaufen. Aus einem schnellen Wanderschritt war er in einen Laufschritt gefallen. Der Weg war steil, er atmete schwer, seine Lunge brannte. Aber das Gefühl, gebraucht zu werden und Rita nicht enttäuschen zu wollen, trieb ihn wie unter Peitschenhieben voran.

*

Irina sah, wie der Spurensicherer auf Bertling einredete. Offensichtlich hatte er keine Lust mehr. »Das ist doch albern«, hörte sie ihn sagen.

»So, nächster Versuch!«, rief sie den beiden zu. »Alles auf mein Kommando, bei drei!«

»They restart«, kommentierte der Gästeführer wie bei einer Sportveranstaltung.

Dieses Mal nutzte Irina – wie André in der Nacht – die freie Linke, um den Zug des Seiles abzumildern. Mit der Rechten drückte sie die Pistolenmündung an ihre Schläfe und zählte laut: »Eins, zwei, drei!«

Das Floß ging zu Wasser. Irina war dieses Mal darauf gefasst und hielt die Pistole trotz des stärker werdenden Zuges auf dem Seil sicher in der Hand. Sie mimte den Schuss in die Schläfe mit einem gerufenen »PENG«, öffnete langsam die Hände, das Folienpaket mit der Waffe glitt aus dem Fenster, fiel klappernd zu Boden, scharrte über den Weg und gab klackernde Geräusche von sich, als es Stufe um Stufe hinab ins Wasser glitt.

Kurz nachdem es im Wasser versunken war, rief der Kriminaltechniker, der das Floß hatte lostreiben lassen, seinem Kollegen flussabwärts ein »Achtung« zu, sodass dieser es über die Sicherungsleine bergen konnte.

Irina atmete auf.

*

Achill und die Kollegen von der Bereitschaftspolizei hatten die Tür des Weinberghäuschens kurzerhand mit einer Ramme geöffnet.

»Des gibt Ärscher«, kommentierte der Einsatzleiter und strich, die Stirn in Falten gelegt, mit der Hand über das gesplitterte Holz der eisenbeschlagenen Tür.

Achill trat, ohne davon Notiz zu nehmen, ein. Sein Blick sprang über das Lager auf dem Sofa, die Essensreste auf dem Geschirr und den Zettel auf dem Tisch. Laut las er ihn den Kollegen vor: »Bin in die Stadt zur Apotheke, hoffe, sie hat Nachtdienst. Bin spätestens um 2 Uhr zurück.«

»Sie waren hier. Bald haben wir auch die andere.«

»Lassen Sie Ihre Leute vom Ort hier hochkommen und ausschwärmen. Sie kann nicht weit sein. Und hierher muss ein Trupp der KT kommen, darum kümmere ich mich.«

Achill riss sein Smartphone aus der Jacke und wählte die Nummer der Kriminaltechniker im Präsidium.

»Achill hier. Schicken Sie mir sofort einen Trupp Ihrer Leute nach Deidesheim. Die GPS-Koordinaten folgen«, platzte es ohne Begrüßung aus ihm heraus.

»Liewer Kolleesche, Sie wissen genau, dass es zurzeit weeschen Urlaub und Personalknappheit nur einen Trupp gibt.«

»Ja und, dann schicken Sie mir den halt, wo ist das Problem?«

»Das Problem isch, dass der schon für Sie in Speyer an der Rheinpromenade hockt, schunn vergesse?«, feixte der Kollege in jener Dialektfärbung, die man hier *Pfälzer Hochdeutsch* nannte.

»Wie? … Ich hab das aber nicht …«, stammelte Achill verwirrt.

»Awwer Ihre Kolleeschin, Frau Bertling, hot die beschdellt und g'saacht, des wär mit Ihne abg'schbroche.«

Achill schluckte. Was war das? Hatte Verena den Verstand verloren?

»Danke, ich dachte, die wären schon zurück. Spreche direkt mit Frau Bertling«, erwiderte Achill, der auf keinen Fall eingestehen wollte, dass ihm offenbar gerade alles aus dem Ruder lief, und legte auf.

*

Irgendwie hatte es Sally geschafft, an jenen Ort zu kommen, von dem sie Rita erzählt hatte und den sie als letzte Zuflucht auserkoren hatten.

Es war eine Art Felsbalkon am oberen Kraterrand, beschattet von Bäumen und aus der Luft kaum einsehbar. An der Rückseite mit einem kleinen Felsüberhang, unter dem man sich notfalls verkriechen konnte.

Vor vielen Jahren, als Kunos Vater noch lebte, war das so etwas wie ihr Liebesnest gewesen. Sie erinnerte sich an warme Sommernächte, in denen sie hier in den Mond geschaut hatten, der sich unten im tiefschwarzen Wasser spiegelte. Sie liebten sich und fanden dann zwischen warmen Wolldecken in den Schlaf.

Sally seufzte. Nun war dies alles vorbei. Kuno war zu einem Monster geworden, vor dem sie am Ende nur noch Angst hatte. Ute war im Gefängnis, und wie sie es drehte oder wendete, wer auch immer von ihnen beiden den Mord auf sich nahm und wem die Polizei schließlich glaubte, sie wären auf ewig getrennt.

Der Hoffnungsschimmer, den ihr Rita mit diesem seltsamen Typen aus Speyer hatte geben wollen, war erloschen. Hier wartete niemand auf sie, außer wahrscheinlich bald die Polizei, um sie in eine enge Zelle zu sperren.

Ihre Schmerzen hatten unerträgliche Ausmaße angenommen. Sie spürte einen Schüttelfrost über sich kommen. Das Fieber kam zurück. Ihre Kräfte waren geschwunden, ebenso wie ihr Mut. Sie trat vor an die Felskante und starrte in das schwarze Loch unter ihr.

*

»Und jetzt?«, fragte der Leiter des KT-Teams.

»Na, Sie suchen den Boden vom Auto bis zum Flussufer nach Spuren ab«, erwiderte Irina, die aus dem Wagen ausgestiegen war.

Der Mann schüttelte den Kopf und lachte laut auf. »Ist das Ihr Ernst?«

»Ja, wieso?«

»Seit dem Mord oder Selbstmord, wie Sie behaupten, sind fast 14 Tage vergangen. Horden dieser Leute da sind über diesen Weg gelaufen«, dabei wies er auf die amerikanische Gästegruppe, die noch immer gebannt das Geschehen verfolgte. »Was bitte soll ich da konkret noch finden?«

»Fasern des Seils und Lackabrieb von der Waffe«, kam Bertling Irina zu Hilfe.

»Freilich werden wir Fasern dieses Seils und dieser Waffe finden, aber was soll das beweisen. Streng genommen haben Sie mit Ihrer sogenannten Rekonstruktion ja gerade alle Spuren vernichtet.«

»Wir haben ganz bewusst ein komplett anderes Seil verwendet – anstatt eines orangefarbenen Nylonseils ein Hanfseil. Und die Waffe war in eine stabile Tüte verpackt, sodass es auch von ihr keinen Abrieb gibt«, gab Irina genau die Antwort wieder, die sie gestern, als sie das Gleiche gefragt hatte, von André erhalten hatte.

»Und auch wenn die Spuren hier auf dem Weg zerstört sein sollten, werden die Stufen hinab zum Wasser kaum begangen, und gerade hier schlug die Waffe bei jeder Stufe aufs Neue auf. Und hier unten ist die Schnur durch das Brombeergestrüpp gelaufen«, dozierte Irina.

Bertling rollte anerkennend mit den Augen.

»Na ja, wenn wir schon mal hier sind …«, brummte der Beamte unzufrieden und trollte sich zum Transporter, um seine Kollegen und das Equipment zu holen.

»Und weil wir sonst eurer Kostenstelle den Einsatz nicht belasten können …«, äffte ihn Bertling nach, als er sich ein paar Meter entfernt hatte.

*

Es wirkte, als hätte man mit einem Stock in einem Ameisenhaufen herumgerührt. Einsatzwagen der Bereitschaftspolizei, Streifenwagen und sogar ein Notarztwagen standen mit zuckenden Blaulichtern auf den Seitenstreifen der Weinberge um das Wingerthäuschen.

Dazu drängten sich allerhand Beamte, die ausgestiegen waren, um die Anweisungen der Einsatzleitung entgegenzunehmen, vor dem kleinen Gebäude. Achill und der Einsatzleiter hatten sich auf der Treppe davor aufgestellt, um besser gesehen zu werden.

»Wir werden uns in drei Richtungen vorarbeiten. Zug eins geht parallel zum Waldrand nach Süden. Zug zwei ebenfalls parallel zum Waldrand Richtung Norden, und die regionalen Kräfte gehen nach Westen in den Wald.«

Insbesondere bei den »regionalen Kräften«, wie der Einsatzleiter sie genannt hatte, erhob sich ein ungehaltenes Gemurmel.

»Wenn Sie erlauwen?«, mischte sich einer der Deidesheimer Polizisten ein und kam zur Treppe. »Wir können hier mit zwölf Beamten kein Waldstück auf fünf Kilometer Breite absuchen. Ich schlage vor, wir konzentrieren uns auf diese drei Waldwege.« Er hob ein Tablet mit einer Karte vor sich, die er dem Einsatzleiter und Achill entgegenhielt. »Den hoch ins Sensental gleich hier oben, den am Geotop vorbei in den Wald und den im Margarethental hoch zu den Basaltseen.«

Mit etwas galligem Gesichtsausdruck ergriff nun der Einsatzleiter wieder das Wort. »Also bitte, wenn Sie meinen. Es soll später nicht heißen, wir hätten den Rat unserer ortskundigen Kollegen nicht angenommen. Dann sollen sich je vier Mann aus Ihrer Truppe um diese drei Waldwege kümmern.«

»Und was passiert mit dem Waldgelände dazwischen und den Waldwegen südlich und nördlich dieser Fläche?«, meldete sich Achill mit unzufriedener Miene.

»Wenn Sie mir noch 'ne Hundertschaft besorgen, decken wir die auch noch ab«, bemerkte der Einsatzleiter lakonisch. »Aber mal ehrlich, die Frau ist verletzt, hat starke Schmerzen, die wird wohl nicht besonders weit kommen und kaum einen Querfeldeinmarsch auf sich nehmen«, setzte er in besänftigendem Ton hinzu.

Auch Achill hob beschwichtigend die Hand. Er war sich bewusst, dass er gerade zu weit gegangen war.

»Also dann los, Männer!«, befahl der Einsatzleiter. »Wir bleiben per Funk in Kontakt, falls jemand eine Spur findet, sofort melden. Ich werde der Heli-Besatzung sagen, dass sie über der Operationsfläche kreisen und uns unterstützen soll.«

*

Sally war völlig entkräftet. Unaufhörlich wogten Kälteschauer durch ihren Körper. Sie zitterte. Sie hörte, wie ihre Zähne aufeinanderschlugen. Die Rippe musste außer Position geraten sein. Sie meinte zu spüren, wie sich die Spitzen der gebrochenen Rippe in das Gewebe drumherum bohrten. Wie hatte sie der Arzt im Krankenhaus gewarnt: »Schonen Sie sich, keine heftigen Bewegungen, sonst könnte die Rippe Ihre Lunge perforieren.«

Wie zur Bestätigung dieser Schreckensvision musste sie heftig husten. Wieder durchzuckte sie eine Welle brennender Schmerzen, die drohten, ihr das Bewusstsein zu nehmen.

Kraftlos sank sie auf den Felsen hinter sich.

*

André fragte sich, ob er richtig gelaufen war. War er noch auf dem Weg, der zu den Basaltseen führte?

Er stoppte, versuchte, sich auf der Wander-App, die er auf dem Smartphone hatte, zu orientieren.

*

Die Spurensicherer hatten sich in ihre weißen Overalls mit Kapuzen geworfen und trugen ebensolche Schuhüberzieher. Dazu steckten ihre Gesichter hinter Brillen und Mundschutz.

Irina schüttelte fast unmerklich den Kopf. »Erst sind alle Spuren schon weg, dann haben wir sie verfälscht, und nun dieser Aufzug, als käme es hier darauf an, wenn noch ein Hautschüppchen von denen auf den Weg fliegt«, sagte sie an Bertling gewandt.

»Sag bloß nichts zu denen, die sind sowieso drauf und dran abzurücken.«

»Klar, tu ich nicht.«

»Das hier kostet mich Kopf und Kragen. Und Frank wird mich auch nicht unterstützen. Ich steh völlig alleine da.«

*

»Los, Männer, los!«, feuerte der Leiter der örtlichen Polizeiwache seine Leute an, die mit ihrem Streifenwagen bis zum Eingang des Margarethentals gefahren waren und sich bereits einige 100 Meter im Laufschritt den steilen Weg emporgekämpft hatten.

»Jetzt ähn Schorle«, frohlockte einer der Leute, die anderen lachten.

»Später konnscht Schorle dringe, so viel wie d' willscht, awwer jetzt werd gerennt.«

»Hoscht dem Ludwigshafener Klugscheißer des mit dem Pkw mit Speyerer Kennzeiche durchgsaad? Der hot doch g'sad, dass ähn Speyerer die Flüchtige unnerstützt.«

»Mach ich jetzt, wollt nur noch eine Halterermittlung durchführen«, antwortete er und betätigte den Sendeknopf seines Funkgeräts. »Team drei an Einsatzleitung. Am Parkplatz zum Margarethental parkt ein Pkw mit Speyerer Kennzeichen. Halterin ist eine Irina Worobjowa.«

*

»Wie die Made seh'n se aus«, krächzte Kerbel, der wohl in einigen Rentnern, die um ihn herumstanden, ein dankbares Publikum gefunden hatte. »Die sinn vunn de Spusi. Isch kenn mich jo do aus. Isch war jo ach ämol ähner vunn denne, bei dere Kohl-Beerdischung«, fügte er stolz hinzu.

Unterdessen saßen die Leute von der Spusi in einer Reihe nebeneinander auf der Promenade und nahmen mit Klebestreifen Proben ab, in der Hoffnung, dass sich darauf orangefarbene Faser- oder schwarze Lackspuren finden ließen.

Bevor sie die Streifen in beschriftete Plastikbeutel packten, nahmen sie stets einen ersten Lupen-Check vor.

Als sie sich bis zur Treppe vorgearbeitet hatten, meldete sich der Leiter des Teams bei Bertling. »Wie erwartet, keine Spuren«, sagte er kopfschüttelnd. »Ich denke, wir brechen ab, bevor sich hier die Leute bei der Stadtverwaltung beschweren.« Dabei wies er auf die amerikanische Reisegruppe, deren Stimmung, die bisher noch von Neugier geprägt war, aufgrund der offensichtlichen Erfolglosigkeit der Polizei umschlug.

»Püh, Amerikaner, die sind doch nur zufrieden, wenn geschossen wird oder man eine Leiche aus dem Wasser zieht«, kommentierte Irina, die hinzugetreten war.

»Vorsicht. Nicht vergessen, das war Ihre Schnapsidee«, mahnte der Mann verärgert.

Bertling wehrte mit erhobener Hand ab. »Schauen Sie sich bitte die Treppe noch an. Die scheint mir eher interessant zu sein.«

Der Mann blähte die Wangen. »Ich hoffe nur für Sie, dass Sie die Unterschriften für das hier beibringen.« Er machte auf dem Absatz kehrt und wandte sich wieder seiner Arbeit zu.

Bertling ging ein paar Meter mit Irina im Schlepp. »Scheiße, das wird ein Flop. Wenn die in den nächsten zehn Minuten nichts finden, hauen die ab, und dann wird's eng für mich.«

»Aber André …«, setzte Irina an.

»André hat sich verpisst. Ich glaube, dieses Mal reißen uns er und Frank richtig rein.«

Irina verzog das Gesicht. Hatte Verena etwa recht und André war dieses Mal in seiner Fantasie zu weit gegangen? Eigentlich hatte sie von Anfang an nicht an seine steile These geglaubt.

*

Der Husten hatte sich verschlimmert. Sie wandte all ihre Sinneskräfte auf, ihn, der jedes Mal von qualvollen Schmerzen begleitet war, zu unterdrücken. In immer kürzeren Intervallen gewann allerdings der Hustenreflex gegen ihre Selbstbeherrschung. Am Anfang war es nur so ein Gefühl gewesen – dieser Geschmack nach Eisen. Sie meinte, es sei Einbildung. Mittlerweile war er Gewissheit. Und als sie erstmals das Blut in ihrer Handfläche sah, die sie sich vor den Mund gehalten hatte, war es besiegelt. Die scharfen Knochenenden ihrer Rippe hatten sich in das empfindliche Lungengewebe gebohrt.

Sie war wie in Trance aufgestanden. Sie fühlte sich benommen. Die Schmerzen waren dieser Benommenheit gewichen, die sie einhüllte wie eine warme Decke.

Sie ging einige Schritte nach vorne, schaute in die Tiefe vor sich und das schwarze Wasser des Sees unter sich, dessen aus dem Basalt herausgewaschener Arsengehalt ihn angeblich fürs Baden gefährlich machte.

Aber wie sollte man das hier auch in diesem 100 Meter tiefen Krater.

Wie ein Film liefen vor ihrem inneren Auge die Erinnerungen an die gemeinsame Zeit mit Kuno ab. Wie sie hier auf diesem Felsbalkon saßen, die Füße in die endlose Tiefe unter sich baumeln ließen, ohne Angst, aber mit viel Zuversicht. Wie sie die Gläser aneinanderstießen, mit dem ersten Pfälzer *Tempranillo* darin, aus dem Kuno den ersten *Pfälzer Rioja* – wie er ihn nannte – ausbauen wollte.

Er hatte ihnen himmlisch geschmeckt. Auch wenn dies anschließend die Weinwelt nicht so sah. »Dünn und nichtssagend, billiger Abklatsch, klimatisch ungeeignet«, mit diesen Attributen hatte man ihn in den Fachzeitschriften betitelt, und der Riss in Kunos Herz war mit jeder dieser Schmähungen ein wenig tiefer geworden, bis es ihm endgültig brach.

Warum hatte er nicht gewartet? Den Reben nur ein paar Jahre mehr Zeit gegeben. Sodass sie mit ihren spanischen Geschwistern wenigstens etwas mithalten konnten. Dort ließ man ihnen nicht selten Jahrzehnte Zeit, ihre Wurzeln tief in die Erde zu graben und ihr all diese Mineralität, die diese Weine ausmachte, zu entziehen. Er war zu ungeduldig gewesen, weil das Geld fehlte, hatte zu schnell zu viel gewagt und war daran zerbrochen. So wie auch sie zerbrochen war.

Sie ging noch einen Schritt nach vorne. Sah nach unten, sah, wie ihre Zehenspitzen bereits über die Kante ragten. Sah den Stein, der sich an der Felskante löste und hinab in die Tiefe fiel – die Ringe im schwarzen Wasser des Sees, als er stumm eintauchte.

Sie stellte fest, dass sie ihn beneidete – den Stein. Einfach lautlos dieser Welt entfliehen – den Schmerzen, dem, was da gerade mit ihrer Lunge geschah, der Polizei, der Trennung von Ute und dem Gefängnis. Es gab keine Perspektive mehr für sie, die es lohnte zu überleben.

Langsam beugte sie sich nach vorne. Schon allein der Entschluss, den sie gefasst hatte, brachte Erleichterung. Lautlos wie dieser Stein, dessen Einschlag man hier oben nicht gehört hatte, so lautlos würde auch sie von dieser Erde verschwinden. Wahrscheinlich würde man ihren Leichnam nie finden.

Sie schloss die Augen, spürte nur, wie sich ihr Schwerpunkt langsam, aber unaufhaltsam nach vorne verlagerte.

*

Die Spurensicherer hatten sich nun alle in Richtung Ufertreppe vorgearbeitet.

Bertling und Irina hielten bewusst Abstand, als würde sich dadurch die Zeit, bis diese Aktion erfolglos abgebrochen würde, verlängern.

Bertling war alle Farbe aus dem Gesicht gewichen.

Bei Irina grub sich das schlechte Gewissen, mitverantwortlich für das berufliche Scheitern ihrer Freundin zu sein, wie eine Faust in ihren Magen. Sie wünschte sich nur noch, von hier abzuhauen. Sie hatte keine Lust darauf, das hämische Gegrinse dieses Unsympathen von der Spurensicherung und das, was er Bertling verbal antun würde, mitzukriegen. Sie waren sozusagen am Arsch, und es würde nur noch Sekunden dauern, bis man ihnen das schonungslos ins Gesicht sagte.

*

Achill fühlte sich keinen Deut besser. Der anfängliche Triumph, der ihn wie eine Sektdusche übersprudelt hatte, war nach genauem Nachdenken einer schrecklichen Gewissheit gewichen. Da oben war nichts, zu dem man hätte fliehen können. So viel wusste er von den gemeinsamen Wanderungen mit André. Es gab nur die beiden tiefen Basaltseen und diese alte Geschichte von einem Selbstmordversuch am tieferen der beiden.

Und sofort fügte sich alles zu einem Bild.

Flucht, Ausweglosigkeit, Schmerzen, Verzweiflung und das Fortsetzen dessen, was sie bereits begonnen hatte – und er hatte unbewusst das Drehbuch zu dieser Tragödie geschrieben.

Sein Dienstwagen ließ den Basaltschotter, der hier den Weg bedeckte, unter den Rädern knirschen. Schottersteine schlugen laut wie Geschosse in die Radkästen des Autos ein. Er trat wie wild aufs Gaspedal, gab dem Wagen, der auf dem losen Belag schlingerte, immer mehr Tempo. Er musste rechtzeitig da sein, verhindern, was er angestoßen hatte. Er würde nie mehr in seinem Leben ruhig schlafen können, wenn es geschah.

60 ABSTURZ

Freitag, 28. April 2023, 13.55 Uhr

Endlich war André am Zaun vor dem »verbotenen See«, wie auf Ritas Zettel gestanden hatte, angekommen.

Nur, wie sollte er da hineinkommen? Hastig suchte er den Zaun nach einer Lücke ab, fand sie schließlich und zwängte sich hindurch. Zu spät spürte er, dass sich eines der losen Drahtenden in der Tasche seines Jacketts verfangen hatte.

Ein kurzer Widerstand, der ihn ins Taumeln brachte. Ein »Ratsch«, er stolperte und ging zu Boden. Sofort zog er sich an einem Ast wieder auf die Füße und das, was einmal eine aufgesetzte Sakkotasche gewesen war, hing wie eine Fahne an einem losen Drahtende.

»Mist«, zischte er und drängte unbeirrt vorwärts. Ein paar Meter weiter auf dem kaum als solcher zu erkennenden Trampelpfad sah er frische Rutschspuren. Hier musste jemand vor nicht allzu langer Zeit an der kleinen rutschigen Steigung einer Bodenwelle den Halt verloren haben. Das markante Profil von Schuhsohlen hatte auffällige Spuren in der feuchten Erde verursacht.

André ging darüber in die Hocke. Waren das nicht die Abdrücke von Irinas Sneakern, die er zu seinem Leidwesen bei Regen immer von den Fliesen wischte, jenen, die sie gestern Sally überlassen hatte?

Er war richtig. Eilig setzte er den Weg durch das

Gestrüpp fort, ohne sicher zu sein, dass da so etwas wie ein Pfad war.

*

Von ihrer etwas entfernteren Position sahen Irina und Bertling, wie einer der Spurensicherer den Teamleiter herbeirief. Mit dem Finger deutete er auf den Rand der oberen Stufe. Beide beugten sich abwechselnd darüber und sahen durch eine Lupe. Dann schoss der Spurensicherer ein Foto von der Stelle, legte ein Klebeband darüber, presste es an, zog es vorsichtig ab und verpackte es in einen Beutel.

»Und, was gefunden?«, entfuhr es Bertling etwas atemlos, als sie bei ihm ankam.

Der Mann verzog sein Gesicht und schüttelte den Kopf. »Viel zu große Abriebspur für eine Pistole. Ich tippe auf Bootslack. Wahrscheinlich hat man ein Paddelboot hier über die Treppe runter ins Wasser gezogen. Wenn es stimmt, dass die hier ihre Boote runterlassen, wird das nicht die letzte Lackspur sein«, brummte der Mann unzufrieden.

»Ob André das auch im Blick gehabt hat, bevor er uns das hier angetan hat?«, sagte Bertling, an Irina gewandt, die es bewusst vermied, etwas zu erwidern.

*

Es geschah wie in Zeitlupe. Sallys Körper hatte den Kipppunkt überschritten. Sie sah nun nur noch das schwarze Wasser unter sich.

Sie würde fliegen, frei wie ein Vogel, war das Letzte, das ihr durch den Kopf ging.

*

Nun würde es geschehen. Der Leiter des Spurensicherungsteams stapfte mit hängenden Armen die Treppe hoch.

Irina wischte sich matt über die Augen, als könne sie das schmerzhafte Finale damit abwenden, wenn sie ihn nicht mehr sah.

»Nix, üwwerhaupt nix. Lackspuren, so weit das Auge reicht, awwer nix G'scheits.«

Bertling nickte nur. Offensichtlich hatte sie auch aufgegeben und resigniert.

»Mir ham zwar mehrere Male schwarze Lackspuren innerhalb der Stufen – also nicht vorne an der Stufenkante – g'funne, awer …«

»Aber?«, versuchte Bertling, diesen Hoffnungsfunken festzuhalten.

»Awwer die müsse ma im Labor mit einem Lackabgleich unnersuche, wenn uns jemand die Koschde dafür bewilligt.«

Bertling war klar, was er damit sagen wollte. So ein Lackabgleich, der über die einschlägigen Autolacke hinausging, war teuer und aufwendig, und das würde in Anbetracht Andrés eher abwegiger Theorie niemand, der klaren Verstandes war, bewilligen.

*

»Da guck her«, sagte einer der Beamten, die nun den Drahtzaun vor dem See erreicht hatten, und deutete auf das Stückchen Stoff von Andrés Sakkotasche.

»Sie iss do drin«, sagte der andere und bog den Drahtzaun zur Seite, um seinen Kollegen den Einstieg zu erleichtern.

*

»Wir brechen jetzt ab«, sagte der Mann von der Spurensicherung. Überraschenderweise vermied er es, Bertling mit Häme zu überschütten. Er wusste, was ihr blühte, und hatte wohl wenigstens so viel Ehre im Leib, nicht auf eine am Boden Liegende einzutreten.

*

Sally spürte, wie es ihr die Kehle zuschnürte. Sie rang nach Luft …

*

Andrés Hacken stemmten sich mit aller Kraft in den steinigen Boden. Nur indem er sich selbst wie ein Gegengewicht nach hinten lehnte, konnte er den vornüber gebeugten Körper halten. Aber auch nur das. Er traute sich aus Angst, seine Fersen würden einfach über den steinigen Felsuntergrund nach vorn schlittern, weder, den erforderlichen Schwung zu holen und den Körper sicher nach hinten wegzuziehen, noch selbst weiter in Rückenlage zu gehen, um dies zu bewerkstelligen. »Hören Sie, tun Sie das nicht«, hörte er sich sagen.

Es bewirkte nur, dass die Frau, in deren Jackenkragen sich seine Hand wie ein Enterhaken eingehängt hatte, nun ihrerseits ihren Füßen Kraft gab, um von ihm weg in die Tiefe zu streben.

»Bitte nicht!«, krächzte er kraftlos.

Wieder löste sich von der Kante ein Stein und fiel in die Leere unter ihnen.

André ging etwas in die Knie und versuchte, sich und den Leib vor ihm mit einer verzweifelten Kraftanstrengung von der Kante wegzuziehen. Er rutschte, hörte nur, wie die Sohlen auf dem felsigen Untergrund mahlten, Steinchen stoben wie Hagel über die Abbruchkante.

Er fühlte sich hilflos gegen den Todeswunsch dieser Frau. »Springen Sie doch, geben Sie doch all diesen Idioten recht, die glauben, Sie hätten Ihren Kuno ermordet.«

»Polizei! Die Frau springt nicht!«, ertönte die blecherne Stimme des jungen Beamten aus dem Geäst hinter ihm.

»Helfen Sie mir«, flehte André.

»Erst die Frau loslassen und die Hände hoch! Ich will Ihre Hände sehen!«, erschallte es aus dem Gebüsch.

*

»Scheiß Dornen«, zischte der letzte Spurensicherer, der gerade versuchte, sich etwa einen Meter flussabwärts zur Treppe einen Weg durchs Ufergestrüpp nach oben zu bahnen.

Er stolperte und rutschte ein Stück nach unten, wo sein Fuß einige Zentimeter unterhalb der Wasserlinie Halt fand.

Seine Kollegen lachten schallend über das Missgeschick.

*

»Was soll der Scheiß!«, mischte sich nun eine dritte Stimme ein, begleitet durch ein lautes Knacken durchs Geäst. Ungeachtet des »Stopp! Stehen bleiben!« seines Kollegen bahnte sich Achill weiter einen Weg nach vorne und griff seinerseits kraftvoll in Andrés Kragen.

*

»Der isch ins Wasser gebade«, grölte Kerbel, der noch immer an der Absperrung stand, fest entschlossen, sich nichts entgehen zu lassen.

Zornig stapfte der junge Spurensicherer den steilen Hang hoch auf die Promenade.

»Hat des jetzt noch seu misse?«, beschwerte sich sein Teamleiter, dem es offensichtlich widerstrebte, wenn sich einer aus seinem Team zum Gespött der Leute machte.

Irina hatte so viel Anstand, sich neben den am Bein voll durchnässten Mann zu knien und ihm zu helfen, sich von der algenbehangenen Brombeerranke, die, abgerissen, noch immer in seinem Hosenbein hing, zu befreien.

Plötzlich erhob sie sich, die Brombeerrute in der Hand und stockte in der Bewegung.

»Klar, das Wasser ist die letzten Tage gestiegen.«

»Wie, was meinst du?«, mischte sich Bertling ein.

»Die Faserspuren sind unter Wasser«, sagte Irina und reichte ihr die stachlige Rute.

»Tatsächlich«, Bertling deutete auf ein gut sichtbares orangefarbenes Faserbündel an den Stacheln.

*

Ermattet fiel André hintenüber auf den Felsboden. Achill konnte gerade noch verhindern, dass er sich den Kopf aufschlug.

Nun packten auch die anderen Polizisten mit an, sicherten die Kante und zogen das Bündel aus Sally und André resolut nach hinten, weiter in Sicherheit.

André war von alldem wie benommen. Sein Gehirn arbeitete noch immer daran, das zu durchdringen, was sich da eben in Sekundenbruchteilen zugetragen hatte.

Erst die nachsichtig lächelnd vorgebrachte Aufforderung seines Freundes: »Du kannst sie jetzt loslassen« holte ihn in die Gegenwart zurück.

61 ABRECHNUNG

Dienstag, 2. Mai 2023, 9.35 Uhr

Die Pressekonferenz zum Fall »Winzerkrieg«, wie ihn die Journaille mittlerweile reißerisch nannte, konnte nicht pünktlich um 9.30 Uhr beginnen. Immer wieder drängten sich weitere Pressevertreter in den überfüllten Raum im Polizeipräsidium Rheinpfalz in Ludwigshafen. Schon zweimal hatte Metzger zusätzliche Stühle hereinbringen lassen.

Zu Andrés Erstaunen hatte man auch ihn und Irina eingeladen. Verena hatte ihnen neben sich in der ersten Reihe Plätze reserviert.

Vorne, an einer quergestellten Tischreihe gegenüber den Gästen, saß in der Mitte Polizeipräsident Metzger, rechts neben ihm Frank Achill und links neben ihm der Leiter der Kriminalpolizei des Polizeipräsidiums Rheinpfalz – Achills Vorgesetzter.

Als endlich alle saßen, schlug Metzger mit dem Löffel gegen seine Kaffeetasse, um sich Gehör zu verschaffen und die Gäste zu begrüßen.

Als er die Formalien erledigt hatte, kam er auf den Fall zu sprechen.

»Wir freuen uns, Ihnen heute die Auflösung des, wie Sie ihn nennen, ›Winzerkriegfalles‹ darlegen zu können. Ein Fall, der eigentlich kein Fall war. Aber beginnen wir von vorne. Der aus eigenem Verschulden in jeglicher Beziehung sowohl familiär als auch wirtschaftlich gescheiterte Winzer Kuno Körber hatte beschlossen, durch einen Suizid aus dem Leben zu scheiden. Diese Gelegenheit wollte er nutzen, um auch seiner vermeintlichen Widersacherin – einer Deidesheimer Winzerin – auf ausgeklügelte Art und Weise größtmöglichen Schaden zuzufügen.«

Ein Raunen ging durch die Menge.

Metzger zeigte mit erhobenen Handflächen an, dass er bei Weitem noch nicht fertig war, und setzte die Erklärung fort. »Er kündigte seinen Suizid durch einen *Facebook*-Post an, den er in der Vinothek der Geschädigten absetzte und das betreffende Endgerät dort auch versteckte, sodass wir davon ausgehen mussten, dass die Geschädigte die Urheberin des Posts war. Damit aber nicht genug, er wählte für den Suizid einen Ort, nämlich den Parkplatz des Speyerer Kanu-Clubs, bei dem die Geschädigte früher eine Mitgliedschaft unterhalten hatte. Er rieb in einer Nacht und Nebelaktion mitgebrachtes mineralisches Material eines Parkplatzes unweit des Tatortes in das Profil ihrer Autoreifen. Er griff sie am Abend vorher tätlich an, um ihr vermeintliche Abwehrspuren zuzufügen und Hautmaterial von ihr unter seine Nägel zu bekommen. Aber der größte Coup gelang ihm beim Suizid selbst. Mit einer Leinenverbindung verband er die Tatwaffe mit einem im Rhein treibenden Hartschaumfloß, das durch seine Abtrift nach Vollendung der Tat die Tatwaffe mit sich in den Rhein zog.«

Aus der Stille und den fragenden Gesichtern der anwesenden Presseleute war deutlich zu lesen, dass sie den komplexen Erklärungen kaum folgen konnten.

Metzger grinste gönnerhaft. »Wenn ich sage, es ist uns gelungen, den Fall voll aufzuklären, dann kann ich dies auch deshalb, weil die Kollegen der Wasserschutzpolizei auf der Höhe von Altrip nach unserem Fahndungsaufruf Floß und Waffe finden und bergen konnten. Die Leinenkonstruktion hatte sich an der Kettenverankerung des Anlegers der Rheinfähre verfangen und hing dort fest.«

Ein Raunen ging durch die Menge.

Wieder grinste Metzger überlegen, erhob sich und ging zu einem Tisch in der Ecke, der bisher mit einem Tuch abgedeckt war. Er schlug es zurück, gab den Blick auf das Hartschaumfloß und ein Wirrwarr an Leinen frei und setzte seinen Vortrag fort.

»Wir haben diese interessante Konstruktion heute für Sie mitgebracht. Die Kollegen unserer Kriminaltechnik haben zusätzlich eine schematische Zeichnung angefertigt, die Ihnen die Funktionsweise erläutert. Beides dürfen Sie für Ihre Medien gerne fotografieren und publizieren.«

Man spürte, wie Unruhe im Raum entstand, einige Ängstliche, die befürchteten, mit dem Foto nicht zum Zuge zu kommen, scharrten buchstäblich mit den Füßen.

Doch Metzger fuhr unbeirrt fort. »Durch die Tatsache, dass die Waffe dadurch nach dem Suizid fehlte, und die bereits geschilderten von ihm konstruierten Verdachtsmomente legte der Tote eine nahezu sichere Spur zur Geschädigten und ihrer Ehefrau. Beide mussten wir natürlich vorsichtshalber in Gewahrsam nehmen, bis die Sache aufgeklärt war.«

Wieder ging ein Raunen durch die Menge, Sprachfetzen wie »Beachtlich«, »Respekt«, »Da muss man erst mal draufkommen« waren zu hören.

Dann meldete sich der Reporter der *Blitzzeitung*. »Wenn ich recht informiert bin, hat man eine riesige Fahndungsaktion losgetreten, Horden von Polizisten und sogar ein

Helikopter jagten also demzufolge einem toten Selbstmörder hinterher. War das nicht blanker Aktionismus und eine gewaltige Verschwendung von Steuergeldern?«

Metzger schien mit dieser Frage gerechnet zu haben, lehnte sich entspannt zurück und fuhr mit der gleichen gönnerhaften Attitüde, die er bisher schon an den Tag gelegt hatte, fort: »Ich danke Ihnen für Ihre Frage, weil ich dadurch die Gelegenheit habe zu erläutern, wie erfolgreiche Polizeiarbeit funktioniert und dass die Formulierung ›wir ermitteln in alle Richtungen‹ mehr als nur eine Floskel ist. Natürlich haben wir einerseits all unsere Kräfte auf den Nachweis des raffinierten Suizids fokussiert, andererseits war es unsere Pflicht, auch andere mögliche Szenarien nicht aus den Augen zu verlieren. So läuft es nun mal, wenn man schnell und zuverlässig komplexe Fälle zu lösen hat.«

Metzger warf dabei einen Blick auf Achill, der beschämt den Blick senkte.

»Wenn es nun keine Fragen mehr gibt, bleibt mir nur noch, Sie über eine in Reaktion auf die Ermittlungsarbeit des Falls notwendig gewordene Disziplinarmaßnahme zu informieren.« Er warf wieder einen verstohlenen Blick auf Achill.

Dieser wurde blass.

»Ich möchte an dieser Stelle Herrn André Sartorius, einem erfahrenen Berater der Polizei, meinen Dank für seine fachliche Unterstützung bei der Rekonstruktion des Falles aussprechen und ihn feierlich zum Ehrenkommissar des Polizeipräsidiums Rheinpfalz ernennen.«

62 ABBITTE

Sonntag, 7. Mai 2023, 9.35 Uhr

Irina hatte darauf bestanden, dass André seine großspurige Ankündigung, das Kloster bei der Kollekte großzügig zu bedenken, wahrmachte. Gleichzeitig hatte sie auch Achill dazu verdonnert, ihn zu begleiten.

»Du hast für dein schäbiges Verhalten Abbitte zu leisten«, hatte sie ihm schonungslos an den Kopf geworfen, und der sonst so harte und unsentimentale Polizist hatte nur wortlos genickt. Irina war sich sicher, einen rosa Schimmer auf seinen Wangen zu erkennen.

Nun saßen sie und Verena links des Mittelgangs in der letzten Reihe der kleinen Kirche des Speyerer Klosters Sankt Guido, während André und Achill rechts etwas weiter vorne hockten und dem Schlussgesang der Schwestern lauschten.

»Was für ein Anblick«, flüsterte Irina zu ihrer Nachbarin Verena. »So demütig hab ich die noch nie gesehen.«

»Die haben's ja auch nötig. Frank hätte beinahe alles vermasselt, und wenn André nicht gewesen wäre, hätte er Araceli auf dem Gewissen«, stellte Bertling fest. »Und ohne dich hätte Andrés schräge Theorie auch niemanden überzeugt«, ergänzte sie.

»Und ohne Frank läge jetzt André in jenem grausigen See.«

Nachdem das Lied zu Ende war, erhoben sich die Gläubigen und drängten zur Tür. Auch Irina und Bertling standen auf. Nach wenigen Schritten spürte Irina eine Hand auf ihrem Arm. Sie wandte sich um und sah Schwester Hildegard.

»Schön, dass du mal wieder den Weg zu uns gefunden hast, und denk dran, wir haben immer einen Platz für dich in unserer Mitte frei.« Dabei lächelte sie sanft.

Irina rollte eine Träne über die Wange. Sie erinnerte sich an die Zeit, die sie hier im Kloster zugebracht hatte, um einen Fall zu lösen, bei dem sie beinahe zum Opfer geworden wäre. »Kriegst du die üblen Erinnerungen an deine alten Fälle auch nie wieder aus dem Kopf?«, fragte sie Bertling.

Die nickte. »Du solltest deine Erinnerungen auf die positiven Aspekte beschränken.«

Dabei wies sie auf Achill und André, die mit gesenkten Häuptern am Opferstock vorbeischlichen und jeweils, durch die Hand fast vollständig verdeckt, einen Hunderter einwarfen.

Ein paar Schritte weiter gaben sie sich freundschaftlich die Hand.

»Behalt lieber das in Erinnerung«, sagte Bertling und grinste breit zu Irina hinüber.

63 EPILOG

Sonntag, 25. Juni 2023, 16.35 Uhr

»Hier war es«, sagte André und wies auf die Stelle, an der Körber sein Leben so dramatisch beendet hatte.

Ritas Gesichtsausdruck wurde ungewohnt ernst. »Auch wenn er ein Tyrann war und fast Celis Leben zerstört hat, rührt mich sein Schicksal an. Obwohl er an allem selbst schuld war und andere dafür büßen mussten, muss er sich zuletzt schrecklich einsam gefühlt haben.«

»Ein Schicksal, das er wohl mit fast allen Tätern geteilt hat«, relativierte André.

»Und wenn du nicht gewesen wärst, hätte er Celi, wenn auch indirekt, mit sich in den Tod gerissen.«

»Danke für die Blumen. Mir geht es nach wie vor nahe, dass ich an diesem Rippenbruch, der das alles nach sich zog, schuld bin.«

Rita lachte. »Na, dann haben wir was gemeinsam. Letztlich war es meine Fluchthilfe, die die Sache erst so richtig gefährlich für sie werden ließ.«

»Weißt du, wie es ihr aktuell geht?«

Rita lachte erneut. »Du kannst Fragen stellen. Na klar weiß ich das. Hab sie schließlich regelmäßig im Krankenhaus besucht. Also ich meine, seit man sich bei der Krankenhausleitung darüber einig war, dass es ausreicht, mich zu feuern, und bereit war, das gegen mich ausgesprochene Hausverbot aufzuheben.«

André schluckte. Schon wieder gefährdete ein Kriminalfall ihre Existenz. Schon einmal war sie nach der Aufklärung eines Falles durch ihn gefeuert worden.

»Aber um auf deine Frage zurückzukommen: Ihr geht es mittlerweile nach der kleinen OP wieder gut. Sie wird wohl wieder völlig gesund werden. Nachdem man sie vor einer Woche aus dem Krankenhaus entlassen hat, sind die beiden verliebten Turteltäubchen in ein Schweizer Grandhotel entschwunden, wo Celi sich ganz auskurieren wird.«

»Freut mich für die beiden«, erwiderte André knapp.

Rita blickte niedergeschlagen und seufzte. »So eine Auszeit in den Bergen oder im Süden würde mir jetzt auch guttun.«

André schwieg.

»Ich soll dir übrigens von den beiden Danke sagen. Sie werden sich nach ihrem Urlaub bei dir melden. Von Celi, weil du sie gerettet hast, und von Ute, weil durch die Klärung des Falles auch Körbers Weinmanipulation ans Licht gekommen ist.

Die beiden hatten sich bislang nicht getraut, das anzuzeigen, um Körber nicht noch mehr zu schaden. Ute meinte, die Weinjournaille würde sich gierig über die Story hermachen und sie und ihr Weingut rehabilitieren. Ich soll dich übrigens fragen, was aus der Sache mit Körbers durchwühltem Büro geworden ist.«

»Das liegt doch auf der Hand. Es gehörte zu Körbers Inszenierung, die beiden zu belasten. Er wollte die Polizei mit der Anordnung der Ordner auf die Lebensversicherung und den Ehevertrag – beides Motive für eine Tat – stoßen.«

»Was für ein gerissener Typ.« Rita schüttelte den Kopf.

Wieder schwieg André eine Weile. »Und was wird nun aus dir?«, fragte er schließlich mit sorgenvoller Miene.

»Na ja, Ilonka ist ein Schatz …«

»Du meinst diese Anwältin, Bolz-Bräsig oder wie sie heißt?«

»Ja, ganz recht. Sie hat diesen Polizisten, den ich kräftig mit Abführmittel abgefüllt habe, dazu gebracht, das Thema nicht weiterzuverfolgen. Das hätte ihn noch mehr zum Gespött des Präsidiums gemacht. Und mit dem Staatsanwalt hat sie wohl einen Deal ausgehandelt. Ich werde mit einer sehr überschaubaren Geldstrafe und ein paar Sozialstunden davonkommen. Celi hat mir versprochen, die Geldstrafe aus Kunos Lebensversicherung zu begleichen.«

»Und wie geht's beruflich bei dir weiter, nachdem dich das Krankenhaus entlassen hat?«

»Na ja, derzeit sind Pflegekräfte sehr gesucht, ich hab schon wieder eine Stelle in einer Privatklinik in Deidesheim. Ute hat da ihre Kontakte spielen lassen. Ich kann schon am nächsten Ersten, also in sechs Tagen, anfangen.«

Andrés Gesichtsausdruck trübte sich merklich ein.

»Was ist mit dir? Freust du dich denn gar nicht für mich?«, erwiderte Rita entgeistert.

»Nein … also natürlich ja, aber …«

»Aber was?«

André griff in die Innentasche seines Sakkos, fischte ein Papier heraus und reichte es ihr. »Deswegen. Du sagtest doch, dass du eine Auszeit brauchst. Und wenn du gleich wieder arbeitest …«

Rita las hektisch, was auf dem Papier stand: »Karibikkreuzfahrt … 5. bis 26. Juli 2023 … zwei Personen …«

»Dachte, vielleicht fällt dir ja jemand ein, der dich begleiten könnte.«

»Dann muss das Krankenhaus wohl noch einen Monat auf mich warten.« Rita schossen Tränen in die Augen. Sie drehte sich zu ihm um, legte die Arme um ihn und küsste ihn innig.

ENDE

DANKE

Eine ganz schön harte Nuss war dieser Fall für meine Protagonisten und natürlich auch für mich als Autor.

Neben Winzerwissen standen dieses Mal auch die Polizei mit allen Facetten der Polizeiarbeit sowie die juristische Seite im Vordergrund.

Wie in jedem meiner Romane konnte ich auch im vorliegenden auf einen breiten Fundus sehr kompetenter Winzerinnen und Winzer zurückgreifen.

Stellvertretend möchte ich mich bei Karoline Gaul, die gemeinsam mit ihrer Schwester Dorothee das *Weingut Karlheinz Gaul* in Grünstadt-Sausenheim bewirtschaftet, bedanken. Gemeinsam mit ihr habe ich mir den Weinprämierungsprozess angeschaut und meiner kriminellen Ader freien Lauf gelassen.

Auf Seiten der Polizei geht mein besonderer Dank an die zentrale Polizeidirektion Niedersachsen in Hannover, die uns im Rahmen der *Criminale* einen praktischen Einblick in den Schusswaffengebrauch gab. Auch vom Polizeipräsidium Rheinpfalz in Ludwigshafen wurde ich tatkräftig unterstützt. So zeigte mir Kriminalhauptkommissar Sebastian Sessig jenen Vernehmungsraum, der auch im Buch zum Einsatz kommt.

Auf juristischer Seite beriet mich wieder einmal die Autorenkollegin Eva-Constanze Gröger.

Unterstützung aus medizinischer Sicht gewährte mir Gästeführerkollegin Frau Doktor med. Uta Müller-Klemm.

Doch nicht nur beim Recherchieren braucht man Hilfe.

Wieder geht mein besonderer Dank an meine Frau Christiane, die erneut große Nachsicht bewies, wenn ich sie an die ungewöhnlichsten Schauplätze mitschleppte oder ihr bergeweise Manuskriptseiten zum Testlesen vorlegte.

Was den stilistischen Feinschliff anging, unterstützte mich wie immer die im Literaturbetrieb sehr erfahrene Sandra Lode, die mit gewohnt kritischem Blick das Manuskript begutachtete und mich mit unzähligen wertvollen stilistischen Tipps versorgte.

Daneben spiegelten mir Sabine und Frank Seidel die Sicht des Lesers wider, signalisierten mir, wenn ich zu komplex dachte oder meine kleinen Brotkrumen, die letztlich zum Täter führen sollen, zu sparsam auslegte.

Doch was wäre ein Manuskript ohne die, die es zum Buch werden lassen und letztlich in die Buchhandlungen an die Leserinnen und Leser bringen – nämlich das Team des *Gmeiner-Verlages*.

Hier danke ich stellvertretend für all die unzähligen hochkompetenten Unterstützerinnen und Unterstützer der Programmchefin, meiner Lektorin Claudia Senghaas, mit der ich schon seit Anbeginn meine Krimireihe vor nunmehr sieben Jahren äußerst fruchtbar und freundschaftlich zusammenarbeite.

Vielen Dank dafür, liebe Claudia!

Alle Bücher von Uwe Ittensohn:

Kommissar Achill und Stadtführer Sartorius ermitteln:

1. Fall: Requiem für den Kanzler
ISBN 978-3-8392-2386-4

2. Fall: Abendmahl für einen Mörder
ISBN 978-3-8392-2560-8

3. Fall: Festbierleichen
ISBN 978-3-8392-2822-7

4. Fall: Klostertod
ISBN 978-3-8392-0148-0

5. Fall: Winzerblut
ISBN 978-3-8392-0427-6

6. Fall: Letzte Lese
ISBN 978-3-8392-0609-6

7. Fall: Winzerkrieg
ISBN 978-3-8392-0834-2

Weitere:

Weinbar. Essbar. Wanderbar 2
ISBN 978-3-8392-0657-7

GMEINER SPANNUNG

WWW.GMEINER-VERLAG.DE
Wir machen's spannend